ÉRUPTIONS

AMOUR ET AUTRES CATACLYSMES

DU MÊME AUTEUR

L'ÎLE, Gaïa, 2018 ; Babel n° 1923.
LA LECTRICE DISPARUE, Gaïa, 2020 ; Babel n° 1911.

Cet ouvrage a reçu une aide à la traduction de

ICELANDIC LITERATURE CENTER

Sauf mention contraire, l'ensemble des citations présentes dans le livre sont extraites de Risques naturels en Islande. Éruptions et tremblements de terre. *(Fonds d'indemnisation pour les catastrophes naturelles / Presses de l'Université d'Islande, 2013.)*

Titre original :
Eldarnir – Ástin og aðrar hamfarir
Éditeur original :
Benedikt, Reykjavík

ISBN 978-2-330-18617-3

Sigríður Hagalín Björnsdóttir

Éruptions

Amour et autres cataclysmes

•••

roman traduit de l'islandais
par Éric Boury

Gaïa

On peut affirmer que la zone de fusion du manteau terrestre où se forme le magma rocheux est en quelque sorte le "cœur de feu" de l'Islande.

FREYSTEINN SIGMUNDSSON,
MAGNÚS TUMI GUÐMUNDSSON
ET SIGURÐUR STEINÞÓRSSON,
Structure interne des volcans. Risques volcaniques.

SYSTÈMES VOLCANIQUES
DE LA PÉNINSULE DE REYKJANES

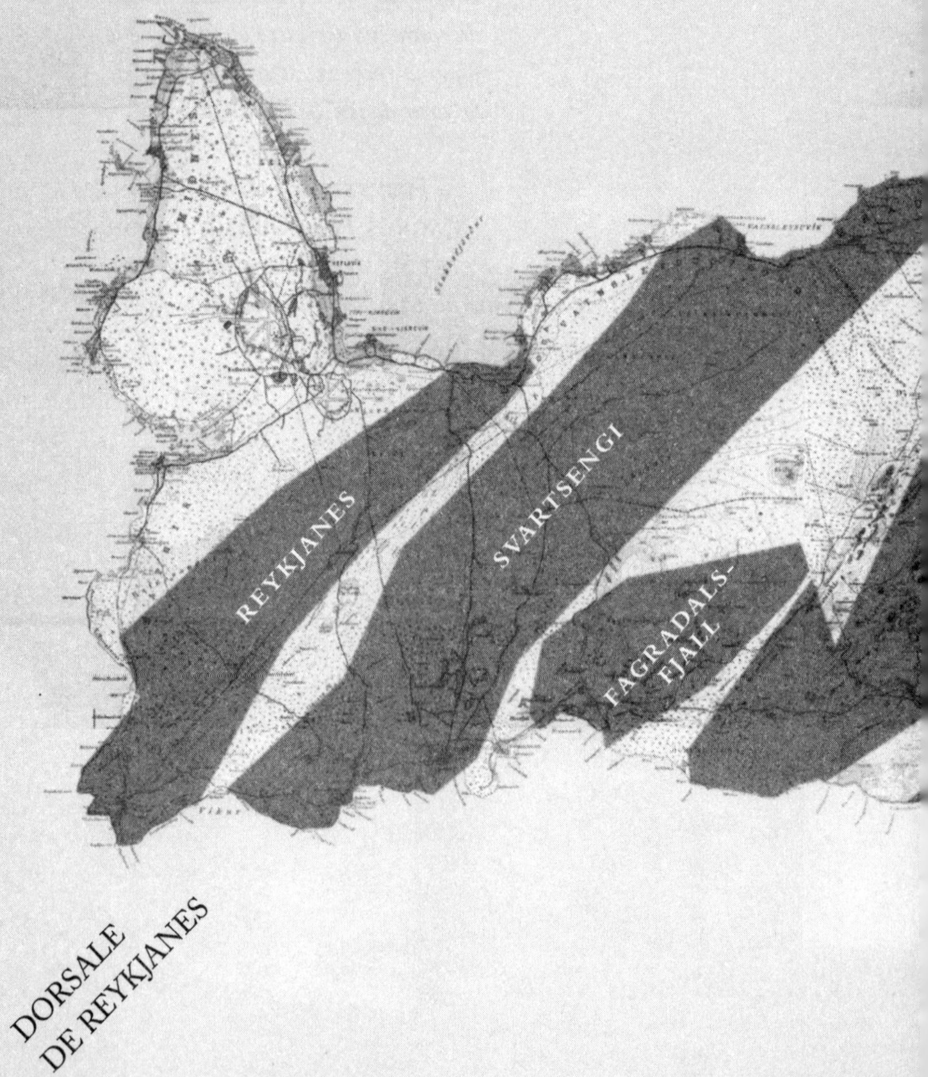

ESJA
KOLLAFJÖRÐUR
REYKJAVÍK
MOSFELLSHEIÐI
RÝSUVÍK
BRENNISTEINSFJÖLL
HENGILL

C'est ainsi que cela s'achève.

La terre m'enveloppe, de tous ses siècles, avec ses quatre milliards et cinq cents millions d'années. Elle me comprime de tout son poids, asphyxiante, impitoyable, au rythme des battements de son cœur en fusion. C'est une loi implacable, inébranlable : le commencement de la vie et sa conclusion. Je suis en son pouvoir, tel un insecte, dans le creux de sa paume veloutée de ténèbres.

J'essaie de bouger la tête, mais elle reste immobile, j'ouvre les yeux, je les referme, ils sont emplis de nuit. Mieux vaut les garder fermés. Se concentrer sur cette activité.

Ne pas penser.

Ne pas me dire que je suis morte, que c'est ainsi quand on est mort.

Ce ne serait malgré tout pas une fin absurde. Elle résoudrait d'ailleurs pas mal de choses. Elle m'éviterait de prendre certaines décisions et me fournirait l'excuse idéale pour ne pas être forcée de regarder mes actes en face. Finies les nuits d'insomnie, finies les larmes, adieu les regrets.

Plus rien – à tout jamais, plus rien.

Par la terre je fus enfantée, à la terre je retournerai, mon esprit refuse pourtant de capituler. Il persiste dans sa rengaine obsessionnelle et apocalyptique, il me projette des images de bâtiments qui sombrent dans des failles noirâtres, chancellent un instant au bord de l'abîme ou s'affaissent de toute leur hauteur sur le côté, se couchent avec un profond soupir dans la mer de feu. Meubles, tableaux, albums photo, pianos, fours à micro-ondes, tout cela disparaît sous une langue noire sortie d'une gueule rouge qui se déverse sur la terre et anéantit tout ce qui croise sa route, souvenirs, caresses, dessins d'enfant, tapis sur lesquels on a soigneusement passé l'aspirateur, tout cela se soumet à sa faim insatiable avant de sombrer dans les ténèbres.

C'est joli, vous ne trouvez pas ?

Ta voix résonne dans ma tête comme si tu étais à mes côtés, ton visage rayonne d'une joie et d'une fascination enfantines. Tu me souris, tu as les yeux rieurs ; mon esprit sait que ce n'est qu'une illusion, tu n'es pas là, mais mon cœur chante de joie en même temps qu'il se brise ; au moins, j'ai aimé, il m'a été donné d'aimer.

Arrête, me dis-je, cesse de ressasser tes souvenirs et ta nostalgie. Évite de respirer trop vite pour ne pas épuiser le peu d'oxygène qu'il te reste, un peu de bon sens, ma fille. C'est le moment de faire appel à ta satanée logique d'*Homo sapiens*, en quoi t'est-elle utile en ce moment ? À toi, cet animal qui se proclame doué d'intelligence et roi de la Création : tu es là, recroquevillée sur toi-même, un lombric dans le sein de la terre, un mulot sous la mousse, une boîte crânienne surdimensionnée, boursoufflée de souvenirs, d'événements et de regrets, de formules, de décimales, d'informations et de rêves, toi qui, dans ton orgueil, te croyais capable de les distinguer les uns des autres et de pouvoir embrasser le monde grâce à l'ampleur de tes connaissances. Alors qu'en fin de compte, tu n'étais même pas capable de comprendre ton propre cœur. Et ses lois élémentaires que chacun est censé connaître.

C'est ainsi que les choses s'achèvent, mais ce n'est pas ici qu'elles ont commencé.

Tout a débuté l'hiver dernier. T'en souviens-tu ?

LA DORSALE DE REYKJANES

63° 48' 56" N – 22° 42' 15" O

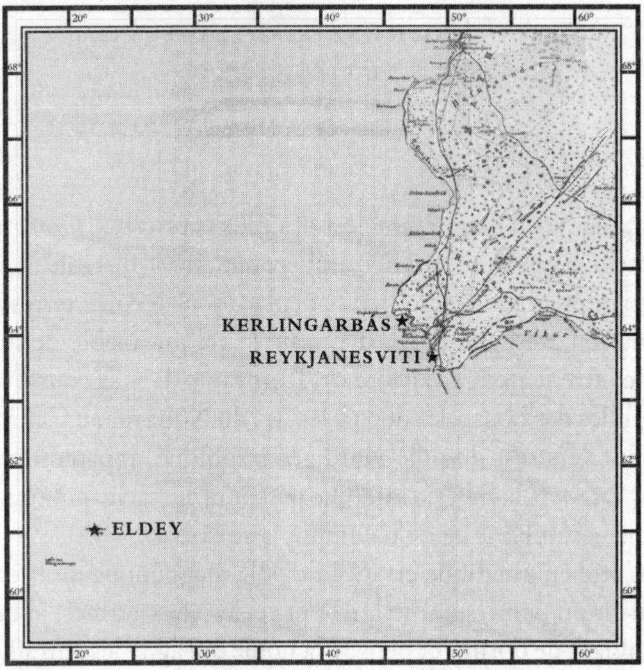

À bien des égards, la dorsale de Reykjanes est unique sur terre. Elle constitue une des plus longues failles divergentes de la dorsale médio-atlantique en même temps que la plus longue faille de ce type qui ne soit pas perpendiculaire à sa direction de décrochement. Elle se déploie sur une longueur de 900 kilomètres depuis la péninsule de Reykjanes jusqu'à la faille décrochante de Bight, située à 56,5 degrés nord.

On trouve un plus grand nombre de volcans sous-marins le long de cette dorsale qu'ailleurs sur la faille médio-océanique.

Ármann Höskuldsson,
Einar Kjartansson, Árni Þór Vésteinsson,
Sigurður Steinþórsson et Oddur Sigurðsson,
Volcans sous-marins. Les volcans d'Islande.

PAVANE POUR UNE INFANTE DÉFUNTE

(SIX MOIS PLUS TÔT)

Le pôle Nord magnétique est des plus capricieux. Contrairement à son frère de l'hémisphère sud, il est instable, il est en perpétuel mouvement, il se déplace sous l'écorce terrestre dans son éternelle quête d'un sanctuaire, incapable de lutter contre sa nature vagabonde. Il entraîne dans sa course les aiguilles des boussoles depuis les îles du Nunavut au Canada et fuit vers l'est du pôle Nord géographique, apparemment en route vers la Sibérie sans que personne ne sache pourquoi, ni ne comprenne ce qu'il compte faire là-bas.

Cette énigmatique errance du pôle magnétique m'obsède dans mon demi-sommeil. Allongée, les yeux fermés, je fais semblant de dormir et pense à la houle qui agite les entrailles de la terre, au manteau qui ondule sous l'écorce tel un dragon assoupi, comme mon mari endormi qui marmonne à mon côté en se tournant, et tend la main pour la poser sur mon épaule. Nos réveils ne tarderont plus à sonner, je le sais, même si j'ai les paupières closes, je pourrais presque faire le décompte des secondes qui me séparent du moment où j'entendrai les notes de harpe sortir de son téléphone, suivies trois minutes plus tard par la sirène d'alerte de la protection civile qu'émettra le mien, assez stridente pour ressusciter les morts le jour du Jugement dernier et me sortir du lit le lundi matin. Je dors en général à poings fermés, je profite pleinement de mes nuits, mais aujourd'hui, me voilà réveillée par un rêve angoissant sur le pôle magnétique, sur le fer en fusion du noyau terrestre qui le harcèle et le pousse sans relâche vers l'est. Ces mystérieux mouvements souterrains viennent parfois me hanter jusque dans mon sommeil, la convection mantellique et le panache qu'elle forme, cette remontée de roches anormalement chaudes sous notre pays, tous engendrés par le noyau incandescent de la planète, lequel vadrouille dans mon subconscient où il s'est installé depuis longtemps.

Mon père ne me racontait pas d'histoires pour m'endormir, ces choses-là ne sont qu'un ramassis de sornettes, disait-il avant d'ouvrir un ouvrage de géologie, d'astronomie ou sur les lois du magnétisme. Allongé à côté de moi dans mon petit lit, il lisait et il expliquait, il dessinait des schémas de strates et d'orbites, des coupes de la Terre, il me révélait les secrets les plus intimes de l'univers et de sa formation. Mon père sentait le tabac à pipe, ses grosses lunettes étaient poisseuses, il était plus âgé et semblait plus gris que les autres papas, mais il était le centre de ma vie. J'ai eu tellement peur pour lui pendant l'éruption du Hekla en 1980 que j'ai bien cru que mon cœur âgé de cinq ans allait cesser de battre. En fin de compte, il est rentré à la maison, épuisé et heureux, les cheveux pleins de sable, en m'apportant un morceau de lave.

Regarde un peu, ma petite, ce fragment de notre terre, il est flambant neuf, m'a-t-il dit en me l'offrant comme s'il s'agissait d'un présent fragile et infiniment précieux. J'avais presque peur de toucher cette pierre, j'avais l'impression que son centre était encore brûlant, mais peut-être était-elle tiède après avoir été manipulée par les grandes mains de mon père : d'un rouge violacé, de la taille d'un petit pain rond, toute hérissée d'aspérités et étrangement légère. Elle avait laissé quelques grains de sable acérés dans le creux de ma paume, je les avais frottés et léchés sur le bout de mes doigts quand papa ne me regardait pas. Ces grains avaient le goût du sang.

Le premier réveil sonne, mon mari se tourne de l'autre côté, tend le bras et fait taire le doux clapotis de la harpe. Je garde les yeux fermés, j'essaie d'étirer les trois minutes qui me restent sous la couette avant que les sirènes de la protection civile ne retentissent sur mon téléphone.

Allongés côte à côte, les yeux fermés, nous faisons semblant de dormir. Je sais qu'il est réveillé, il sait que moi aussi, ce sont là des choses qu'on devine lorsqu'on est marié depuis plusieurs décennies. Il y a pire qu'être allongés côte à côte, feignant le sommeil.

Quelques instants plus tard, il s'assied sur le bord du lit, s'étire, se lève, ouvre la porte de la chambre et va dans le couloir, la plante de ses pieds fait craquer le parquet en chêne cérusé blanc. Comment le bruit d'un pas peut-il être si familier ?

Je n'ouvre les yeux que lorsque j'entends son jet d'urine tomber dans la cuvette des toilettes, j'attends de m'habituer à la pénombre avant de tendre le bras pour attraper mon téléphone sur la table de chevet et de l'éteindre juste avant qu'il ne sonne – 07:02 –, nous sommes le 4 mars. La Météo nationale annonce un vent de nord-est entre 8 et 13 mètres par seconde, éclaircies et averses, temps de plus en plus couvert sur la côte sud au fil de la journée, on prévoit de la neige, les températures avoisineront le zéro. Nous devons prendre l'hélicoptère avant midi pour aller vérifier quelque chose. Les secousses au large du cap de Reykjanes se poursuivent, les sismomètres de l'Institut national de météorologie en ont enregistré quelques-unes d'une magnitude supérieure à 5 durant la nuit, leur épicentre se trouve à six kilomètres est-nord-est de l'îlot volcanique d'Eldey.

Cela mis à part, c'est un lundi matin tout à fait banal, je prends ma douche, j'ouvre la chambre de Salka : C'est l'heure de se réveiller, ma chérie ! Puis je lance un : Örn, allez, debout ! en tambourinant à la porte de mon fils, j'actionne la poignée, il a fermé à clef. Je frappe à nouveau, il faut qu'il soit à la fonderie pour 8 heures. Il ne donne aucun signe de vie, mais bon, il est adulte. À vingt ans passés, il serait temps qu'il apprenne à être responsable de sa personne.

Mon mari et moi allons et venons dans la maison sans nous croiser, comme deux planètes chacune sur son orbite, nous nous partageons sans un mot les tâches matinales. Il a déjà mis en route la machine à café lorsque je descends pour presser les oranges, sortir le muesli et le yaourt liquide, il est en train d'étendre la lessive, je prépare les casse-croûte du midi pour tout le monde, nous appelons les enfants à tour de rôle pour les sortir du lit.

C'est un lundi matin tout à fait ordinaire, la radio ronronne en sourdine dans la cuisine, je tends l'oreille pour écouter les titres de 7 h 30, on ne dit pas un mot des secousses sismiques au large de la péninsule de Reykjanes. Elles font partie du quotidien et ne sont plus considérées comme des informations. Rendez-vous à 8 heures pour notre prochain bulletin, conclut le présentateur, puis vient un bref silence, suivi d'un morceau au piano, une suite d'accords doux-amers, *Pavane pour une infante défunte*. Délicate, mélancolique et d'une grande beauté, une élégie pour une enfant disparue, je ferme les yeux, envahie par cette grâce qui interrompt mes corvées matinales.

Mon mari arrive dans la cuisine, il remet une capsule dans la machine à café et appuie sur le bouton, tout le raffinement de la musique se noie dans les chuintements et les vrombissements de l'appareil.

Quoi, s'étonne-t-il, voyant mon expression. Il y a un problème ? Qu'est-ce que j'ai fait ?

Rien, dis-je en détournant le visage.

Enfin, allons, répond-il avec un rire. Tu pleures ? Tu pleures sur la musique de la radio ? Mais qu'est-ce qui t'arrive ?

Je me contente de secouer la tête. Il me prend dans ses bras, je sais qu'il m'aime. Nous sommes mariés depuis plus de vingt ans.

Il m'embrasse, lance un au revoir aux enfants, le grand jour de la déclaration de revenus approche pour l'ensemble de la nation, il doit arriver tôt au travail, aider ses clients à mettre à l'abri leurs biens et leurs bénéfices. Le conseil fiscal relève de l'art narratif, dit-il parfois, cette réplique qui ne manque pas de sel déclenche à coup sûr des éclats de rire dans les fêtes et les réceptions. Ces jours-ci, à longueur de journée et de nuit, il concocte des histoires et des contes de fées destinés aux caisses de l'État.

Je tambourine une nouvelle fois à la porte d'Örn, il me semble entendre dans la chambre comme des grognements. Lorsque je redescends, Salka a pris place à la table de la cuisine, encore à moitié endormie, vêtue d'une robe d'été jaune et de collants.

Bonjour, ma chérie, dis-je en lui préparant sa cuiller à soupe de sirop d'huile de foie de morue. Il faut que tu t'habilles plus chaudement, il fait un froid de canard.

Mais je n'ai pas froid, je veux mettre cette robe, répond-elle en avalant le sirop qu'elle s'empresse aussitôt de faire passer avec du jus d'orange.

Ce n'est pas bien malin de ne pas s'habiller en fonction du temps. Comment appelle-t-on ceux qui font les choses en dépit du bon sens ?

Les crétins, murmure-t-elle.

Est-ce que nous sommes des crétins ?

Non, maman. Mais je n'ai pas froid, proteste-t-elle en versant du yaourt liquide et du muesli dans son bol, elle y ajoute comme toujours neuf myrtilles qu'elle picore ensuite l'une après l'autre, une ride de concentration entre les sourcils. Elle a huit ans, elle n'est pas très grande pour son âge, comme si son corps tenait à se conformer au rôle de la petite dernière, comme si elle essayait de freiner sa croissance.

Des pas pesants résonnent dans le couloir, mon fils Örn apparaît, jette un œil à la pendule et balance un juron. Il a enfilé sa tenue de travail, une combinaison bleu et orange, zébrée de bandes réfléchissantes jaunes en travers du torse, ses cheveux bruns en désordre, une ombre de moustache naissante.

Bonjour, monsieur ! Eh bien, quand même ! Tu ne veux pas petit-déjeuner, tu ne vas pas te raser ?

Ces propos aussi abusifs qu'intrusifs franchissent mes lèvres sans que je puisse me retenir. Il secoue la tête, il n'a pas le temps, il est en retard. Mon beau petit garçon me dépasse d'une tête, il me dépose un baiser consciencieux sur la joue, attrape ma tasse et avale une grande gorgée de café, se brûle la langue, profère à nouveau un juron, pose sa grande main sur la tête de sa petite sœur et sème le désordre dans ses boucles brunes : À plus tard, la gamine, puis le voilà parti. Au moment où la porte se referme, je lui crie : Sois prudent ! La vieille Ford démarre en hoquetant, le bruit du moteur emplit la rue, s'éloigne et disparaît.

Allez, au travail, dis-je à Salka. Tu n'es pas censée nourrir tes rats ?

Maman, ce ne sont pas des rats, mais des dégus.

Des dégus, des rats avec une queue qui se termine en plumeau, peu importe, donne-leur à manger avant que nous partions.

Maman, je veux un chat.

Ça risque de ne pas plaire à tes rats !

Je les surveillerai.

Ma chérie, tu es allergique aux chats. Et tu dois encore apprendre à être responsable de tes dégus et à t'en occuper. Allez, on y va. Tu as ton portable, tes clefs et ton inhalateur ?

Je rince les bols et les verres avant de les ranger dans le lave-vaisselle, je passe un coup de chiffon sur la table et je remets les chaises en place. Je donne un coup de peigne à Salka pendant qu'elle se brosse les dents, j'attache ses cheveux sur le sommet de son crâne avec une barrette pour qu'ils ne retombent pas sur son visage, nos regards se croisent dans le miroir où ils partagent un petit sourire chaleureux. La tête plaquée contre ma poitrine, elle bâille confortablement. À nouveau, j'ai la gorge serrée par les larmes, je me demande vraiment ce qui m'arrive.

Allons, ma petite, dis-je en lui tapotant l'épaule, dépêche-toi, on ne traîne pas !

Dix minutes plus tard, nous sortons la Mercedes de notre garage chauffé. Je n'ai pas vraiment le temps de la déposer à l'école, mais je le fais malgré tout, même si cela signifie que je dois affronter en route les bouchons du matin vers le quartier Ouest, vers l'université. Notre maison n'est pas spécialement bien située côté transports publics, c'est le sacrifice qu'il faut consentir pour vivre ici, au bord du lac, avec la forêt derrière nous et une vue imprenable sur les montagnes de la péninsule de Reykjanes. La délicate végétation sauvage s'étend jusque dans notre jardin, mousses, camarines noires, thym des montagnes, pensées sauvages et quelques dryades à huit pétales. Ces plantes sommeillent en ce moment, recouvertes par la neige gelée sur laquelle les phares de la voiture projettent leur faisceau froid, mais elles sont bien là, elles attendent le printemps, leurs racines blotties contre les pierres.

Mon mari était fou de joie lorsqu'il a trouvé cette maison. C'est pour toi, m'a-t-il annoncé.

Bon sang, ai-je répondu. Ce n'est pas possible, c'est beaucoup trop grand et beaucoup trop chic !

Mais sa décision était prise, c'était la maison idéale, parfaite pour la meilleure géologue du pays, a-t-il assuré.

Balivernes, ai-je protesté avant de finalement céder. J'aimais l'idée de vivre ici, entourée par ces montagnes bleues, vestiges d'antiques éruptions. Je savais que je m'y plairais, que je pourrais y travailler et me reposer, que ce paysage serait pour moi une source intarissable d'inspiration.

Il n'avait pas tort, cette maison me rend heureuse, elle me procure des satisfactions à chaque instant, même si je n'avais jamais imaginé vivre dans une telle richesse. Dans un tel luxe. Sa disposition est intelligente, les pièces lumineuses de l'étage avec vue panoramique, la partie calme dévolue aux chambres au rez-de-chaussée, à l'abri de la végétation. En rentrant en Islande après nos études, nous avons vécu dans l'appartement de mon père dans le quartier Ouest, je pensais que nous trouverions peut-être un peu plus grand après la naissance de Salka, que j'aurais peut-être la place pour me faire un petit bureau, mais je n'avais pas envisagé une chose pareille, je n'avais jamais imaginé un tel palais, qui plus est dans ce quartier, cette partie du monde à mille lieues de mes projets. Je n'aurais pas été plus surprise s'il nous avait trouvé une maison en Australie.

Mon cher mari.

Nous voilà donc ici, dans cette banlieue chic, avec tous les avantages et inconvénients inhérents. Ma fille descend de voiture devant l'école et rejoint le groupe des enfants du quartier qui franchissent la porte du bâtiment, tous vivent dans la sécurité et l'abondance, ou presque : voyages à l'étranger, iPhone, une doudoune neuve à chaque automne, trois voitures garées devant d'imposantes villas, des parents qui récoltent la crème bien grasse filtrée par les puissantes écrémeuses de l'économie de marché, qui boivent peut-être un peu trop de vin, qui haussent parfois un peu trop le ton, la voix pâteuse et alcoolisée, mais pas chez nous. Chez nous, tout va pour le mieux dans le meilleur des mondes.

Au revoir, maman, dit Salka sans même jeter un regard par-dessus son épaule, je poursuis ma route à travers la nuit, dans la tiédeur de l'habitacle, je règle l'autoradio sur la station Rondó qui diffuse du Brahms, j'ai beau essayer de me concentrer sur ma mission du jour, l'activité sismique dans les profondeurs de l'océan, mon esprit vagabonde. Les feux arrière s'étirent en un chapelet rouge et ininterrompu vers le centre-ville, la circulation est d'une lenteur inhabituelle, mais ça ne sert à rien de s'énerver, ce serait stupide de gaspiller ainsi son énergie. Pour tout dire, j'apprécie ces moments matinaux, j'aime le ronronnement agréable du moteur et la qualité du son des puissants haut-parleurs. Tout est parfaitement comme il faut, les valeurs et les chiffres qu'affichent les compteurs de l'élégant tableau de bord, l'odeur du café dans mon gobelet. Mon regard navigue entre les voitures qui m'entourent, celle qui roule à côté de moi est pleine de volutes de fumée rejetées par une vapoteuse que le conducteur tète avec frénésie. Penchée sur son téléphone, la femme qui conduit la voiture devant lui ne prête pas attention à la circulation, elle oublie d'appuyer sur l'accélérateur pour avancer de trois ou quatre mètres, l'agacement des conducteurs qui se trouvent derrière est perceptible, le véhicule du fumeur ressemble à un dragon qui s'apprête à souffler le feu et la mort sur la voiture qui le précède. Peut-être ces gens ont-ils d'affreux secrets, peut-être leur existence est-elle sens dessus dessous. Peut-être que l'homme à la vapoteuse n'a pas le droit de voir ses enfants, peut-être que la femme rivée à son téléphone est en train d'envoyer un courrier à l'avocat qu'elle a pris pour divorcer. Peut-être attend-il d'être incarcéré parce qu'il a commis un crime terrifiant, peut-être est-elle atteinte d'un cancer au stade terminal. Les gens se débattent avec les plus incroyables situations sans qu'on puisse le deviner à leur attitude, ils continuent cependant à se rendre au travail, à faire les courses, à se brosser les dents, alors qu'on comprendrait parfaitement qu'ils passent leurs journées à gémir d'angoisse, recroquevillés dans leurs lits.

Je secoue la tête, dubitative face à mes réflexions, je quitte Brahms pour écouter le bulletin d'information. Non, en fin de compte, ces gens sont simplement de piètres conducteurs. Ça ne me ressemble pas de me plonger dans pareilles méditations, je me contente des faits. Le reste n'est que sornettes.

SOUS NOS PIEDS BAT UN CŒUR DE FEU

Les panaches mantelliques sont des mécanismes supposés propulser des matières anormalement chaudes depuis les profondeurs du manteau terrestre jusqu'en surface. Un grand nombre de théories affirment que l'un des plus puissants panaches mantelliques se trouve sous l'Islande et les limites des plaques tectoniques qui la traversent, affaiblissant ainsi la solidité de la croûte terrestre et stimulant la dérive de ces plaques (ou : la dérive océanique). D'après ces théories, c'est au panache mantellique d'Islande que notre île doit son existence.

Örn Ögmundsson
"La théorie du panache mantellique",
extrait d'un recueil de textes de géologie
pour l'enseignement dans les lycées.
Reykjavík : Íþaka, 1987.

La dorsale de Reykjanes tremble depuis trois semaines. Certes, elle a toujours été en mouvement, depuis que l'écorce terrestre a commencé à se fissurer il y a 66 millions d'années, éloignant lentement la Norvège du Groenland, lesquels se sont alors mis à voguer chacun dans sa direction. Ce n'est pas en soi une nouvelle, mais ces derniers jours, les secousses autour de l'îlot volcanique d'Eldey se font plus brusques et leur épicentre se rapproche de la terre ferme. Il n'y a là rien d'alarmant, mes collègues continuent à travailler normalement, ils fouillent dans leurs papiers, scrutent les écrans de leurs ordinateurs, passent à la cafétéria où ils discutent de la situation en buvant leur café, prenant tout à tour appui sur leurs talons et sur la pointe des pieds puis recommençant, se perdant en "eh oui", en "eh bien", et il flotte dans l'air comme une impatience empreinte de gravité. Ils se taisent à mon arrivée, tous ont envie de monter dans l'hélicoptère, mais il n'y a que deux places cette fois-ci.

Adossé aux vieux éléments de cuisine, Jóhannes Rúriksson plisse les yeux en fronçant ses sourcils grisonnants : Alors comme ça, on va faire un tour dans les airs, ma petite Anna. Tu as vraiment la bougeotte. La dorsale tremble comme elle l'a toujours fait. Exactement comme l'année dernière et l'année précédente. Bon sang, ce n'est rien du tout !

Les autres gardent le silence. Le vieux routard nous domine d'une tête et de ses larges épaules, les bras croisés dans son pull en laine islandaise élimé, il mâche son chewing-gum à la nicotine et me défie du regard. Je le toise en haussant les sourcils : ça ne peut pas faire de mal d'aller voir ce qui se passe.

C'est de l'hystérie, comme le jour où le volcan Þorbjörn vous a complètement affolés. Je crois que vous feriez mieux de mettre ce vol à profit pour aller faire un tour au Bárðarbunga et examiner l'état des caldeiras sous le glacier de Vatnajökull. Voilà mon avis ! lance-t-il.

Johannes sait tout comme moi qu'en ce moment c'est le calme plat au Bárðarbunga, mais il est aussi impertinent qu'un adolescent bien qu'il approche la soixantaine. J'ai dû avoir avec lui de sérieuses discussions pour tenter de régler des conflits qui l'ont opposé à ses collègues féminines et remettre les pendules à l'heure à cause de comportements dangereux sur le terrain, il s'en est bien tiré et n'a finalement écopé que d'un simple rappel à l'ordre : le jour où il a fait la une de la presse étrangère pendant l'éruption de Holuhraun en bondissant sur une plaque de roche qui flottait sur la lave en fusion et en prenant la pause avec un sourire narquois face aux photographes comme un champion de surf surgi de l'enfer.

Appelle ça de l'hystérie si tu veux, dis-je, en tout cas, aux dernières nouvelles, les sciences de la Terre ne s'appuyaient pas sur tes opinions mais sur des mesures et des relevés scientifiques.

Il faut simplement lever cet état d'alerte, il ne se passe rien d'anormal là-bas. Pas plus qu'il ne se passait quoi que ce soit au Þorbjörn à côté de Grindavík.

Je m'avance vers lui, je croise les bras et le regarde droit dans les yeux : Tu es tellement sensible, mon cher Jói. Je me demande si la Météo nationale ne ferait pas mieux de débrancher ses instruments de mesure pour te brancher à leur place.

Nous nous fixons mutuellement, nos collègues observent et attendent. Il baisse finalement les yeux, affiche un sourire et gratouille ses cheveux gris : Je vois que madame est en forme, le matin !

Tu sais autant que moi à quel point les données sont imprécises s'agissant des secousses sismiques sur le plancher océanique, il y a peut-être une éruption sous-marine qui se prépare à deux pas d'ici sans que nous le sachions. Ça ne peut pas faire de mal d'aller survoler ce périmètre, n'est-ce pas ? Mais tu te crois sans doute plus compétent pour y aller.

La présidente du conseil d'administration de l'Institut des sciences de la Terre sort la tête dans le couloir et met un terme à notre petit duel en me demandant de venir échanger quelques mots avec elle dans son bureau. Les cheveux gris souris d'Elísabet Kaaber sont ébouriffés et son pull-over rose est maculé d'une tache de café.

Ne provoque pas les garçons, ma chère Anna, tu sais bien qu'ils ont peur de toi, dit-elle en plissant ses yeux myopes sur les relevés sismiques qu'affiche le site internet de la Météo nationale et en s'agitant sur son fauteuil. Chaque surface horizontale de son bureau est couverte de livres, de cartes, de documents, de tasses à café, de vases et de cailloux, ce chaos est le prolongement direct de sa personnalité où l'intelligence le dispute au désordre.

Honnêtement, tu crois que vous verrez quelque chose ? Ce n'est peut-être pas une bonne idée d'aller survoler la zone. Mais j'avoue que ça a l'air de chauffer, je n'ai jamais vu ça. En tout cas, pas là-bas.

Même s'il n'y a sans doute rien d'alarmant, ça ne peut pas faire de mal d'aller jeter un œil. Nous sommes en présence d'un comportement inhabituel de la dorsale, certes, elle est capable de tout, dis-je en balayant le bureau du regard avec une grimace. Sérieusement, Ebba, tu ne trouves pas que tu devrais faire un peu de rangement ? Comment parviens-tu à retrouver quoi que ce soit dans un chaos pareil ?

Ah, ne commence pas ! Mon organisation est très précise, je sais exactement à quel endroit se trouve chaque objet. La dorsale est susceptible de se mettre en mouvement n'importe quand, tout comme d'ailleurs l'ensemble de la péninsule de Reykjanes si on va par là.

Allons, allons. Pas d'affolement. Commençons par ce survol en hélicoptère, ensuite nous aviserons.

Elle hoche la tête : Le petit Eiríkur part avec toi, il y aura aussi quelques journalistes. La routine, la Radiodiffusion nationale RÚV a besoin de photos aériennes, il y aura aussi la chaîne de télé Stöð 2, le quotidien *Morgunblaðið*, et enfin, un photographe que je ne connais pas, il a un nom étranger.

Bon sang, Ebba, il s'agit d'une mission scientifique. Je secoue la tête, agacée. Nous avons autre chose à faire. Ces gens nous passent devant, ils se collent aux vitres de l'hélico et on ne voit rien du tout. Dans ces conditions, autant ne pas y aller.

Ma chère Anna, il nous faut être conciliants, soupire-t-elle en me suppliant du regard. Il faut que tu comprennes. Nous devons entretenir de bonnes relations avec les journalistes si on veut qu'ils soient dans notre camp.

J'ouvre la bouche, m'apprêtant à protester, mais elle tend un bras impérieux qui m'en dissuade.

Non, il ne s'agit pas seulement d'une question de financement et de relations publiques. Il est également important d'entretenir la confiance qui nous lie à la nation, il faut que nos compatriotes voient en quoi consiste notre travail, qu'ils se fient aux informations que nous leur communiquons lorsque la situation devient préoccupante. Tu es l'image publique de notre Institut, tu dois donc parler à la presse.

D'accord, dis-je en soupirant. Mais je ne vais pas faire la nounou, il est exclu que je leur explique des choses élémentaires. Je veux pouvoir travailler en paix.

Elle me décoche un de ses rares sourires timides, me reconduit à la porte et me tapote l'épaule en guise d'au revoir.

Bon voyage et bonne chance, conclut-elle. Essaie d'être aimable avec eux. Et j'espère que vous ne découvrirez rien d'alarmant.

Eiríkur et moi irions sans doute plus vite à pied jusqu'à l'aéroport, mais il fait froid et je lui propose de prendre ma voiture. C'est un jeune homme d'une grande intelligence, mais au physique peu avenant, sa grosse tête carrée est surmontée d'une épaisse tignasse. Son intérêt obsessionnel pour les couches de lave du Moyen Âge sur la péninsule de Reykjanes a éclairé d'un jour nouveau les éruptions du XIIIe siècle. Il s'arrête au distributeur, s'achète un lait chocolaté et un sandwich aux crevettes sous cellophane qu'il ouvre dès qu'il est installé dans ma jeep d'une impeccable propreté. Je le fixe, il hésite, puis remballe son sandwich, visiblement contrarié.

Les journalistes sont déjà là, je connais de vue les deux caméramans de la télé et le photographe envoyé par la presse écrite, tous sont expérimentés. Une jeune fille au teint pâle et en proie à une certaine nervosité se présente à nous comme journaliste de la radio nationale. Nous avons déjà embarqué dans l'hélicoptère et attaché nos ceintures lorsqu'un cinquième passager arrive au pas de course, une sacoche de photographe à l'épaule. Il se hisse sur son siège, hors d'haleine, le sourire jusqu'aux oreilles, et met son casque audio sur ses cheveux hirsutes. Il ne semble pas s'émouvoir le moins du monde d'être arrivé juste avant le décollage.

C'est la première fois que je le vois, il me regarde, me sourit, ses lèvres bougent et ses yeux rient, sa denture est blanche et régulière, il n'est pas rasé. Je n'entends pas ce qu'il dit, ses mots se noient dans le vacarme des pales et du moteur, cet homme m'exaspère, son manque de ponctualité, sa suffisance, sa présence envahissante et gênante chargent l'appareil d'une énergie négative. Je ne daigne pas lui renvoyer son sourire, je baisse les yeux et me concentre sur la mission qui m'attend.

L'hélicoptère s'élève, oblique vers l'ouest-sud-ouest, pour traverser la péninsule de Reykjanes en direction de l'îlot d'Eldey. Le jour s'est levé sur le paysage désert, les étendues désolées autour de la capitale s'offrent à notre vue tel un schéma de l'histoire géologique des lieux. Je mets de côté mon agacement, j'ouvre mon micro et me tourne vers les passagers en leur adressant mon sourire le plus conciliant.

Suis-je censée vous embêter en vous donnant une conférence de géophysique ?

Ils hochent la tête avec enthousiasme. Je commence à leur débiter une série de faits : je leur parle de la formation de la péninsule de Reykjanes par accumulation de matière entre les deux plaques situées de part et d'autre de la dorsale médio-océanique, des montagnes de tuf qui faisaient le dos rond sous le poids de la calotte de la dernière ère glaciaire, des plus importantes coulées de lave qui sont nées après que la calotte de glace s'est retirée et que le pays a commencé à se soulever.

La péninsule est d'un point de vue géologique la partie la plus jeune de notre île, dis-je. L'être humain a été témoin d'une partie des éruptions à l'origine de ces coulées. Le grand champ de lave baptisé Húsfellsbruni et situé entre le massif de Bláfjöll et celui de Heiðmörk s'est formé en l'an 1000. Une bonne partie des coulées sur lesquelles s'est construite la ville de Hafnarfjörður est encore plus récente, par exemple, celle de Kapelluhraun, le Champ de lave de la chapelle, la langue qui descend jusqu'à la crique de Straumsvík, est apparue en 1151. La coulée a probablement recouvert une église, ce qui explique son nom.

Le retardataire fait une observation, mais on ne l'entend pas, il tripote son casque jusqu'à parvenir à allumer le micro.

Est-ce que toute cette lave provient du même volcan ?

Non, dis-je, il n'existe pas sur la péninsule de volcan principal. Il n'y a d'ailleurs pas ici de véritable volcan comme le Hekla, le Katla ou l'Öræfajökull. Les éruptions proviennent d'un système de failles qui s'étendent depuis le cap de Reykjanes jusqu'à Svartsengi, Fagradalsfjall, Krýsuvík et jusqu'aux montagnes de Brennisteinsfjöll. Le Hengill est considéré par certains comme faisant partie de la péninsule de Reykjanes, mais c'est un volcan au sens propre qui n'a que peu à voir avec les autres systèmes qui la parsèment. Ici, les épisodes éruptifs peuvent durer des dizaines d'années et se déplacer d'un système de failles à un autre. Les dernières éruptions sur la péninsule de Reykjanes remontent au XIIIe siècle et se sont étalées sur trente ans. Certes, avec des moments de répit.

Une éruption de trente ans ? Ce devait être phénoménal !

Nous ne disposons pas de descriptions précises, mais il semble qu'elles n'aient pas fait de morts. C'étaient des éruptions de taille moyenne qui allaient et venaient, apparaissant constamment dans de nouveaux lieux. Ce type d'éruptions est appelé "feux". Les annales mentionnent d'abondantes pluies de cendres, elles décrivent des glissements de fissures, des explosions à la surface du sol et d'importants bouleversements. La végétation a eu beaucoup de mal à revenir ici plusieurs dizaines d'années après la fin de ces déchaînements. Mon collègue Eiríkur pourrait vous en dire plus, on peut voir les traces de ces événements en étudiant les couches du sol.

J'attrape une feuille froissée dans la poche en plastique de mon sac à dos et je la tends derrière moi. La jeune fille pâle de la radio nationale l'attrape et l'examine attentivement, puis la prend en photo avec son téléphone et la passe au photographe.

Eh oui, il y a eu un sacré feu d'artifice au XIIIe siècle, dis-je. Dix éruptions en trente ans. Les toponymes attestent que la population a été témoin de ces événements. Le mot *bruni* signifie *incendie* et ici, juste en dessous de nous, se trouve un lieu baptisé Háibruni, l'Incendie du Haut ou, si on veut, le Champ de lave du Haut, et là, sur la droite, vous apercevez un autre endroit qui s'appelle simplement Bruni, l'Incendie ou si on préfère, le Champ de lave. On trouve aussi dans les parages un certain nombre d'endroits dénommés Óbrennishólmur, l'Îlot épargné par les feux, ou Óbrynnishóll, la colline qui n'a pas brûlé, puisque la lave a contourné les collines et éminences du paysage. En outre, on repère facilement les endroits où des coulées plus récentes ont recouvert les anciennes, encore et encore, et c'est par ce processus d'entassement que la péninsule s'est formée.

La journaliste allume son micro : Pourquoi a-t-on construit la capitale à cet endroit sachant qu'il y avait eu toutes ces éruptions ?

Je lui réponds par un sourire.

ÉRUPTIONS HISTORIQUEMENT DATÉES* SUR LA PÉNINSULE DE REYKJANES

ANNÉE	LIEU	TYPE
1926	Eldey	sous-marine
1884	Eldey	sous-marine
1879	Geirfuglasker	sous-marine
1783	Eldeyjarboði	sous-marine

* L'Islande a été colonisée à partir de 870. *(Toutes les notes sont du traducteur.)*

1583	Dorsale de Reykjanes	sous-marine
1422	Dorsale de Reykjanes	sous-marine
1340	Dorsale de Reykjanes	sous-marine
1325	Trölladyngja	fissurale
1210-1240	"Feux" de Reykjaneseldar (10 coulées)	sous-marine, fissurale, phréatique
1200	Massif de Brennisteinsfjöll	fissurale
1151-1188	"Feux" de Krýsuvíkureldar (5 coulées)	fissurale
950-1000	Kristnitökueldar "Feux" de la Christianisation (6 coulées)	fissurale

Parce qu'on les avait simplement oubliées. Elles dataient d'il y a si longtemps, il s'est écoulé des siècles avant que les vieux villages et hameaux ne se transforment en une ville et que nous ne nous mettions à construire sur ces champs de lave. L'histoire humaine passe beaucoup plus vite que l'histoire géologique et nous avons la mémoire courte. Mille années représentent trente générations, mais ne sont qu'un instant, une journée, à l'échelle géologique.

Elle me regarde, les yeux écarquillés : Mais ce n'est pas risqué ?

Risqué ? Qu'est-ce qui ne l'est pas ? On risque cependant bien plus de trouver la mort dans un accident de voiture ou en se fracturant les cervicales dans sa salle de bains que de périr pendant une éruption. D'ailleurs, il y a peu de chance qu'une activité volcanique sur la péninsule représente un véritable danger. Elle causerait sans doute pas mal de problèmes principalement dus aux mouvements de l'écorce terrestre. Des routes fissurées, des réserves en eau détruites, des lignes de courant coupées et ce genre de chose. Mais nous devons accepter ces risques si nous voulons vivre dans ce pays. Nous habitons sur un point chaud, sur une zone de fusion du manteau où se forme le magma. En l'absence de ces phénomènes géologiques, nous ne serions pas ici, ce pays n'existerait pas. Sous nos pieds bat un cœur incandescent, cela fait tout simplement partie de la vie.

C'est passionnant, dit le retardataire, le regard allumé. Toutes ces puissances créatrices frénétiques qui se manifestent à répétition et façonnent le pays. Toute cette création et cette destruction qui adviennent en même temps. Comme ce doit être exaltant de travailler là-dessus.

Je souris poliment derrière mon micro.

Les scientifiques doivent toujours s'en tenir aux faits et aux conclusions objectives. Nous n'avons pas le temps de penser à la frénésie où à l'exaltation.

Il sourit en coin, dévoilant ses dents bien blanches.

Mère Nature, *baby* ! Elle se fiche des conclusions scientifiques, elle n'est que chaos et frénésie.

Je secoue la tête et je me concentre sur le paysage en contrebas. Quel crétin !

Nous survolons l'océan, l'îlot d'Eldey et le rocher de Geirfuglasker, l'hélicoptère frôle presque la surface de l'eau, les vagues s'aplatissent sous le vent que produisent les pales de l'hélice. Nous ne distinguons rien qui soit suspect, aucun bouillonnement, aucun changement de couleur, il n'y a rien qui indique qu'il se passe quelque chose d'inhabituel sous l'eau, nous faisons demi-tour, survolons à nouveau les champs de lave et observons en silence la ville qui approche à une vitesse étourdissante.

Trois jours plus tard, l'écorce terrestre se déchire au sud de la pointe de Reykjanestá, une fissure s'ouvre au fond de l'océan, à deux pas de la crique de Kerlingarbás, accompagnée d'explosions assourdissantes, le panache de l'éruption s'élève à plusieurs kilomètres dans l'atmosphère et des milliers de mètres cubes de cendres retombent sur la ville de Keflavík.

Douze minutes avant l'événement, la sonnerie de mon téléphone me réveille. Il me faut quelques secondes pour comprendre le message que j'ai reçu de la Météo nationale et appréhender les informations quant à la série d'événements qui s'apprête à commencer.

Chaos et frénésie, *baby* !

Note explicative I

HEKLA 1947

> L'expérience nous a enseigné que les volcans qui nous sont les plus chers ont l'humeur changeante, et que nous devons constamment nous méfier d'eux.
>
> PÁLL EINARSSON,
> *Volcans d'Islande : surveillance, mises en garde, résultats et perspectives*
> (conférence de Noël de la Société de physique d'Islande tenue à l'Université d'Islande, 19 décembre 2019).

Le Hekla est une chaîne de montagnes, traversée sur toute sa longueur par la faille éruptive de Heklugjá, principal cratère de ce système qui se trouve à l'extrême ouest de la ceinture volcanique orientale de l'Islande. Reine hiératique des volcans islandais, princesse vierge, dragon surplombant les campagnes fertiles de la province du Suðurland, porte de l'enfer, le Hekla est tout cela à la fois, c'est aussi un stratovolcan qui culmine aujourd'hui à 1 500 mètres de lave qu'il a empilée au fil de ses éruptions des sept derniers millénaires.

Et c'est une énigme géologique. Nous avons passé des vies et des vies de travail à tenter de la résoudre et de détecter sa mystérieuse chambre magmatique sans doute profondément nichée dans les entrailles de la terre, peut-être même à plus de vingt kilomètres. Et pourquoi n'est-il pas entré en éruption depuis le début de ce siècle après l'avoir fait à dix ans d'intervalle avant ça, avec la régularité d'un battant d'horloge ? Qu'est-ce qu'il attend ?

Je l'ai moi-même étudié des années durant avant de comprendre à quel point mes compatriotes et moi entretenons avec lui des relations complexes. Du reste, cela ne vaut pas seulement pour le Hekla, mais aussi pour tous les volcans de notre pays. Je les ai toujours envisagés comme une évidence, ressentant une joie mêlée d'angoisse au début de chaque éruption, mais lorsque je me suis mise à voyager vers d'autres terres volcaniques, j'ai découvert que notre attirance pour les éruptions n'a pratiquement pas d'équivalent à l'étranger. Ailleurs dans le monde, les volcans actifs représentent une menace, ce sont des monstres. Les Philippins et les Indonésiens redoutent les leurs, ils les détestent, tandis que les Islandais baptisent leurs enfants des noms de leurs poudrières les plus dangereuses, comme s'il s'agissait de vieilles tantes aimées bien que capricieuses. Personne n'a jamais baptisé son enfant Tambora ou Krakatoa, mais en Islande, on peut à peine mettre un pied devant l'autre sans rencontrer une petite Hekla ou une adorable Katla.

Mon père avait à cela son explication personnelle : le destin avait choisi pour nous cette terre belle et âpre et nous devions la mériter. Tout le monde n'avait pas la capacité d'endurer ces épreuves, voilà pourquoi la nation avait le devoir de former une cohorte de géologues durs à cuire pour veiller à ce que ce pays continue d'être habité. Les Islandais n'avaient encore aucun géologue lorsque le Katla était entré en éruption en 1918.

Une honte nationale, disait-il en secouant la tête. Nous avions formé des poètes et des pasteurs plutôt que des savants. Ce sont des scientifiques étrangers qui ont mené l'ensemble des recherches sur cette importante éruption, et ils manquaient de connaissances sur le pays et son histoire. Ils n'avaient pas le feu dans le sang, proclamait mon père le regard sombre en tapotant sa pipe comme pour en éjecter tous ces savants étrangers.

La Société scientifique d'Islande fut fondée cette année-là, en 1918, entre autres pour remédier à ce manque et, pendant la crue de la rivière Skeiðará déclenchée par une éruption sous-glaciaire en 1938, les autorités ont décidé que seuls des scientifiques islandais prendraient part au premier vol de reconnaissance au-dessus du Vatnajökull pour aller observer les caldeiras formées au nord des lacs sous-glaciaires de Grímsvötn. Certes, le pilote était à demi danois et, qui plus est, formé par les nazis, mais qu'importe d'où viennent les bonnes choses, disait mon père en m'adressant un clin d'œil. Puis il se taisait et prenait un air à la fois mélancolique et solennel parce que le regretté Steinþór avait fait partie de cette expédition. Steinþór avait péri neuf ans plus tard pendant l'éruption du Hekla, il est le seul géologue islandais à avoir perdu la vie sur le terrain, il est mort en héros au service des sciences de la terre islandaises. Papa étudiait à l'étranger lorsque c'est arrivé, mais il se rappelait très bien l'événement, il conservait comme une relique l'article de journal qui avait annoncé son décès et m'autorisait parfois à y jeter un œil.

> UNE TRAGÉDIE aussi affreuse que brutale s'est produite sur le champ de lave de Hekluhraun dimanche dernier : le magister géologue Steinþór Sigurðsson a été percuté par un morceau de roche tombé d'une coulée en fusion. Il a été tué sur le coup. Steinþór était parti faire des recherches sur le terrain, il filmait une des principales coulées incandescentes au moment où celle-ci a brusquement dévié. Debout au pied de ce mur de lave en mouvement et haut de dix mètres, il n'a pas remarqué le morceau de roche en fusion qui dévalait le front de la coulée à grande vitesse, et n'a pas eu le temps de reculer pour l'esquiver. Steinþór est aussitôt tombé et a rendu son dernier souffle. Le morceau de lave l'a percuté en pleine poitrine, au niveau du cœur.
>
> *Morgunblaðið*, 3 novembre 1947

J'ai souvent pensé à cette mort quand j'étais petite, être frappé en plein cœur par un morceau de lave en fusion. J'imaginais le cœur qui s'enflammait, et l'étonnement de Steinþór en le voyant partir en fumée.

Lorsque j'ai commencé à parcourir le monde pour donner des conférences sur le volcanisme en Islande, voici comment j'expliquai à mon auditoire notre amour des éruptions : Notre nation n'a été témoin d'aucune éruption à proximité des zones habitées entre celle du Katla en 1918 et celle du Hekla en 1947. Entre ces deux dates, les Islandais ont perdu le souvenir des horreurs que ces éruptions leur avaient fait vivre. Nous nous étions libérés de la couronne danoise et nous avions intégré le volcanisme dans l'image de notre nation en route vers l'Indépendance. Les volcans étaient devenus les joyaux de la couronne dans les idées romantiques que les Islandais se faisaient des liens qui unissaient notre nation à son pays, et voilà pourquoi c'est toujours une fête lorsque la terre s'ouvre en crachant du feu et des cendres. Les gens sautent dans leur voiture et roulent aussi loin qu'ils le peuvent pour admirer de leurs yeux le magnifique spectacle, ils contournent les cordons de sécurité installés par la protection civile, risquent leur vie et celle de leur famille pour contempler l'éruption à l'œil nu. Des journalistes surexcités interrogent des géologues empreints de gravité qui sont subitement passés du statut de scientifiques poussiéreux à celui de prophètes et de héros nationaux. Nos restaurateurs les plus imaginatifs emmènent des milliardaires jusqu'à la coulée de la vie et leur servent des magrets de canard grillés au feu du volcan, accompagnés de champagne millésimé sur des tables couvertes de nappes immaculées, certes, la cendre volcanique crisse entre leurs dents.

Lorsque notre île s'agrandit, nous célébrons l'événement, disais-je avec un sourire narquois, ce qui déclenchait généralement les rires de mon auditoire. Voilà pourquoi nous n'avons pas besoin d'armée en Islande. À quoi bon envahir d'autres pays puisque le nôtre s'agrandit tout seul.

Inutile de dire qu'aujourd'hui, je n'ai plus la même opinion.

L'éruption du Laki en 1783 a décimé presque un quart de la nation. Depuis, huit générations ont passé. Nous sommes les descendants des survivants : le feu, la cendre et la faim sont gravés dans notre patrimoine génétique. Nous ne pouvons pas nous en empêcher, nous sommes attirés par le feu et les éruptions comme des papillons de nuit.

NOUS VIVONS SUR UN VOLCAN ACTIF

Lorsque le magma de la cheminée éruptive ou des bouches volcaniques entre en contact avec de l'eau, cela donne lieu à ce qu'on appelle en islandais des *tætigos*, des éruptions phréatiques. Parmi ces dernières, les éruptions de type *surtseyen* tirent leur nom de celle qui a donné naissance à l'île de Surtsey en 1963. Lors d'une éruption phréatique, la forte proportion de petites particules augmente le transfert de chaleur vers le panache, lequel s'élève alors bien plus haut dans l'atmosphère que dans les autres types d'éruptions. Ainsi, de la roche ignée alcaline qui entre en contact avec l'eau peut aisément former un panache éruptif massif et chargé de matière susceptible de monter à une altitude entre 10 et 20 kilomètres, alors que, dans d'autres conditions, en l'absence d'eau, ce phénomène se serait résumé à une coulée de lave.

Ármann Höskuldsson,
Magnús Tumi Guðmundsson,
Guðrún Larsen et Þorvaldur Þórðarson,
Éruptions. Risques volcaniques.

Comment diable une chose pareille peut-elle arriver ? Comment une éruption peut-elle se déclencher sur l'aéroport international de Keflavík sans qu'on soit prévenus à l'avance ?

Le chef de la police hurle sur les employés de la Météo nationale qui essaient en vain depuis plusieurs semaines d'attirer son attention sur l'activité sismique inquiétante au large de la pointe de Reykjanestá. Debout au centre de la salle du centre de coordination de la protection civile, il tourne sur lui-même et vocifère dans son portable qu'il tient devant son visage, ceux qui affluent entrent dans la pièce et le regardent, médusés.

Prévenu à l'avance ? À ton avis, qu'est-ce qu'on entend par là lorsqu'on parle d'état d'alerte ?

Je reconnais la voix rauque et agacée de Júlíus, le directeur technique de la cellule de surveillance sismique à la Météo nationale, il éructe à l'autre bout de la ligne, il n'apprécie pas trop la plaisanterie. C'est un choc de constater que les sismomètres de la Météo n'ont pas perçu les petites secousses annonciatrices de l'éruption imminente, mais c'est justement le problème avec les éruptions sous-marines. À cela vient s'ajouter le gigantesque panache éruptif qui se forme lorsque le magma en fusion s'échappe de l'écorce terrestre et se fraye un chemin jusqu'à la surface de l'océan, avant de se précipiter vers la stratosphère d'où il déverse ensuite des tombereaux de cendres et de scories sur Keflavík, interrompant le trafic aérien dans cette zone de l'Atlantique nord pour une durée indéterminée. Les avions arrivés trop près de leur destination pour pouvoir faire demi-tour ont été déroutés vers Akureyri, Egilsstaðir, Nuuk au Groenland ou Tórshavn aux îles Féroé, ce qui met à mal les projets de voyage de milliers de passagers et les horaires de vol d'innombrables compagnies aériennes. Je distingue de grosses taches de transpiration sous les aisselles de la chemise du chef de la police, tout cela est tellement terrible, énorme et contrariant, et c'est sur lui que retombe cette catastrophe.

Bonjour, dis-je d'une voix qui se veut encourageante, cet homme est la plus haute autorité de la protection civile et il faut qu'il soit en mesure de prendre des décisions pondérées même s'il n'a pas l'air de l'être en ce moment. Le teint écarlate, le front ruisselant de sueur, il observe d'un regard halluciné les écrans qui tapissent les murs. Il aurait besoin de quelqu'un pour lui tapoter l'épaule et le calmer, allons, allons, nous sommes là, le Conseil scientifique est en train d'arriver, les dirigeants des brigades de secouristes ne tarderont plus, et voici Milan, l'officier de police attaché à la protection civile, calme, les cheveux en brosse, les épaules assez larges pour retenir le ciel et éviter qu'il s'effondre. Tout ira bien.

Nous nous installons autour de la table de réunion couverte de taches, les cheveux en bataille, à peine sortis du lit, la directrice de la sécurité d'Isavia, l'opérateur des aéroports islandais, semble n'avoir même pas pris le temps d'enlever son pyjama, mais ce n'est qu'un détail, elle s'est acquittée de sa mission, l'entreprise a dérouté tous les appareils à destination de Keflavík, activé les aéroports de délestage, contacté la cellule de surveillance des nuages volcaniques à Londres et interrompu le trafic aérien dans l'Atlantique nord. Elle semble encore ébahie par toute cette effervescence.

Merci d'être venus si vite et à une heure si matinale, commence Milan en regardant le groupe bigarré aux yeux encore pleins de sommeil. Nous avons jugé nécessaire de convoquer sur-le-champ le Conseil scientifique à cause de l'éruption au large de la péninsule de Reykjanes. Nous attendons encore deux personnes. Les représentants de l'Agence pour l'environnement et de la Météo nationale sont en route. Le café sera bientôt prêt, mais je pense que la réunion peut démarrer. Anna Arnardóttir, de l'Institut des sciences de la Terre à l'Université d'Islande, le mieux serait que vous commenciez. Que savons-nous de ce qui se passe en ce moment sur la péninsule de Reykjanes ?

Je n'en sais pas beaucoup plus que vous, dis-je. En me fondant sur le peu d'informations dont nous disposons, je dirais qu'une faille éruptive s'est probablement ouverte au large de la crique de Kerlingarbás, à l'extrême sud-ouest de la péninsule. Il semble qu'il s'agisse d'une éruption phréatique de type *surtseyen* – une petite éruption *fissurale* – dont le panache atteint presque dix kilomètres. Nous pouvons l'observer grâce au radar météo de l'aéroport de Keflavík.

Est-ce très préoccupant ?

C'est difficile de se prononcer, tout dépend de la manière dont elle évoluera. L'éruption est sous-marine – en tout cas, pour l'instant – et les éjectas qui s'échappent de l'océan le font sous forme de scories et de cendres. Ces matières pyroclastiques sont susceptibles de retomber en grandes quantités sur les zones de Grindavík et de Hafnir, elles peuvent endommager les centrales géothermiques qui s'y trouvent et causer de sérieuses difficultés à Keflavík et à l'aéroport. La cendre peut rendre les routes glissantes sur un important périmètre, mais le danger principal réside sans doute dans le panache qui empêche le trafic aérien.

Est-il trop tôt pour se prononcer sur l'évolution ?

Eh bien, les éruptions sous-marines vont et viennent, on ne sait jamais pendant combien de temps elles affleurent à la surface de l'océan. Cet épisode pourrait durer quelques heures, peut-être quelques jours.

Cet épisode ?

Milan lève les yeux de l'écran de son ordinateur et m'adresse un regard inquisiteur. Il articule un peu trop parfaitement, en dehors de ce détail, peu de choses rappellent son lointain passé de chef de la police militaire yougoslave. Il parle d'une voix grave et calme comme si nous discutions du temps qu'il fait, il a géré des problèmes plus complexes que cette éruption.

Il est trop tôt pour se prononcer. Les éruptions sous-marines qui atteignent la surface de l'océan surviennent souvent par épisodes, par saccades qui se répètent encore et encore. Par exemple, celle qui a donné naissance à l'île de Surtsey a duré de 1963 à 1967, en tout trois ans et demi, avec des moments d'accalmie. Nous en savons moins sur l'activité volcanique des fonds océaniques au large de la péninsule de Reykjanes qui a connu quelques petites éruptions depuis le XIVe siècle. La dernière date de 1926 et s'est produite au nord-est de l'îlot d'Eldey, elle a été très brève et n'a duré que quelques heures. Pour autant qu'on sache, cette partie du pays n'a pas connu d'éruption importante depuis le XIIIe siècle. Cet épisode-là a commencé sur la terre ferme, puis s'est déplacé jusque sous l'océan.

Combien de temps a-t-il duré ?

Trente ans dans sa totalité, avec des moments de répit.

Trente ans ?

Une ride se creuse sur le front de Milan, c'est le premier signe d'inquiétude qu'il laisse transparaître depuis son arrivée.

Oui, ce qu'on appelle les *feux* de Reykjanes a duré trente ans. Ils ont constitué le dernier chapitre d'une activité volcanique intense qui s'est étalée sur presque trois cents ans sur la péninsule. La première éruption a eu lieu dans le massif de Brennisteinsfjöll en l'an 1000, puis les feux de Krýsuvíkur ont pris le relais au XIIe siècle, puis ceux de Reykjanes entre 1210 et 1240. Ces éruptions apparaissaient ici et là, elles allaient et venaient entre les systèmes de failles qui parcourent la péninsule d'est en ouest.

Excuse-moi, mais c'est ce qui se passe en ce moment ? me demande Ólöf, la directrice de la sécurité d'Isavia, en me dévisageant d'un air incrédule comme si elle entendait ces dates pour la première fois.

C'est là une question très difficile, dis-je. L'éruption à laquelle nous assistons a débuté il y a quelques minutes et nous ne disposons évidemment d'aucune donnée scientifique contemporaine quant à celles du Moyen Âge, nous pouvons seulement tenter de collecter des indices en étudiant les couches géologiques de la zone et effectuer des recoupements à partir d'éruptions récentes ailleurs en Islande. La péninsule n'a connu aucune éruption depuis plus de huit cents ans. Nous ne devons exclure aucune hypothèse.

Pourquoi n'avons-nous pas entendu parler de tout cela avant maintenant ? interroge-t-elle. Nous avons investi des milliards dans cet aéroport international, nous l'avons vendu comme étant le centre névralgique du trafic aérien dans l'Atlantique nord et nous commençons à peine à nous relever de la pandémie : comment allons-nous nous débrouiller pour faire face à des éruptions permanentes pendant trente ans ?

Tous ces éléments sont clairement mentionnés dans le rapport d'évaluation des risques, dis-je, agacée. Sa dernière version est disponible depuis trois ans. Par conséquent, rien de tout cela ne devrait te surprendre. Nous vivons sur un volcan actif où l'on compte en moyenne une éruption tous les quatre ans. À votre avis, d'où provient toute la lave sur laquelle ton aéroport a été construit ?

Nous pourrons en discuter plus tard, interrompt Milan. Nous devons gérer la situation telle qu'elle se présente et déclencher le plan Catastrophes naturelles. L'alerte a été donnée, nous avons commencé à évacuer les bourgades de Hafnir et Grindavík. Les brigades de sauveteurs installent des centres de secours dans les écoles de Keflavík et de Vogar á Vatnsleysuströnd. Les passagers des vols et les touristes peuvent patienter dans le terminal de l'aéroport, à tout le moins durant quelques heures.

La réunion est censée être aussi brève que pragmatique, mais le Conseil scientifique suit ses propres règles, ses lois tacites : chacun doit pouvoir se lever et exposer son point de vue en fonction de sa spécialité ou de l'institution qu'il représente. Les géologues s'inquiètent des mouvements de la croûte terrestre, les experts en pétrologie discutent des isotopes présents sur les champs de lave anciens de la zone, Maurice, d'Ísor, l'Institut de prospection d'énergie, passe en revue les dernières images par satellite de la péninsule de Reykjanes et Bárður de l'Agence pour l'environnement prévoit que les toits des bâtiments du cap de Suðurnes se mettront à ployer quand la couche de cendre atteindra une épaisseur de 80 centimètres : Chaque mètre cube de cendre sèche pèse 600 kilos et une tonne lorsqu'elle est mouillée, dit-il en fronçant les sourcils.

La porte s'ouvre avec fracas, un groupe de journalistes contourne le coin café et se poste au centre de la salle de réunion du centre de coordination. Caméras à l'épaule, trépieds dépliés, portables brandis, les flashs crépitent à qui mieux

mieux. Milan demeure impassible, il se lève pour accueillir le quatrième pouvoir.

Bonjour et bienvenue, dit-il. Nous n'avons hélas que peu d'informations à vous communiquer pour l'instant, nous sommes en pleine réunion du Conseil scientifique et nous commençons tout juste à appréhender la situation. Voici ce que nous savons : une éruption sous-marine a débuté au large de la péninsule de Reykjanes, tout près de la crique de Kerlingarbás. On pense avoir affaire à une éruption de taille moyenne qui génère toutefois un imposant panache de cendre susceptible d'avoir de graves conséquences sur le trafic aérien. Des scories retombent en grande quantité sur le cap de Suðurnes et nous ne pouvons pas exclure la présence de gaz toxiques. Nous avons déclenché le plan Catastrophes naturelles de la protection civile et déclaré l'état d'alerte à Grindavík, Reykjanesbær et Vogar. L'évacuation de Grindavík et de Hafnir est en cours, nous demandons aux habitants de se tourner vers les centres de secours de la Croix-Rouge. La police et les brigades de secouristes participent à cette évacuation. Tous les vols en provenance et à destination de Keflavík ont été annulés jusqu'à nouvel ordre.

Milan débite ces informations comme s'il lisait une fiche, cet homme à la sérénité basaltique a concocté son exposé dans sa tête à partir du chaos qui règne dans la salle de réunion. Les correspondants l'écoutent avec attention, micros tendus vers lui, et prennent des notes comme s'il en allait de leur vie. Il leur demande ensuite s'ils ont des questions, un chroniqueur à l'air solennel, chevalier vétéran des cataclysmes, lui demande d'une voix forte : Des vies sont-elles en danger ?

Je roule des yeux : c'est justement ça qui est insupportable avec les journalistes lorsqu'ils couvrent une catastrophe naturelle, leur faim insatiable de désastres et de tragédies, leur besoin de faire appel aux plus bas instincts des lecteurs, la peur et le sentimentalisme. Milan ne se laisse pas décontenancer.

Nous avons déclaré l'état d'alerte pour qu'aucune vie humaine ne soit menacée, répond-il. Il nous faut évacuer le périmètre le temps d'évaluer la situation sur le terrain, mais pour l'instant, rien n'indique que cette éruption mette la population en danger.

Le brouhaha monte d'un cran, les journalistes posent leurs questions tous en même temps, mais la voix du chevalier des cataclysmes couvre toutes les autres : Il y a longtemps qu'on pense que le moment est venu pour la dorsale de Reykjanes de se réveiller. Vous ne devriez pas être mieux préparés ?

Je me lève et je vais me poster à côté de Milan : Il y a une chose que vous n'avez pas comprise, dis-je en faisant les gros yeux au chroniqueur. On ne peut jamais dire que le moment est venu pour un volcan de se réveiller. Les volcans n'ont pas d'horaire. Ils entrent en éruption uniquement lorsque les conditions sous la croûte terrestre l'exigent. Cela se produit parfois à un rythme assez régulier, mais ça ne nous aide pas à prévoir leurs prochains débordements. Sinon, notre travail serait assez facile.

Le chevalier des cataclysmes ne pose pas d'autre question, mais la jeune femme pâlichonne de la radio nationale est là, elle tend son bras gracile. Milan lui adresse un signe de la tête.

Doit-on s'attendre à d'autres éruptions dans la zone à la suite de celle-ci ? Je crois savoir que la dernière a duré plusieurs décennies, et à plusieurs endroits de la péninsule.

Elle baisse les yeux sur son calepin, puis relève la tête.

Est-ce le début d'une nouvelle série d'éruptions sur la péninsule de Reykjanes ?

Il est beaucoup trop tôt pour pouvoir l'affirmer, dis-je. Notre mission présente est de réagir à cette éruption sous-marine. La Météo nationale dispose d'un vaste réseau de sismomètres installés sur cette zone, et nous sommes informés de toute activité volcanique dans des délais raisonnables.

Pas cette fois-ci, corrige la journaliste. Ce délai s'est vu réduit à treize minutes.

Il serait préférable que la Météo nationale vous réponde. Pour ma part, je peux simplement vous dire que les éruptions sous-marines sont toujours plus difficiles à prévoir.

Milan met fin à la réunion.

L'attachée de presse de l'Association de sauvetage et de recherche Landsbjörg sera votre contact, vous pouvez déposer auprès d'elle vos demandes d'interviews et de clichés. Et quoi qu'il arrive, rappelez-vous que seules des informations justes et vérifiées sortent de cette pièce. Nous devons garder notre calme, évitons d'encourager des débordements. Cela dépend de nous tous.

Nous nous rasseyons et les journalistes s'installent en renâclant à la table de presse. Júlíus arrive enfin de l'Institut de la météo nationale avec sa longue barbe et l'air renfrogné d'un nuage d'orage, ce qui signifie que je peux aller à l'aéroport de Reykjavík pour préparer le vol de reconnaissance qui décollera avant l'aube. Je le salue prudemment, il hoche la tête et balance son sac à dos sur le bureau.

Le fric, grommelle-t-il, il n'y en a que pour le fric ! Nous avons essayé de quémander des financements pour améliorer le réseau de sismomètres sur la dorsale de Reykjanes depuis le début de cette série de tremblements de terre, l'administration a joué au ping-pong avec notre requête entre les ministères jusqu'à ce que ce truc-là arrive : et maintenant, cette saleté nous explose à la figure !

Aurions-nous été prévenus plus tôt si vous aviez eu un plus grand nombre de sismomètres ? dis-je.

À ton avis ? Il faudrait que nous en ayons trois fois plus, surtout sur la péninsule de Reykjanes. Mais toutes ces secousses ne leur ont pas semblé assez intéressantes ni importantes…

Il s'interrompt, me regarde droit dans les yeux, sa barbe tremble.

Imagine que ce soit arrivé un peu plus tard, à cette heure-ci, vers 6 heures du matin, au moment où les vols arrivent d'Amérique, hein ? J'aurais été ravi d'endosser la responsabilité de la catastrophe, de voir ces avions tomber du ciel comme des oies abattues par des chasseurs.

C'est tout de même très improbable, dis-je pour le réconforter. Vous vous seriez rendu compte de ce qui se passait assez tôt pour pouvoir dérouter ces vols.

Oui, c'est ce que tu crois, répond-il en se laissant tomber lourdement sur son siège. C'est ce que tu crois.

Le TF-Sif, l'avion Bombardier des gardes-côtes, n'est pas aussi agile que les hélicoptères, mais il est rempli de radars et de caméras thermiques pour repérer le périmètre de l'éruption et le nuage qu'elle génère. C'est également un moyen de transport bien plus confortable. L'équipage le prépare tandis que mon collègue Eiríkur, deux scientifiques de la Météo nationale et moi-même attachons nos ceintures. Le jour se lève peu à peu, mais c'est une aube étrange, on dirait une vieille photo, la lumière qui naît à l'est ne réussit pas vraiment à percer, elle bute sur une résistance et se diffracte. L'ouest est quant à lui envahi par des ténèbres abyssales et muettes, un silence ponctué par intermittence de lointains grondements de tonnerre.

Je bois mon café en serrant les dents pour masquer combien elles claquent, le froid, le manque de sommeil et l'excitation se conjuguent, je suis remontée comme une horloge, mon corps est une corde vibrante, mais mon esprit veille et j'ai les idées claires, nous n'allons sans doute pas tarder à décoller, j'ai hâte de regarder cette éruption en face.

La porte de la cabine des passagers s'ouvre d'un coup sec. Ófeigur Kúld entre. Le chef des gardes-côtes est un petit homme énergique au sourire grimaçant que mon père aurait sans doute surnommé la pile électrique. Il nous salue : Eh bien, nous y voilà. Quel cirque !

Il regarde sa montre : Vous devriez décoller dans une vingtaine de minutes, nous attendons les autres passagers.

Les autres passagers ? dis-je. Comment ça ?

Les membres du gouvernement. Et les journalistes.

Je n'en crois pas mes oreilles.

Le gouvernement ? Qu'est-ce que c'est que cette histoire ?

Nous avons reçu une requête du bureau du Premier ministre. Le Conseil de Sécurité nationale tient à voir l'éruption en direct : le Premier ministre, le ministre des Affaires étrangères et la ministre de la Justice. Ils seront là d'un moment à l'autre et les journalistes arrivent peu à peu.

Vous comptez retarder cette mission d'observation pour remplir cet appareil de ministres ? Vous avez perdu la tête ?!

Halldóra Rögnvaldsdóttir de la Météo nationale vient à ma rescousse : Il s'agit d'une mission scientifique, c'est une question de protection civile. Vous ne pourriez pas affréter un autre vol pour les membres du gouvernement ?

Ófeigur s'étire, son sourire s'efface de son visage : N'oubliez pas que cet avion est celui des gardes-côtes, tout comme les hélicoptères qui vous emmènent pendant vos fameuses missions scientifiques. Je suis à la tête des gardes-côtes, sous l'autorité du ministre de la Justice. Pour l'instant, restez tranquillement assis, nous partirons à mon signal et c'est à moi de décider qui vient avec nous. Et qui ne vient pas. C'est bien compris ?

Il s'avance vers la porte de la cabine à grands pas et sort en la claquant. Interloqués, nous échangeons des regards consternés.

Sale petit bonhomme, marmonne Halldóra.

J'attrape mon téléphone pour appeler Milan Petrovic. Il décroche dès la première sonnerie, sa voix est calme, le ton un peu sec.

C'est Ófeigur qui décide, confirme-t-il dès que je lui ai expliqué la situation. Je ne suis pas d'accord avec lui, mais je n'ai pas à lui dire comment faire son travail. Et j'ai d'autres problèmes à gérer en ce moment, Keflavík croule sous les cendres et les scories.

Il raccroche, nous restons assis, désemparés. Puis la porte de la cabine s'ouvre à nouveau et l'appareil s'emplit de passagers. Les ministres et leurs assistants nous saluent, excités, emmitouflés dans leurs doudounes à l'exception de la ministre des Affaires étrangères qui ressemble à une ourse à double menton encore un peu endormie avec son épais manteau de fourrure et sa chapka. Elle a pris le temps de se maquiller et de se mettre du rouge à lèvres. Ils s'installent à côté des hublots, les journalistes vont devoir se satisfaire des sièges qui longent l'allée centrale.

C'est vraiment la meilleure, maugrée Halldóra. Penchées sur nos ordinateurs, nous essayons l'une comme l'autre de faire abstraction de ces intrus.

L'avion décolle enfin, il s'élance sur la piste et s'élève dans les airs. Les collègues scientifiques et moi-même sommes assis face aux hublots d'observation, les membres des gardes-côtes scrutent les écrans des appareils de mesure. Le jour se lève, le panache gris anthracite de l'éruption se déploie à l'ouest, au large du cap de Reykjanes, comme un poing brandi, à l'opposé de l'aube. Il est zébré d'éclairs. Des grondements de tonnerre titanesques secouent la carlingue, comme si des montagnes s'affrontaient. Chaque fois, nous sursautons.

Il est très sombre, dis-je, Halldóra acquiesce d'un hochement de tête. Incroyablement sombre pour une éruption sous-marine, cela indique sans doute qu'une grande quantité de magma s'échappe de la fissure, qu'elle se transforme en téphra qui fuse vers l'atmosphère en dégageant toute cette vapeur blanche. L'éruption est peut-être plus importante que ce qu'on supposait.

Les passagers se perdent en *ouah* et en *mon Dieu* ! Un caméraman de la télévision leur demande de se taire, leurs exclamations couvrent les bruits ambiants. L'avion se précipite vers le panache qui atteint déjà une hauteur de douze kilomètres et agite un voile opaque de cendres sur Keflavík et la côte nord du cap de Suðurnes. Là-bas, c'est le noir complet, c'est une tempête déchaînée et aveuglante de scories. L'appareil contourne le panache par le sud, la mer gris sombre bouillonne comme une source chaude autour du site de l'éruption, tout près de la côte.

La péninsule pourrait s'agrandir et se prolonger plus loin dans la mer, conjecture Halldóra, à moins que l'éruption ne se déplace jusqu'à la terre ferme.

Je hoche la tête, je tends le cou pour mieux y voir, je détache ma ceinture et je vais rejoindre les gardes-côtes devant leurs caméras infrarouges et leur radar. Je scrute les écrans pour tenter de voir si l'éruption est localisée sur un seul site ou sur plusieurs au fond de l'océan.

Je demande à l'homme qui s'occupe du radar si on ne pourrait pas approcher un peu plus.

Si, ce devrait être possible. Il y a une interdiction de survoler la zone sur un rayon de dix milles marins et une hauteur de 20 000 pieds. Mais c'est lui qui décide, répond-il en désignant de la tête la cabine de pilotage. Peut-être qu'il n'ose pas aller trop près sachant qu'il transporte la moitié du gouvernement à son bord.

Plus nous approchons du site de l'éruption, plus l'appareil est secoué, je retourne en titubant vers ma place et j'attache ma ceinture. Comme hypnotisée, j'observe le panache gris qui sort de la mer et monte dans le ciel bleu, les volutes se boursoufflent et s'ouvrent constamment, elles explosent comme des fleurs terrifiantes, excroissances de vapeur, de gaz et de scories. On dirait qu'on a ouvert en grand les portes de l'enfer, que le mal envahit la Création à sa guise et brusquement, une peur primale me saisit. J'en suis tout étonnée, il faut que je me reprenne et que je me souvienne qu'il n'existe rien qui s'appelle Création ou enfer. Cette éruption n'a rien de maléfique, elle est simplement engendrée par la terre comme moi et tout le reste, elle n'est ni meilleure ni pire, elle ne fait qu'obéir à des lois naturelles et agit en toute conformité avec elles. Je ne comprends pas mes appréhensions, les visages des autres scientifiques n'affichent que concentration. Je serre les dents et j'essaie de chasser ces sentiments irrationnels de mon esprit. Je tourne la tête vers les passagers qui, tous sauf un, regardent, pétrifiés, le spectacle hallucinant. Le photographe, le retardataire de l'autre jour, a délaissé son appareil et m'observe. Il me fixe droit dans les yeux.

Je suffoque. Je me tourne en vitesse vers le hublot. Il a compris ce que je viens de ressentir, il a lu dans mes pensées. Aujourd'hui, son regard n'est plus rieur mais inquisiteur, entre la méditation et la contemplation. Je me maudis en silence, les yeux perdus dans les volutes bouillonnantes du panache éruptif comme si elles allaient m'apporter des réponses.

L'avion fait demi-tour, contournant à nouveau l'éruption, cette fois-ci par le sud, il vole plus bas et plus près de la zone. Les passagers s'agitent, les ministres trouvent apparemment que l'appareil s'approche un peu trop, mais la fin justifie les moyens, cela nous permet de prendre des images exploitables. L'éruption est moins proche de la terre ferme que nous l'avions cru.

Lorsque nous atterrissons, le vent a tourné, un nuage noir enveloppe la capitale. La cendre tombe comme une neige placide arrivée de l'enfer, tout est gris, les bâtiments, les voitures et les arbres. J'évite soigneusement le regard du photographe. Nous remontons nos cols en nous couvrant la bouche et le nez de nos mouchoirs avant de descendre de l'appareil pour aller rejoindre le hangar, l'assistant de la ministre des Affaires étrangères ouvre un parapluie au-dessus d'elle pour protéger la précieuse fourrure de son manteau, Halldóra et moi échangeons un sourire entendu.

Ófeigur nous attend, l'air aimable, il nous distribue des masques et nous recommande d'être prudents. On a demandé à la population de ne pas sortir et de garder les enfants à l'intérieur, mais il y a toujours assez de gens qui n'entendent pas les messages d'alerte ou choisissent délibérément de les ignorer, qui mettent le nez dehors pour aller faire des choses urgentes et parfaitement inutiles. Les voitures avancent avec lenteur le long des rues enténébrées, la lumière des lampadaires peine à traverser les flocons de cette neige noire.

Les enfants. Où sont-ils ? Où est mon mari ? Je n'ai pas eu le temps de penser à eux, prise dans ce tourbillon d'agitation, et je ne les ai pas appelés. J'attrape mon téléphone au fond de ma poche, le réseau de télécommunications est saturé, je ne parviens à les joindre qu'à la troisième tentative.

Je suis soulagé de t'avoir au bout du fil, soupire Kristinn. Tout va très bien. Salka regarde un film et Öddi dort. Ils lui ont demandé de venir bosser dans l'après-midi, il faut que la fonderie d'aluminium continue à fonctionner. Quant à moi, je travaille à la maison aujourd'hui, je veille sur le foyer et les enfants. Tu fais bien attention à toi, n'est-ce pas ?

Évidemment. C'est notre boulot d'être prudents. Tu as calfeutré les fenêtres ?

Oui, il a tout calfeutré avec des bandes adhésives, il ne devrait pas entrer dans la maison le moindre grain de cette poussière. Il me passe Salka, je dis à ma fille qu'il n'y a pas de danger, que ce sera juste un peu désagréable le temps que les cendres retombent.

Ça fait une drôle d'ambiance, dit-elle. On se croirait dans la série *Stranger Things*.

Cette cendre, c'est juste une sorte de sable. Flambant neuf et sans danger qui vient d'être cuit dans le four de la terre. Elle aura disparu en moins de temps qu'il ne faut pour s'en rendre compte.

Maman, quand est-ce que tu rentres ? demande-t-elle, la voix légèrement tremblante. Qu'est-ce que tu fais ?

Nous devons étudier cette éruption pour en apprendre plus sur notre Terre, et ça nous permettra aussi de dire à la police et aux secouristes ce qu'ils doivent faire.

J'ai peur pour toi.

Allons, ma chérie, ne dis pas de bêtises. Tu ne dois pas avoir peur pour moi, dis-je, balayant ma mauvaise conscience, je me souviens à quel point je craignais constamment pour la vie de mon père. Je te promets de faire très attention. Et toi, tu me promets de veiller sur tout le monde à la maison ? Sur Öddi, ton père et tes rats ?

Maman, ce ne sont pas des rats, répond-elle en riant. Ce sont des dégus.

Tu promets de veiller sur eux, n'est-ce pas ?

Oui, maman. Je t'aime.

Moi aussi, je t'aime, ma grande petite fille. Sois courageuse et ne t'inquiète pas. Il n'y a rien à craindre.

•••

Il n'y a rien à craindre, on travaille sans relâche et avec discipline au centre de coordination, le calme règne dans l'œil du cyclone. Milan est assis sur une chaise de bureau usée à une extrémité de la table de conférence, il boit son café dans une tasse qui a perdu son anse et dirige les opérations de la police et des sauveteurs avec sérénité et concentration. Son supérieur, le chef de la Police nationale, semble avoir repris ses esprits, il a enfilé sa veste ornée de boutons en laiton, va et vient de table en table et demande comment ça va, distribue quelques mots d'encouragement et s'arrange pour avoir l'air de servir à quelque chose. Son visage s'illumine lorsqu'il nous aperçoit avec Halldóra et Eiríkur : Vous voilà enfin ! Il faut qu'on parle.

Nous nous enfermons dans une salle de réunion pour examiner les photos et évaluer la situation. La cendre s'entasse sur le cap de Suðurnes, les brigades de secouristes interviennent dans tout le Sud-Ouest du pays pour déblayer les toits et les bâtiments importants, mais on considère qu'il serait inutile de procéder à d'autres évacuations. Les habitants de Grindavík sont mécontents de devoir quitter leurs maisons, le vent vient du sud et la bourgade est moins touchée par les retombées de cendres que celles situées sur la côte nord du cap de Suðurnes.

La bonne nouvelle, c'est qu'on n'a mesuré pour ainsi dire aucune présence de gaz toxiques, annonce Milan. La population a reçu l'ordre de ne pas quitter son domicile et de calfeutrer les huisseries en attendant des analyses plus poussées. En revanche, nous devons évacuer l'aéroport en début d'après-midi, transférer les touristes à Reykjavík et leur trouver des hébergements. Ces gens sont choqués, ils ont faim, un grand nombre d'entre eux n'a qu'une connaissance rudimentaire de l'anglais et Isavia a attendu jusqu'à maintenant pour faire traduire les informations dans d'autres langues.

Il convient aussi de préciser que la ministre de la Justice a procédé à un menu changement dans l'organisation de la protection civile, annonce le chef de la Police nationale. Une modification qui va dans le bon sens et permettra à l'information de mieux circuler.

Quel changement ? dis-je, méfiante.

Le Conseil scientifique change de nom, dit-il. Il s'appellera désormais Comité consultatif sur les catastrophes naturelles.

Et pourquoi diable ? L'appellation Conseil scientifique convient parfaitement.

Cette appellation sera désormais celle de l'autorité administrative de la protection civile, reprend le chef de la police. Elle sera chargée d'évaluer la situation pendant les catastrophes comme celle-là à la lumière des connaissances scientifiques et dans un souci de sécurité de la population, elle prendra les décisions nécessaires quant aux mesures à adopter.

Mais c'est Milan qui s'occupe de ça en collaborant activement avec nous, les membres du Conseil scientifique, non ? dis-je.

L'ancien Conseil scientifique, désormais baptisé Comité consultatif, est une instance remarquable, répond-il. Il rassemble les géologues les plus compétents de la nation. Le problème, c'est qu'il est constitué d'une foule de gens et qu'il manque d'organisation, des gens qui parlent constamment, dont les avis s'affrontent, il lui faut tellement de temps pour arriver à une conclusion. Personne n'est jamais d'accord sur rien. Il manque un lien entre les scientifiques et la protection civile.

Le Conseil scientifique a toujours été une instance informelle, un espace de discussion académique entre le monde scientifique et la direction de la protection civile, dis-je. C'est en réunissant des experts issus de plusieurs domaines, en leur donnant la liberté d'échanger leurs différents points de vue et de discuter leurs différentes théories pour parvenir à une conclusion qu'on obtient les conseils les plus fiables. C'est ce qu'on appelle la méthode scientifique.

Certes, mais nous ne disposons pas toujours de l'espace nécessaire pour ce type de discussions, assène-t-il. Ce matin, par exemple, pourquoi nous perdre en palabres sur les isotopes alors que nous devrions être en train d'évacuer Grindavík ?

Ces discussions sont importantes, souligne timidement Eiríkur. Et il faut se garder d'effaroucher les experts en pétrologie. Mieux vaut les avoir avec soi que contre soi.

Le chef de la police secoue la tête : Nous avons besoin d'une instance plus réactive. Anna, tu es nommée par l'Université au nouveau Conseil scientifique, avec Júlíus qui représentera la Météo nationale, il y aura aussi Milan et moi-même. Nous démarrons comme ça.

En réalité, vous êtes simplement en train de démanteler le Conseil scientifique dans sa version actuelle, il n'aura plus aucun pouvoir, s'offusque Halldóra.

Le nouveau Comité consultatif conseillera le nouveau Conseil scientifique, élude le chef de la police.

Milan, qu'est-ce que tu penses de tout ça ? dis-je.

Il hausse les épaules. J'obéis aux ordres, répond-il. Je fais ce qu'on me commande de faire, j'essaie de me rendre utile. Et nous n'avons pas le temps d'en discuter en ce moment.

Milan a raison. Je commente les clichés pris pendant le vol et Halldóra explicite les mesures prises par le radar météo de l'aéroport de Keflavík. Nous émettons des hypothèses sur la quantité de matière expulsée, nous essayons d'évaluer la puissance de l'éruption, sa profondeur, et de déterminer si elle se limite à un endroit précis de la dorsale ou si elle s'étend à plusieurs. Le plus probable est qu'une faille se soit ouverte au fond de la mer sur une longueur de deux kilomètres au large de la crique de Kerlingarbás et qu'elle soit plus importante que ce que nous avons d'abord pensé. La Météo nationale envoie les données concernant les cendres éruptives à la cellule de surveillance des nuages volcaniques de Londres. Pour l'instant, le nuage affecte uniquement les aéroports de Keflavík et de Reykjavík, mais les compagnies d'aviation et les autorités aériennes des deux côtés de l'Atlantique se chamaillent déjà sur les questions de sécurité, opposant sûreté des passagers et pertes financières.

Je fais de mon mieux pour me concentrer sur les discussions, mais mon esprit vagabonde, je pense à ma famille qui est à la maison sous le ciel assombri, je pense aux yeux clairs et méditatifs du photographe, à la manière dont il les a plongés dans les miens, à ma peur irrationnelle. J'ai presque la nausée d'avoir révélé à cet homme cette facette de ma personnalité, j'ai l'impression qu'il m'a vue entièrement nue.

BOULGAKOV DANS LE FOUR DE LA CUISINE

Tu entendras le tonnerre et tu penseras à moi,
Tu te diras : elle souhaitait les orages…
Une bande de ciel sera d'un rouge froid,
Et le cœur sera comme alors – en feu.

ANNA AKHMATOVA,
Tu entendras le tonnerre.

Je décide subitement de faire un saut rue Eskihlíð avant de rentrer à la maison. Je ne l'appelle pas pour la prévenir de mon arrivée. Je doute qu'elle ait remarqué l'éruption, c'est le genre d'événement bien trop terre à terre et pratique pour susciter son intérêt.

La pluie de cendres se calme peu à peu, les essuie-glaces transforment cette poussière en une boue grise qui crisse sur le pare-brise. J'essaie de ne pas penser à la peinture champagne de la jeep, mon mari ne va pas être content, mais ce n'est pas ma faute.

Je me gare devant l'immeuble, je monte d'un pas résolu vers le dernier étage, plus je gravis de marches, plus l'odeur de tabac se fait sentir dans la cage d'escalier. Je frappe à la porte, d'abord doucement, puis un peu plus fort, et je finis par attraper la clef au fond de mon sac pour l'ouvrir. Je passe la tête dans l'appartement surchauffé.

Tu es là ?

Assise devant son vieil ordinateur dans le petit bureau, elle se tourne au son de ma voix et plisse les yeux par-dessus ses lunettes, elle affiche de la surprise, mais ne semble pas spécialement heureuse de me voir.

Anna ? Qu'est-ce que tu fais là ? Tu n'es pas censée t'occuper de cette éruption ?

Eh bien, je n'ai pas arrêté depuis cette nuit, j'allais rentrer chez moi pour m'allonger, puis je me suis dit que j'allais passer te dire un petit bonjour et voir si tu aurais besoin de quelque chose.

Moi ? Non, de quoi pourrais-je donc manquer ?

De nourriture ? De compagnie ? De lecture ?

Ma dernière proposition est une tentative de plaisanterie, les murs de son appartement sont tapissés de livres du sol au plafond, elle en entasse sur les tables, sur le piano, sur les rebords des fenêtres, je ne serais pas surprise qu'elle en stocke dans le four de sa cuisine.

Sans même esquisser un sourire, elle tapote l'ouvrage au sommet de la pile posée sur son bureau : Ne t'inquiète pas, j'ai ma chère Anna Akhmatova, je ne manque pas d'occupation. Il me reste tellement à faire, et le temps raccourcit, le nombre des aubes qu'il me reste diminue.

Je déteste l'entendre parler de sa mort imminente, je vais faire un tour dans sa minuscule cuisine, j'ouvre le réfrigérateur vide, je soupire à la vue du cendrier sale, de la vieille boîte de sardines dans l'évier, de la poubelle qui déborde et empeste.

Tu n'as pas calfeutré les huisseries, dis-je en allant chercher dans la salle de bains quelques vieilles serviettes que je mouille pour les enfoncer dans les rainures des fenêtres disjointes. Étonnamment, elle trouve ça drôle.

Tu crois que ce volcan va réussir à accomplir ce que ces bonnes vieilles Winston n'ont pas mené à bien en soixante ans, me faire casser ma pipe, lance-t-elle avec un petit rire qui se perd en une quinte de toux. Elle attrape son paquet de cigarettes, en allume une et aspire goulûment la fumée, je préfère regarder ailleurs. Je me souviens à quel point je la trouvais belle quand j'étais petite, aujourd'hui, elle me fait simplement penser à un spectre gris.

Tu ne veux pas m'accompagner et rester manger avec nous ? dis-je, bien que je sache qu'elle déclinera mon invitation. Je pourrais te ramener ici quand je retournerai travailler cette nuit.

Elle ne consent même pas à me répondre, elle s'assoit dans son fauteuil qu'elle semble avoir hérité de Trotski, pivote vers l'électrophone posé sur une étagère de la bibliothèque à côté d'elle, place le saphir sur le disque, Chostakovitch. Puis elle se tourne à nouveau vers son ordinateur, scrute l'écran par-dessus ses lunettes, et feuillette son livre d'un air théâtral pour me faire comprendre que ma présence ici n'est plus désirée.

Je soupire, j'ouvre la porte de l'appartement pour sortir.

Appelle-moi si tu as besoin de quelque chose !

Elle ne répond pas.

Je passerai ton bonjour à Kristinn et aux enfants.

Oui, passe-leur mon bonjour !

Je referme la porte sur sa voix rauque et irritée. Je descends l'escalier la gorge serrée. Ce n'était pas une bonne idée de passer la voir, épuisée après une journée éreintante. Quelle puérilité d'imaginer qu'elle me témoignerait de l'intérêt, qu'elle me féliciterait pour les interviews que j'ai données aujourd'hui, qu'elle me ferait des compliments sur mon courage et mon intelligence. La seule chose qui m'attende quand je vais chez ma mère, c'est la déception.

QUI AURAIT BESOIN D'UNE ARCHITECTE D'INTÉRIEUR AU BEAU MILIEU D'UNE ÉRUPTION ?

Salka arrive en courant dès que j'ouvre la porte de la maison, elle me saute au cou, elle semble persuadée qu'elle m'a ramenée du monde des morts, ou peut-être se réjouit-elle simplement de voir un peu de changement après avoir passé la journée enfermée.

Allons, ma chérie. Je la serre dans mes bras, puis je me dégage de sa puissante étreinte, je me lave les mains et m'installe à la table de la cuisine. Mon mari m'attend avec le repas, une omelette accompagnée d'une salade, il a ouvert une bouteille de vin blanc, je refuse cependant le verre qu'il me tend, je dois repartir travailler à minuit. Il est content de me voir, il a soif de ma compagnie après cette longue journée, moi, je suis trop éreintée pour discuter. Je lui parle du vol avec les ministres et de la drôle de décision qui a été prise : mettre à l'écart le Conseil scientifique et créer une nouvelle instance censée être plus réactive face aux catastrophes naturelles.

Je suis sûre qu'en un rien de temps, ce nouveau comité sera saturé de petits chefs poussiéreux de l'Autorité de l'énergie, des gens qui s'intéressent plus aux lois et règlements qu'aux sciences de la Terre, dis-je. Ce truc est tellement mal ficelé. Les ministres ne comprennent pas que le Conseil scientifique dans son ancienne version faisait notre force, cet espace libre et ouvert de discussions entre les scientifiques et la protection civile.

Mon mari secoue la tête et me coupe une part d'omelette.

Les politiciens et les savants ne parlent pas la même langue, déplore-t-il. Pour les hommes politiques et les hauts fonctionnaires, les informations sont des armes, de précieux secrets grâce auxquels ils assoient leur pouvoir. Ils essaient toujours de les garder pour eux, espérant s'en servir pour faire carrière. Tandis que vous, vous vivez en produisant des connaissances et des informations que vous diffusez dans la société. Vous ne venez pas de la même planète.

Je ne suis pas certaine de vouloir participer à cette mascarade. J'ai surtout envie de démissionner de ce conseil.

Tu ne peux pas et tu le sais. Tu es la meilleure dans ton domaine, c'est toi qui réfléchis le plus efficacement et tu es la plus raisonnable de tous. Personne n'est aussi compétent.

Je lui souris, il est toujours tellement gentil avec moi. Puis j'étouffe un bâillement, je n'ai pas faim, je tombe de fatigue. Il le comprend très bien, il prend la parole et m'explique sur quoi il a travaillé aujourd'hui, il disserte avec passion sur des articles de loi spécifiques, me parle de capital d'investissement et de décaissements tout en buvant son vin blanc et en mâchant sans relâche. Je tripote ma part d'omelette du bout de ma fourchette en feignant de l'écouter, je pense à ce qui s'est passé avec le photographe dans l'avion, je pense à ma mère. Tout à coup, mon père me manque intensément, j'aimerais tant qu'il soit allongé sur le canapé, un épais livre posé sur son gros ventre, qu'il me parle de phénomènes géologiques, que sa voix profonde et chaude résonne dans le salon.

… tu veux bien ?

Quoi ? Pardon, dis-je, j'avais la tête ailleurs.

Tu veux bien regarder ton agenda et trouver un moment pour l'architecte d'intérieur, elle ne peut nous proposer aucun rendez-vous avant trois semaines.

L'architecte d'intérieur ? Je regarde mon mari, comme abasourdie.

Tu te souviens de cette dame, Ástríður Lind, nous voulions qu'elle vienne regarder le salon avec toi. Pour les rideaux, le canapé et tout ça.

Ah, oui, je la recevrai quand les choses seront calmées. Je ne peux pas prévoir quelle sera la situation dans trois semaines.

Je me lève, chancelante de fatigue.

Merci d'avoir préparé le repas, dis-je. Je vais m'allonger un moment. À quelle heure Örn doit-il rentrer ?

Il avait prévu d'être là vers 8 heures, mais il a décidé de rester plus longtemps au travail, on leur donne une prime de rendement pour faire des heures supplémentaires et déblayer les toits de la fonderie d'aluminium. Toute une aventure pour notre jeune homme.

Il faut qu'il soit prudent, j'espère qu'ils mettent des masques.

C'est un grand garçon, il fait attention.

Je prends une douche, j'avale une aspirine et je me mets au lit. Je ne parviens pas à trouver le sommeil aussitôt, Salka fait ses gammes au piano, son père remet la cuisine en ordre, j'entends le bruit des casseroles et des poêles, la télévision ronronne dans le salon. Cette grande et belle maison est malgré tout un peu sonore, peut-être devrais-je en parler avec Ástríður ?

Mais tout de même, me dis-je avant que mon esprit ne sombre dans un sommeil fébrile et erratique, quelle idée de faire venir une architecte d'intérieur, dans un moment pareil, au beau milieu d'une éruption ?

Note explicative II

LA COURONNE SOLAIRE

Notre histoire est gravée dans les cendres…

HANNES SIGFÚSSON,
Lettres de feu.

Mon père n'était pas géologue de formation, en tout cas, pas initialement. Il a d'abord étudié l'astronomie à l'université de Göttingen en Allemagne, lorsque cette prestigieuse institution a été reconstruite après la guerre. Fasciné, pour ne pas dire, aveuglé par le Soleil, il a écrit sa thèse sur la couronne de l'astre, la couche extérieure de son atmosphère qui s'étend à des millions de kilomètres dans l'espace : la lumière blanche qu'émet la photosphère, plus chaude que le Soleil lui-même.

À la fin de ses études, il a compris qu'il lui était impossible de trouver un travail : personne ne souhaitait employer un jeune astronome islandais, spécialiste de la couronne solaire. Il est allé chercher conseil auprès d'un professeur bienveillant de sa faculté qui lui a expliqué qu'il gaspillait son énergie à persister dans l'étude de l'astre du jour. N'importe qui, à n'importe quel endroit sur terre, pouvait se lancer dans des recherches sur le Soleil, sauf peut-être en Islande où l'astre était un miracle qui se manifestait assez rarement. Mon père bénéficiait en revanche d'une opportunité toute trouvée, il lui suffisait de baisser les yeux, de détourner sa curiosité de scientifique de notre merveilleuse étoile et de sa splendeur pour s'intéresser aux mystérieuses forces à l'œuvre sous l'écorce terrestre.

Hekla erwartet Sie, le Hekla vous attend, avait conclu le professeur, le regard pétillant. Mon père était un jeune homme optimiste, mais surtout raisonnable : il avait ravalé sa déception, était rentré en Islande sur le paquebot *Gullfoss* et avait mis ses compétences au service de l'étude de la structure interne de la Terre, pâle écho de la glorieuse puissance de Phébus. Il s'était d'abord essayé à des recherches sur la diffraction atmosphérique, puis s'était intéressé à l'étude des champs magnétiques, et avait été le premier à mettre en évidence l'accélération de la pesanteur sous l'Islande. Le volcanisme est venu plus tard, ses connaissances approfondies en physique et en mécanique lui ont permis de bâtir des théories sur la manière dont le degré d'acidité et de viscosité du magma affecte la fluidité de la lave en fusion : des idées qui ont marqué un tournant dans l'histoire des recherches en géologie en Islande.

Mon père n'était pas un homme parfait, loin de là. Ce n'est pas ce que je cherche à prouver. Par exemple, il n'a jamais aimé les cartes, les schémas et les diagrammes. Il présentait la plupart de ses théories par le biais d'équations physiques sibyllines, difficilement accessibles aux profanes, remettait en cause les relevés stratigraphiques et les autres méthodes de recherche pratiquées en géologie, et il n'a jamais cessé d'adorer le Soleil. Dès que l'astre se montrait, il s'asseyait sous ses rayons, tête nue, avec sa pipe et sa tasse à café ébréchée, et il fermait les yeux ou bien il lisait.

Mais comme tous les bons géologues, papa était un conteur. Il avait le pouvoir de faire jaillir dans le salon, à la table du dîner ou sur le rebord de mon lit des éruptions depuis longtemps éteintes. Celles d'Askja, de Surtsey, de Hekla et de Krafla, il les avait toutes affrontées et il en parlait avec respect et tendresse, comme d'amours anciennes.

Son aventure la plus captivante était cependant l'éruption qui s'était produite sur l'île de Heimaey dans l'archipel des îles Vestmann. Je le suppliais de me la raconter, je l'implorais, et il soupirait : Mais tu viens de l'entendre ! Cela ne l'empêchait pas de venir s'asseoir, heureux, sur le bord de mon lit, il haussait les sourcils, plissant les rides de son front et se mettait à raconter, toujours de la même manière, comme dans les plus beaux contes de fées :

Personne ne soupçonnait quoi que ce soit. Personne ne savait qu'en réalité, l'île de Heimaey était un volcan bouillonnant de vie qui affleurait à la surface de l'océan, et lorsque les premières secousses ont été enregistrées à Mýrdalur et au lac de Laugarvatn, le 21 janvier 1973, on a surtout pensé que le Hekla se préparait à entrer en éruption. Ces secousses se produisaient à de telles profondeurs que les habitants des îles Vestmann ne les percevaient pas.

Sa voix était grave et puissante, il ménageait des pauses dans son récit, toujours aux mêmes endroits : le moment où le sol s'ouvrait et où un rideau de feu se formait sur toute la longueur de la faille, celui où la population de l'île, réveillée en sursaut, embarquait en pyjama sur les bateaux, celui où les maisons de la bourgade s'effondraient sous le poids des cendres ou brûlaient, incendiées par les scories incandescentes, celui où des étudiants optimistes de l'université étaient partis vers l'archipel pour déblayer les toits en oubliant d'emporter des pelles, celui où les vaches de Tobbi, le fermier de Kirkjubær, étaient sauvées de la coulée de lave pour être finalement abattues à la conserverie près du port. Par contre, les poissons de l'aquarium local ont survécu, ajoutait-il pour me consoler.

Mon moment préféré était évidemment celui où mon père lui-même entrait en scène, tel un super-héros. Il est parti là-bas avec quelques géologues énergiques animés d'un projet fou : ralentir la progression de la coulée incandescente en l'aspergeant d'eau de mer. L'idée venait de Þorbjörn Sigurgeisson, ami et mentor de mon père, qui avait tenté de l'appliquer quelques années plus tôt à Surtsey. Papa l'avait aidé dans la mise en œuvre et il avait vite compris par ses calculs que les lances des pompiers ne suffiraient pas, il fallait des pompes au minimum dix fois plus puissantes pour sauver le port et ce qui restait de la bourgade. On avait alors fait venir une drague hydraulique, puis l'armée américaine qui disposait encore à l'époque une base à Keflavík avait envoyé des avions-cargos chargés de gigantesques pompes utilisées pour transférer à terre le pétrole apporté par les navires militaires. Ces pompes aspergeaient mille litres d'eau de mer par seconde sur le front de la coulée qui menaçait de bloquer l'entrée du port, artère vitale de la bourgade. La technique avait fonctionné, le port de pêche avait été sauvé et les îles Vestmann ont continué d'abriter une communauté humaine.

Enfin, humaine, si on veut, ironisait mon père en affichant un sourire narquois et bonhomme. Social-démocrate, il nourrissait une solide antipathie politique à l'égard des habitants des îles Vestmann et de leur conservatisme, mais tout de même pas au point de laisser cette éruption les priver de leur port de pêche.

Allongée dans mon lit, la couette remontée sous le menton, je fermais les yeux, je l'imaginais sur la jetée, emmitouflé dans son anorak, avec ses grosses lunettes et sa pipe à la bouche, penché sur ses notes, occupé à faire et refaire ses calculs au crayon à papier : viscosité, chaleur, coefficient d'accélération – sa pensée prenait forme sur les feuilles détrempées et chiffonnées à la pointe de son crayon. Autour de lui s'abattait une pluie de cendres, les maisons s'étaient transformées en silhouettes noires aux contours adoucis, seules les gouttières blanches des toits et les poteaux électriques saillaient de l'obscurité, rappelant qu'ici avait existé une petite ville, qu'ici des gens avaient habité. Le volcan grondait, crachant son feu et ses scories, mais mon père tenait bon. Il continuait avec bravoure à faire ses calculs pour sauver le monde : l'homme doué d'intelligence, armé de sa raison et de la méthode scientifique, avait défié le volcan en un combat singulier et l'avait vaincu par les lois de la physique.

HEMINGWAY AU PHARE

C'est le soulagement général au lever du jour. Le vent a tourné, emportant avec lui la majeure partie du nuage volcanique vers le sud, on voit à nouveau le soleil dans le Sud-Ouest du pays. La population se réjouit de retrouver la lumière, les gens sortent de chez eux armés d'échelles et de pelles pour déblayer les toits des maisons à la lueur pâle de l'astre du jour. Maintenant que l'éruption a libéré la ville de sa griffe noirâtre et que les ténèbres engendrées par les cendres se dissipent, la vie peut reprendre son cours. Nous nous fichons éperdument que les cendres retombent sur les îles Féroé, l'Écosse et l'Irlande, voire qu'elles soient portées par le vent jusqu'aux confins de la Sibérie et qu'elles entraînent d'innombrables retards de vols.

Je bâille, assise sur la banquette arrière de la jeep orange des sauveteurs. La nuit a été plutôt calme, l'éruption suit son cours au fond de la mer, mais la situation semble s'être stabilisée, aucune perte humaine n'est à déplorer, aucun accident de personne, nous avons passé haut la main l'épreuve à laquelle notre pays vient de nous soumettre, une fois de plus. Et je tiens à me rendre sur les lieux. Les raisons que j'invoque relèvent de la logistique, il faut synchroniser nos mesures et vérifier que les appareils sont là où ils doivent être, même si évidemment, d'autres que moi sont responsables de ces détails techniques. Je tiens avant tout à pouvoir observer le phénomène de mes propres yeux.

La cendre s'épaissit au fur et à mesure que la jeep avance vers l'ouest, les pneus la chassent sur le bas-côté, elle enveloppe le paysage comme un épais manteau de neige sale. Tout semble mort et gris, on ne distingue aucun signe de vie en dehors du flux incessant des voitures qui roulent dans les deux sens, les premières emplies de citadins qui partent vers le sud jusqu'à la limite du périmètre interdit pour assister à l'éruption, les secondes, débordant d'enfants, d'animaux de compagnie et de bagages, sont celles des habitants du cap de Suðurnes qui vont à Reykjavík se mettre à l'abri chez des amis ou de la famille. Les sentiments contradictoires de la nation face à l'éruption se croisent sur la quatre-voies de Reykjanesbraut : l'inquiétude et l'anxiété se conjuguent à une joyeuse impatience.

Le rayon du périmètre interdit est de vingt kilomètres autour du site de l'éruption, mais les gens gravissent le volcan Þorbjörn ou se rendent aux phares du cap de Stafsnes et de la pointe de Garðskagi pour l'observer de plus près. La circulation avance péniblement, les services de voirie ont sorti leurs déneigeuses pour dégager la route. Nous avons allumé le gyrophare, nous dépassons véhicule après véhicule, l'un d'eux est tout décoré de rubans blancs, la mariée tient un verre de champagne à la main, elle écarquille les yeux derrière le pare-brise, ravie de se marier en robe blanche avec le nuage de cendre noire à l'arrière-plan, les photos promettent d'être géniales.

Cette nation est complètement givrée, dis-je au secouriste assis à côté de moi. En tout cas, s'agissant des éruptions.

Il mord dans sa bugne et hausse les épaules : Eh oui, c'est plus impressionnant encore que les plus fortes dépressions et tempêtes. Il ne se passe rien d'autre ici.

Nous prenons la route de Hafnir, un policier équipé d'un masque vérifie nos papiers d'identité et nous laisse franchir le barrage installé au carrefour au sud de l'aéroport. Le paysage jusque-là désolé est maintenant conforme à l'idée cauchemardesque que je me faisais jadis du monde après une guerre nucléaire. À perte de vue, c'est un désert noir et calciné, on distingue des traces de pneus le long de la côte en direction du panache. Nous dépassons quelques maisons, sombres et accablées, leurs toits ployant sous la cendre. À l'extrémité de la pointe de Hvalsnes, l'église de notre grand psalmiste Hallgrímur Pétursson essaie de tenir bon, sa croix tendue vers les cieux : Mort, je ne te crains pas.

Tout ici n'est pourtant que mort et noirceur, en dehors des éclairs qui illuminent par intermittence le ciel gris cendre, on n'entend rien d'autre que les grondements de tonnerre engendrés par l'éruption. Nous entrons dans cet univers de ténèbres, j'ai les paumes moites, à nouveau, je sens la peur m'envahir, je la balaie d'un revers de main, maudite sensiblerie. Nom de Dieu, je suis une scientifique, et le plus passionnant objet de recherche de ma carrière est à ma portée.

Nous apercevons d'abord le panache de vapeur de la centrale géothermique, des volutes blanches qui se détachent sur le fond noir au sud, et voilà maintenant le phare de Reykjanesviti sur sa colline, lumineux et digne, minuscule face à ces puissances titanesques. Il a résisté à plus d'une tempête, mais à aucune qui soit d'une telle violence.

Au pied de la colline, une petite maison à un étage qui a jadis été le domicile du gardien du phare est aujourd'hui envahie par les scientifiques et les journalistes, elle ressemble plutôt à un baraquement militaire où règnent la joie et l'entrain. Personne n'a vraiment dormi, tout le monde est surexcité et bouillonne d'une impatience mêlée d'appréhension face au monstre qui gronde à quelques petits kilomètres. Ce n'est pas sans raison que la police a interdit le périmètre, l'éruption est capable de tout, elle peut s'accompagner de puissantes explosions, se propager à la terre ferme et ouvrir de nouvelles fissures sous nos pieds. Nous plaçons notre confiance dans les sismomètres et le regard attentif des employés de la Météo nationale.

L'Institut des Sciences de la Terre a installé son imposante base dans ce qui était autrefois le salon de cette maison. Les ordinateurs et les instruments de mesure ronronnent sur les bureaux, le jeune Eiríkur est penché sur la microsonde de

Castaing, sa table de travail est tapissée de boîtes d'échantillons soigneusement étiquetées contenant des cendres et des scories. Les lignes et les ellipses oscillent sur les écrans, les mesures de fréquences sonores qui clapotent d'habitude entre les nuances de bleu et de jaune hurlent maintenant entre le rouge vif et le violet.

Eh bien, voilà que madame la grande patronne se fend d'une petite visite à ses subalternes ! Que nous vaut l'honneur ?

Jóhannes Rúriksson arpente la pièce à grands pas, recouvert d'une telle quantité de cendre que je distingue à peine le blanc de son casque et la couleur orange de son gilet réfléchissant, mais il n'y a aucun doute, c'est bien lui. Le regard de fripouille derrière son masque le trahit. Il ne lui manque que ses éperons et une ceinture pour ranger son colt.

Johnny Boy, te voilà dans un bel état, dis-je. Tu aurais pu essuyer tes chaussures avant d'entrer ! Et tant que tu y es, tu peux aussi ôter ton masque à l'intérieur, ici, tu n'as rien à craindre.

Avec un rire franc et profond, il retire son masque puis tapote sa barbe grise et frotte avec le dos de la main son visage taillé à la serpe.

Ma petite Anna, qui aurait imaginé que nous allions vivre des moments pareils ? Je voudrais que ton père puisse voir ça. Je l'imagine ici, sous cette pluie de cendres. Il n'aurait jamais enfilé ce fichu masque, il serait simplement sorti avec sa pipe au bec, et voilà tout !

Je lui adresse le sourire le plus gentil que j'aie en stock. Jóhannes et les autres cow-boys des volcans entretiennent le souvenir de mon père avec un grand respect qui confine parfois à la vénération. Il a été pour ces hommes un enseignant chaleureux bien qu'un peu rugueux, une légende en prise avec le terrain, aussi téméraire qu'inventif. Ils m'ont offert une photo encadrée de lui il y a quelques années, lorsque nous avons organisé un colloque à l'occasion de son quatre-vingt-dixième anniversaire. Sur ce cliché, on le voit qui s'apprête à mesurer la viscosité du magma pendant l'éruption de l'Askja en 1961, il s'avance, armé d'un grand tisonnier qu'il va planter dans le mur de lave en fusion. Il brandit devant lui un bouclier d'aluminium pour se protéger de la chaleur et des matières incandescentes, l'air concentré, la cigarette aux lèvres, la capuche de son anorak retombant sur la monture de ses grosses lunettes, seule protection contre les lapilli qui tombent dans la neige autour de lui. La main qui tient le tisonnier est simplement protégée par un gant de cuisine à motif de roses.

Regarde un peu le bonhomme, m'ont-ils dit, rayonnants d'admiration, lorsqu'ils m'ont offert ce cadeau. Voilà ton père ressuscité !

J'apprécie beaucoup ces hommes et le respect qu'ils témoignent à la mémoire de mon père et j'aime énormément cette photo, mais j'ai quand même l'impression que ce n'est pas lui qu'elle représente. J'y vois plutôt un chevalier sans peur qui s'attaque à un dragon terrifiant, sans équipement et ridiculement optimiste face à des puissances titanesques, ce n'est pas l'homme raisonnable et pondéré qui m'a élevée. J'ai également besoin de m'affirmer face à ces cow-boys, de leur faire comprendre que je suis autre chose que la fille unique et adorée de mon père, engendrée sur le tard. Que je n'ai rien d'une fille à papa, mais que je suis à la fois leur collègue et leur supérieure.

C'était une autre époque, Jóhannes. Nous sommes mieux équipés aujourd'hui. Et même si mon cher père ne voit pas cette éruption, moi, je la vois. Alors ? On y va ?

Jóhannes hoche la tête, il plonge un gâteau sec dans son café et l'avale en une bouchée, puis il sort en marchant à grandes enjambées, laissant derrière lui un monticule de cendres sur le plancher. Je prends un masque, un casque et un gilet de sécurité pour le rejoindre dehors en montant les vieilles marches, des dalles de basalte gondolées, qui montent vers le phare. La terre tremble sous nos pieds, il neige sur nous des cendres sombres. Il m'invite à le précéder dans le phare d'un geste galant, je fronce les sourcils et je gravis l'escalier en colimaçon aussi vite que je peux en prenant les marches deux par deux. La trappe qui permet d'accéder à la lanterne est ouverte et offre une vue imprenable sur l'éruption sous-marine de Reykjanes.

Les vitres du phare ont été retirées, j'ai l'impression que la tempête pourrait me projeter par-dessus le garde-corps, mais cette tempête n'existe que dans ma tête. Malgré l'abondance des volutes grises et des éclairs, le temps est calme et un étrange silence règne sur les environs, le panache s'éloigne de la côte en direction du sud-sud-ouest, il ne représente aucune menace tant qu'on ne voyage pas en avion. La cendre et les scories continuent de retomber sur la terre brûlée et fissurée, les vagues percutent le rivage en projetant quelques gerbes d'écume, mais l'océan semble définitivement vaincu par le feu qui se fraye un chemin vers la surface depuis ses profondeurs. En allant vers le large, la mer bouillonne, le gris se change en noir, puis en blanc lorsque l'eau entre en contact avec le magma et l'expulse dans les airs en le vaporisant, les éclairs dansent et les volutes se succèdent, elles se boursoufflent et s'effondrent sur elles-mêmes en un perpétuel mouvement.

Je scrute la colonne anthracite, le site de l'éruption est dissimulé sous les flots, à plusieurs dizaines de mètres. Il faut que nous puissions approcher pour en faire des photos. Une idée me vient à l'esprit : j'aurais besoin d'un sous-marin. Et je me rappelle tout à coup qu'aux dernières nouvelles, l'Institut de recherches maritimes dispose d'un robot sous-marin, autonome et équipé d'une caméra, qui pourrait nous être utile.

Notre cœur de feu est rudement en forme en ce moment, déclare une voix à côté de moi. Je sursaute, je n'avais pas remarqué la présence de cet homme dans le phare. La bouche et le nez couverts d'un simple masque, il plisse les yeux vers le panache, de la cendre s'est déposée sur ses sourcils et sur les mèches de cheveux qui dépassent de son casque. Il a enveloppé son appareil photo dans un sac en plastique d'où seul dépasse l'objectif. Je le fixe, il m'observe de ses yeux lumineux, vert clair, comme ceux d'un chat.

C'est tellement irréel, reprend-il. Cette éruption prodigieuse bat son plein et pourtant, il y a tout autour cet étrange silence. On a l'impression de regarder un film muet.

Elle fait quand même du bruit, dis-je. Nous utilisons des micros spéciaux pour les enregistrer sous la mer. La plupart d'entre eux sont émis sur une fréquence tellement basse que nous ne les entendons pas.

L'éruption chante dans les profondeurs de l'océan, dit-il. C'est une belle idée.

Je le dévisage, surprise, il hésite, ses yeux me sourient et il s'éclaircit la gorge.

Tómas, annonce-t-il en me tendant la main. Tómas Adler, nous étions ensemble l'autre jour dans l'hélicoptère. Quand vous avez parlé du cœur de feu qui bat sous nos pieds. Et j'étais aussi dans l'avion, hier.

Vous êtes le photographe qui a failli manquer le décollage, dis-je en lui serrant la main. Je m'appelle Anna Arnardóttir.

Je sais, répond-il. Ses yeux rient au-dessus de son masque, des sillons de cendre noire se sont déposés autour d'eux. Vous êtes la femme dont tout le monde a peur, ajoute-t-il.

Je trouve que c'est là une drôle de remarque, tout à fait déplacée dans ces circonstances, mais ce n'est pas chose facile d'afficher une moue méprisante le visage entièrement recouvert d'un masque. Je me détourne, je m'apprête à redescendre, il me retient.

Pardon, je ne voulais pas vous froisser.

Ne vous inquiétez pas, je ne le suis pas. Je dois simplement repartir travailler.

J'ai pris des photos du panache, précise-t-il. J'en ai pris d'ici, mais aussi depuis la falaise qui se trouve là-bas. Je vous les montrerai avec plaisir, si vous pensez qu'elles peuvent vous être utiles.

Absolument, vous n'avez qu'à m'envoyer un mail ! Je m'engage dans l'escalier au moment où Jóhannes atteint le sommet des marches en soufflant comme une baleine. Il s'appuie à la lentille au centre de la lanterne et reprend sa respiration.

Maudites marches, peste-t-il à travers son masque. Tu descends déjà ?

Oui, je dois aller emprunter un sous-marin.

Il regarde en direction du panache et fronce les sourcils.

J'ai l'impression que c'est rudement puissant. Je dirais niveau 3, peut-être 4.

Je hoche la tête : Oui, minimum 4. Le panache est très sombre et atteint bien les douze kilomètres, il doit y avoir là au moins deux à trois cent mille mètres cubes. Il reste à voir quelle proportion va retomber sur les terres, en fonction des vents, nous aurons peut-être de la chance.

Tómas Adler nous mitraille avec son appareil. Jóhannes se redresse, arrache son masque, attrape une cigarette dans la poche de son anorak, l'allume et plisse les yeux face au panache, campé sur ses jambes écartées, les mains sur les hanches. Sa voix puissante résonne dans les ténèbres :

Voyez, je suis le phare
d'où les terres désertes interpellent la mort !

Je secoue la tête et descends par la trappe ouverte.

Attendez, interrompt Tómas, permettez-moi de vous prendre en photo.

Non, je ne voudrais pas voler la vedette à M. Hemingway.

Ne t'inquiète pas de ça, me crie Jóhannes avec son rire tonitruant qui m'accompagne vers le bas des marches. Je ne tombe dans l'ombre de personne, tu m'entends ! Pas même la tienne, ma petite Anna !

Loin de moi cette idée, Johnny Boy !

LE MONT FAGRADALSFJALL

63° 53' 36" N – 22° 16' 10" O

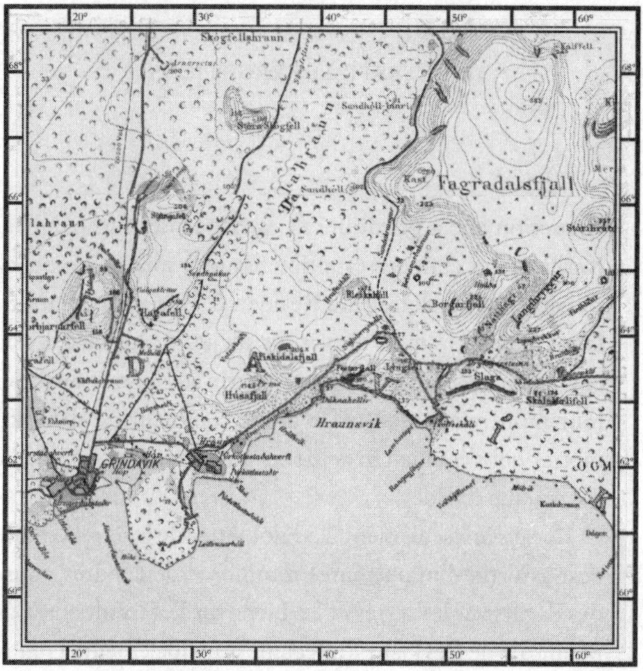

Le système volcanique du Fagradalsfjall est, sous bien des aspects, différent des autres qui parsèment la péninsule de Reykjanes. Sa spécificité réside dans le fait qu'il n'est pas connecté à un essaim de fissures ou de failles.

Outre les boucliers formés par l'accumulation des laves, le système de Fagradalsfjall compte 30-40 petits cônes. Six d'entre eux, par exemple le Skála-Mælifell, sont constitués de roche riche en olivine et à polarité inversée par rapport au reste de leur environnement. La datation radiométrique permet d'évaluer leur âge à 90 000 ans, période d'instabilité du champ magnétique d'où le mont Skála-Mælifell tire son nom. Parmi les autres unités éruptives du système se trouve le mont Festarfjall. On distingue dans les falaises en bord de mer la colonne de basalte baptisée Festin, la Chaîne, qui a donné naissance à cette montagne.

Kristján Sæmundsson
et Magnús Á. Sigurgeirsson,
La Péninsule de Reykjanes. Volcans d'Islande.

JE DÉTESTE LES ÉRUPTIONS

L'éruption née à proximité de la crique de Kerlingarbás ou Kerlingargos était une éruption fissurale sous-marine modérée située sur la dorsale de Reykjanes. Elle a débuté tôt dans la matinée du 7 mars et pris fin six jours plus tard. Les clichés rapportés par le robot sous-marin autonome le deuxième jour montraient une faille d'une longueur de deux kilomètres qui s'étendait vers le sud-ouest, en direction de l'îlot volcanique d'Eldey.

Localisée à seulement 2,5 kilomètres de la terre ferme, elle s'est assortie d'importantes retombées de cendres, causant des dégâts sur les terres et les biens sur le versant ouest de la péninsule de Reykjanes, affectant principalement la municipalité de Reykjanesbær et Keflavík avec son aéroport international. De nombreuses structures ont été endommagées par les tremblements de terre et quatre bâtiments détruits à Hafnir, leurs toits ayant cédé sous le poids des cendres. L'ensemble des saumons des fermes aquacoles du périmètre a été décimé et le fonctionnement de la centrale géothermique de Reykjanesvirkjun fortement perturbé par les dommages qu'ont subi ses locaux et les fluctuations dans les zones géothermiques. La route de Grindavík s'est fissurée au niveau de Svartsengi. L'alimentation en eau potable a par ailleurs été coupée à Reykjanesbær trois jours durant.

Le premier jour de l'éruption, son panache atteignait une hauteur de 12 kilomètres. Les cendres se sont dispersées sur l'ensemble de l'Europe, engendrant d'importantes perturbations dans le trafic aérien qui s'est vu interrompu plusieurs jours dans de nombreux pays. La couche de cendre atteignait 50 centimètres à l'extrême sud de la péninsule de Reykjanes, mais n'excédait pas une moyenne de 6 centimètres dans la municipalité de Reykjanesbær et à l'aéroport de Keflavík. Dans la capitale et sa région, elle mesurait deux centimètres, mais les vents de sable et la pollution due aux particules fines se sont prolongés pendant des mois après la fin de l'éruption.

ANNA ARNARDÓTTIR,
L'Éruption de Kerlingargos
(résumé de la communication à l'occasion du colloque de printemps de la Société géologique d'Islande).

L'éruption prend fin aussi vite qu'elle a débuté, elle se tarit comme si on avait fermé le robinet qui l'alimente, le panache s'affaisse, s'éclaircit, puis disparaît sous la surface de l'océan en seulement quelques heures. La mer souffle du gris pendant quelques jours, elle rejette des poissons morts sur le rivage, mais les déchaînements cataclysmiques ont pris fin. Le murmure de l'activité volcanique s'estompe sur les écrans de la Météo nationale, la police retire les barrages et rouvre les routes. La population du cap de Suðurnes rentre chez elle, elle balaie la cendre accumulée sur les toits des maisons, déblaie les jardins, purge les gouttières en soupirant à la vue de la peinture écaillée et des vitres brisées. Les catastrophes deviennent monotones au bout d'un moment, c'est qu'on ne met pas longtemps à s'habituer à la fin du monde.

Or le monde est encore gris, la ville est grisâtre, chaque buisson, chaque brin d'herbe est couvert de cette cendre qui colle à l'asphalte, aux bâtiments, aux voitures, qu'importe qu'on les lave et qu'on les rince à répétition, elle plane dans l'air, forme un épais voile qui tamise la lumière du soleil, s'immisce dans votre cuir chevelu, vous entre dans la bouche et le nez. Nous la respirons, elle nous fait pleurer, nous la mâchons avec notre nourriture, nous transportons cette grisaille à l'intérieur de nos maisons et faisons de notre mieux pour tenir bon, dans l'attente que le printemps et ses grands vents viennent emporter toute cette cendre loin au large, dans l'attente que la pluie la fasse pénétrer dans le sol pour qu'elle donne naissance à une herbe vert tendre, et qu'à nouveau le monde devienne propre et neuf.

Assise dans le salon, Salka dessine avec son index dans la poussière déposée sur le rebord de la fenêtre. Je soupire et j'attrape un chiffon pour épousseter les meubles, une fois encore.

J'ai envie d'aller jouer dehors, dit-elle. Tous les autres enfants font ce qu'ils ont envie.

Je la corrige : Ce *dont* ils ont envie. Tu sais bien que ce n'est pas possible. L'air extérieur est très pollué, et ce n'est pas bon du tout pour ton asthme. Tu as les poumons fragiles.

Elle m'adresse un regard buté sous sa frange brune et fait la moue.

J'ai des poumons qui s'ennuient.

Tu veux qu'un copain ou une copine viennent jouer ici avec toi ? Tu veux qu'on appelle Máni ? Ou bien Hulda ?

Non, je déteste les éruptions.

Je sursaute comme si elle m'avait décoché un coup de pied.

Ma chérie, pourquoi tu dis ça ?

Elles rendent le monde tout noir, elles l'enlaidissent, marmonne-t-elle, penaude. Et elles nous empêchent de sortir, on n'a pas le droit de faire quoi que ce soit.

Je m'assois par terre à côté d'elle et lui caresse les cheveux.

Tu sais, les éruptions sont pénibles le temps de leur durée, mais sans elles, nous ne serions pas ici. C'est d'elles que provient tout ce qui existe sur la Terre. Ce sont elles qui ont créé des pays il y a bien longtemps et ce sont elles qui continuent à agrandir l'Islande. Nous sommes ici grâce à elles, nos maisons et nos rues, tout cela est fabriqué à partir d'une matière sortie de terre pendant des éruptions d'il y a très longtemps. Elles sont même à l'origine de l'atmosphère qui enveloppe notre planète et sans cette atmosphère, il n'existerait aucune vie.

Elle fait glisser son index sur le rebord de la fenêtre et regarde la poussière déposée à l'extrémité du doigt.

Maman, est-ce que ça vient du volcan entré en éruption sous l'océan ?

Oui, ces cendres proviennent de l'éruption de Kerlingargos.

Ça veut dire qu'elle arrive jusqu'ici ? Jusqu'au salon de notre maison ?

Oui, on peut dire ça comme ça.

Mais elle détruit tout !

Les éruptions causent des destructions tant qu'elles durent, en effet, mais elles créent aussi de nouvelles terres. Elles sont en même temps destructrices et créatrices. C'est pour ça qu'elles me passionnent tellement.

Maman, tu es quand même un peu bizarre, dit-elle. Nous éclatons de rire. Elle tente de tirer profit de la situation : Maman, je ne pourrais pas avoir un chat ? Je crois que je m'ennuierais moins si j'en avais un.

Ah non, ma chérie, ça ne fonctionne pas comme ça, dis-je en lui ébouriffant les cheveux. Tu es allergique, ne l'oublie pas. Tu ne veux pas qu'on fasse un peu de pâtisserie ?

Son visage s'illumine, j'ai mauvaise conscience de m'être si peu occupée d'elle depuis le début de l'éruption. Je lui demande de casser les œufs, de peser le sucre et le beurre, je fais fondre du chocolat, nous oublions tous nos tracas dans la cuisine jusqu'au moment où mon mari arrive en me tendant mon téléphone.

C'est Guðrún Olga, ta mère, précise-t-il comme s'il avait besoin de me le rappeler.

J'attrape le portable et sors de la cuisine, il y a une éternité qu'elle ne m'a pas téléphoné de sa propre initiative, le ton de sa voix éraillée me semble étrange, elle parle tout bas, hésitante. J'attends qu'elle ait fini de m'expliquer ce qui me vaut cet appel.

Comment te sens-tu ? dis-je, comme une imbécile. Elle pousse un soupir de dépit.

Tu veux que je passe chez toi ?

Non, non, je t'en prie ! Il faut que j'attende la fin du week-end. Le médecin vient de m'appeler pour m'annoncer ça. C'est inutile de sombrer dans l'hystérie.

Bon, préviens-moi si tu as besoin de quelque chose. Je suis chez toi en un rien de temps.

Je raccroche et je m'assois sur la chaise la plus proche.

Qu'est-ce qui se passe ? s'inquiète mon mari.

Elle a un cancer. Les poumons, et pas seulement, si j'ai bien compris. Elle dit qu'elle n'en a plus pour longtemps.

Tu ne vas pas la voir ?

Non.

Anna, ma chérie. Elle est très malade, elle est sous le choc, il faut que tu y ailles.

Mais elle ne veut pas.

Je t'accompagne.

Je secoue la tête. Immobile sur la chaise, je fixe le téléphone, le nom de ma mère sur l'écran, Guðrún Olga, puis je me couvre les yeux à deux mains.

Elle ne veut pas que je vienne, tu entends ? Même pas aujourd'hui, alors qu'elle est mourante, dis-je, secouée par les sanglots comme une idiote. Il s'agenouille pour me prendre dans ses bras.

Mon amour, ma chérie, mon cœur, murmure-t-il, je suis tellement désolé.

Je le laisse m'étreindre en pleurant sur son épaule. Ce ne sont pas des larmes de compassion pour ma mère, c'est sur moi que je pleure, je pleure parce que mon père est mort et que maintenant, je vais aussi la perdre sans qu'elle ait jamais réellement été mienne, sans jamais avoir réussi à me débrouiller pour qu'elle m'aime. Je pleure sur tout cela tandis que les moelleux au chocolat de ma petite Salka sont en train de brûler dans le four.

Note explicative III

TU PLEURAIS TELLEMENT, JE T'AI AIDÉE À VOMIR

J'ai connu mon mari quelques semaines après la mort de mon père, décédé subitement dans son sommeil, à l'époque où la douleur du deuil était encore si crue et si récente que je vomissais plusieurs fois dans la journée. J'avais alors l'impression d'oublier par intermittence qu'il était parti et chaque fois que sa mort me revenait en mémoire, mon estomac se retournait et se vidait de son contenu, en général uniquement constitué de café puisque je n'arrivais pas à avaler quoi que ce soit à part ça.

Je suivais à nouveau les cours à l'université, mais j'étais totalement absente, le monde m'indifférait, je regardais le plafond dans l'attente du moment où j'allais pouvoir sortir fumer, boire un autre café, rentrer chez moi et attendre que ma tristesse s'estompe. C'était ce qu'il y avait de plus raisonnable à faire, j'avais lu quelque part que le deuil était une maladie comme une autre, je savais qu'il impliquait un travail, un processus qui devait suivre son cours. J'essayais d'y croire de toutes mes forces, mais le manque et la solitude étaient plus forts que la raison : la pensée de mon célibat me donnait le tournis, ma profonde mélancolie me donnait le mal de mer.

Ma tristesse était sur toutes les lèvres, toute la faculté y prenait part. Les enseignants, amis de longue date et collègues de mon père, m'avaient témoigné leurs condoléances contrites en de maladroits murmures, mes camarades de promotion s'inquiétaient pour moi. Un soir, ils m'ont entraînée avec eux à Stúdentakjallarinn, le bar des étudiants, installé dans le sous-sol de l'université, et je n'ai pas eu la force de protester. Je n'étais d'ailleurs pas en état de me distraire puisque je ne me souviens plus de rien après la première bière : je me suis réveillée chez moi le lendemain matin, vêtue d'un des pyjamas de mon père, la tête scindée en deux par les bûcherons qui abattaient à la hache ma gueule de bois carabinée, quelqu'un avait installé une cuvette au pied du lit et posé un verre d'eau sur la table de chevet.

J'ai tendu la main pour attraper mon paquet de Lucky Strike dans le tiroir de la table de chevet, j'en ai allumé une que j'ai fumée, la tête posée sur l'oreiller, en essayant de me rappeler ce qui s'était passé la nuit précédente et le visage de la personne que j'entendais s'affairer dans la cuisine, et qui semblait avoir dormi avec moi dans le lit. Quelques lambeaux de la soirée s'étaient fixés dans ma mémoire, un regard grave, un front altier, un costume gris. Je me rappelais vaguement avoir longé la rue Suðurgata mollement accrochée à son bras, j'avais glissé sur le verglas qui recouvrait le trottoir en essayant de l'embrasser : il était stable et avait les deux pieds solidement ancrés dans le sol quand il m'avait aidée à me relever, ça, je m'en souvenais.

La cigarette s'est éteinte avec un chuintement quand je l'ai plongée dans le verre d'eau, je me suis à grand-peine arrachée du lit, le monde chancelait et un goût amer, acide, m'emplissait la bouche, mais j'ai réussi à me lever. J'ai enfilé un gilet en laine islandaise par-dessus le pyjama, je me suis regardée dans la glace de l'armoire, observant mon visage amaigri et pâle, j'ai ôté les traces de noir collées sous mes yeux et je me suis passé une main dans les cheveux. Puis, j'ai ouvert la porte de la chambre, je suis sortie dans le couloir et j'ai suivi le bruit.

Il me tournait le dos, penché sur l'évier et faisait la vaisselle, manifestement depuis un certain temps : la montagne qui s'était accumulée en trois semaines avait presque disparu, comme par miracle. Je l'ai observé de dos, son air concentré, il portant un pantalon gris et une chemise blanche dont il avait relevé les manches, ses cheveux blonds et fins se détachaient dans la lumière de la fenêtre comme l'auréole d'un ange.

Une main appuyée sur le chambranle de la porte, l'autre serrant les deux pans du gilet sur ma poitrine, je me suis raclé la gorge. Il a sursauté et s'est retourné d'un bond.

Qu'est-ce que tu fais ici ? lui ai-je demandé.

Il m'a adressé un sourire timide.

Bonjour. Je t'ai laissée finir ta nuit. J'ai décidé de remettre un peu d'ordre, j'ai l'impression que ce n'est pas du luxe.

Il s'est essuyé les mains sur le tablier de mon père. De haute stature, svelte, il avait une fossette au menton et des yeux bleu clair tout en franchise. J'étais furieuse.

C'est quoi, ton problème, ai-je lancé. C'est ça, ta spécialité ? Tu couches avec des filles soûles et ensuite, tu laves leur vaisselle ? C'est quoi, la suite, les toilettes ? C'est comme ça que tu prends ton pied ?

Son sourire s'est aussitôt effacé.

Pardon. Je ne voulais pas t'effrayer. Et… il ne s'est rien passé entre nous cette nuit.

Tu imagines que je vais te croire ?

C'est toi qui vois. Tu étais ivre et malade et… tu pleurais tellement.

Je pleurais ?

Oui, comme tu étais très soûle, je t'ai fait vomir, ensuite, tu t'es mise à verser toutes les larmes de ton corps et à me parler de ton père. J'avais simplement envie de t'aider.

Ah, eh bien, merci, je n'ai besoin de personne.

Je vois ça, a-t-il répondu avec un sourire narquois. C'est le chaos dans ton appartement.

J'ai balayé les lieux du regard. Des livres, des serviettes, des vêtements sales jonchaient le sol, j'empruntais des allées entre les amoncellements pour sortir du lit, me rendre aux toilettes et dans la cuisine. Toutes les tables, guéridons et rebords de fenêtres croulaient sous les bouquets fanés après l'enterrement, les roses inclinaient leurs têtes marronnasses, des tas de feuilles de lys grises jonchaient les tables. Mon deuil était aussi palpable qu'une couche de cendres déposée dans l'appartement.

C'est que j'ai mieux à faire que penser au rangement. Et surtout, je ne sais pas par où commencer. Tout ça appartient à papa, tous ces documents et ces livres.

En tout cas, nous venons de débuter.

Nous ?

J'ai toisé ce jeune homme au teint et aux cheveux clairs qui était arrivé chez moi comme une bourrasque, entré dans mon existence sombre et solitaire en formulant la drôle d'exigence d'y mettre de l'ordre. J'ai pensé à ma mère, seule et glaciale, perchée dans sa tour d'ivoire au-dessus de la mêlée, alors j'ai avalé ma salive et j'ai essayé de forcer un sourire à travers mon haleine fétide de lendemain de cuite.

Tu veux un café ?

En très peu de temps, il a fait partie de ma vie. J'ai bien essayé de garder une certaine distance au début, par exemple, en lui demandant de rentrer chez lui le soir, en l'évitant sur le campus, mais il s'est entêté, il était résolu, il savait ce qu'il voulait. Il m'a entraînée dans de longues promenades, nous avons arpenté la ville ensemble en essayant de faire vraiment connaissance, en parlant du passé, de nos parents, de nos amis, de nos études, de notre avenir. Je dissertais sur les puissances telluriques, il me parlait des lois du marché, décidé à s'enrichir, à mener une vie confortable, loin des difficultés.

Pas millionnaire, tu vois, mais je veux avoir une vie agréable, disait-il. C'est le genre de chose qu'on sait apprécier lorsqu'on a été élevé par une mère célibataire.

Cette vie confortable, il voulait la partager avec moi.

Au bout d'un moment, j'étais même allée chez Guðrún Olga pour lui parler de ce jeune homme, assise avec elle dans sa petite cuisine. Elle était de bonne humeur, elle avait presque l'air heureuse de ma visite.

Eh bien, te voilà donc avec un petit ami ! Buvons un verre pour fêter ça !

Non, inutile de trinquer, ai-je répondu.

Oh, mais si, avait-elle insisté en allant chercher sa bouteille de sherry pour remplir à ras bord deux verres à liqueur poussiéreux, me tendant l'un et attrapant l'autre.

À votre santé, à toi et à Kristján !

Maman, il s'appelle Kristinn, pas Kristján. Kristinn Fjalar Ævarsson, avais-je corrigé en repoussant le verre.

Tu es amoureuse ?

Oui, c'est un gentil garçon et je me sens bien avec lui.

Elle avait laissé échapper un petit rire et avait allumé une cigarette.

Tu n'es pas amoureuse. Tu n'en es pas capable. Tu es comme moi.

Assise dans sa cuisine, maigre, les cheveux bruns qui commençaient à grisonner, mystérieuse comme une actrice jouant dans un film français, pâle à force de rester enfermée et ridée par la cigarette, elle parlait comme si elle me connaissait mieux que moi-même. Elle n'était pas venue à l'inhumation de papa, mais était tout de même passée me voir pour essayer de me consoler le lendemain, son étreinte était froide et rigide, comme si c'était elle qui venait de mourir.

Je ne suis pas comme toi, avais-je protesté. J'aime Kristinn. De tout mon cœur.

Elle avait rejeté sa fumée en me fixant à travers les volutes par-dessus la table.

Si, tu es exactement comme moi, allergique à l'amour. Ce n'est pas si grave, ça te permet d'avoir plus d'énergie pour le reste, pour le travail, pour ta science adorée. Les gens qui sont allergiques à l'amour ont l'occasion de devenir quelque chose dans la vie.

Comme toi ? C'est ça ? Toi, qui passes ton existence dans ce trou à rats à écrire et traduire des trucs que personne n'a le courage de lire ? Tu es vraiment givrée ! Je ne te ressemble absolument pas, tu m'entends ?

Je l'avais fixée, les larmes aux yeux, furieuse. Elle avait affiché son petit sourire en coin, comme pour s'excuser.

J'aurais préféré que ce soit toi qui meures plutôt que papa !

Les mots étaient restés suspendus quelques instants dans le silence qui nous séparait, j'osais à peine respirer, j'attendais sa réponse. Elle s'était contentée de baisser les yeux sur la table. Puis elle avait attrapé mon verre à liqueur et l'avait également vidé.

Ne sois donc pas ingrate, avait-elle ensuite murmuré. Je suis malgré tout ta mère. Tu me dois le respect.

Je ne te dois pas la moindre reconnaissance en dehors de celle de m'avoir mise au monde. Je ne comprends pas ce que papa pouvait bien te trouver, je ne comprends pas comment vous avez pu être ensemble.

Les gens changent, avait-elle répondu à voix basse. Nous parlions. De Dostoïevski et de Tolstoï.

Quoi ? Papa avait lu Dostoïevski ?

Les gens changent, avait répété Guðrún Olga en allumant une autre cigarette. Elle avait fermé les yeux et aspiré la première bouffée.

Kristinn et moi avons eu le temps d'aller deux fois au cinéma et une au restaurant avant que la vie ne s'en mêle et nous coince tous les deux en disant : c'est à prendre ou à laisser. Je ne sais pas ce qui s'était passé, j'avais peut-être oublié de prendre ma pilule ou je l'avais vomie, mais dans mon esprit, ce n'est que pour la forme que je lui ai dit que j'allais avorter. Nous étions assis dans mon salon, le salon de mon père, sous les cartes géologiques dans leurs cadres et les peintures de paysage à dominante ocre et brun. Je lui ai dit ça tout en fumant, il a passé sa main dans ses cheveux blonds, a plissé le front et m'a dévisagée de ses yeux bleus, interminablement. Je me demandais vraiment ce qu'il me voulait.

Il y a une autre possibilité, a-t-il répondu. Je ne veux pas faire pression, il va de soi que tu fais ce que tu veux, ce que tu considères comme la meilleure solution. C'est à toi que revient la décision. Mais tu peux garder cet enfant. Nous pourrions vivre ensemble. Nous pourrions essayer.

Je l'ai regardé, toisé, fixé, l'idée ne m'était même pas venue à l'esprit. Et pourtant, tout à coup, je voyais l'avenir défiler dans ma tête comme un film sur un vieux projecteur, des images montrant une belle maison, un jeune couple, un enfant nouveau-né et un avenir radieux, les clichés d'un bonheur importun et un peu guindé, d'une famille saine et équilibrée.

Tu es fou, ai-je bredouillé. Tu as envie de devenir père à ton âge ?

Il y a bien pire que ça dans la vie, si on réfléchit, a-t-il répondu. Nous ne sommes plus des enfants. Tu auras bientôt vingt et un ans et moi vingt-trois. Quelle est la pire chose qui puisse arriver ? Qu'est-ce que tu as à perdre ?

Il s'est levé du fauteuil, est venu s'asseoir à côté de moi sur le canapé et m'a prise dans ses bras.

Je sais que tu es un peu désorientée, que tu n'es sûre de rien. Mais je t'aime. Je t'aime depuis la première fois que je t'ai vue. J'ai envie de vivre avec toi, de m'occuper de toi. J'ai envie d'avoir un enfant avec toi. Tu ne voudrais pas au moins donner une chance à tout ça ? Y réfléchir ?

J'ai plongé mon regard dans ses yeux bleus tout en franchise, il était sincère, il était sérieux. Il m'aimait. Et en effet, qu'est-ce que j'avais à perdre ? J'ai hésité, puis j'ai hoché la tête : D'accord, je vais y réfléchir.

Il m'a embrassée, m'a ôté la cigarette de la bouche et l'a écrasée avec un sourire dans le cendrier en lave émaillée posé sur la table basse.

Et il faut que tu arrêtes ces bêtises. En tout cas, tant que tu n'as pas pris de décision définitive.

Voyez-vous, il m'a consolée. Il a allumé la lumière et mis de l'ordre dans le chaos qu'était ma vie.

Il a fait la vaisselle.

MA CHE CAZZO STA SUCCEDENDO IN QUESTO PAESE ?

> On parle d'instabilité volcanique lorsqu'on observe un comportement anormal, par exemple, un regain d'activité sismique. Il va de soi qu'une interprétation exacte de ce type d'instabilité est capitale pour évaluer la situation. Ce qui complique toutefois la tâche des géologues qui veulent mettre en garde face à l'imminence d'une éruption, c'est qu'une série d'événements semblables à ces signes annonciateurs s'achève bien souvent précisément sur une absence d'éruption.
>
> FREYSTEINN SIGMUNDSSON,
> MAGNÚS TUMI GUÐMUNDSSON
> ET SIGURÐUR STEINÞÓRSSON,
> *Structure interne des volcans. Risques volcaniques.*

Les tremblements de terre reprennent au printemps, de manière aussi banale que la fonte des neiges, comme si le pays s'ébrouait pour se débarrasser de la gangue de l'hiver. La dorsale de Reykjanes ondule, elle grince des dents et donne des coups de pied dans le cap de Suðurnes, l'asphalte des routes se fissure comme de la vieille porcelaine, le pont piéton, l'attrape-touristes qui matérialise symboliquement l'endroit où se scindent les plaques eurasienne et nord-américaine s'effondre sous le poids d'un groupe d'étrangers arrivés sur les lieux en autocar. Ils s'en tirent indemnes, mais regagnent la terre ferme en brandissant leurs téléphones, *ma che cazzo sta succedendo in questo paese*, mais putain, qu'est-ce qui se passe dans ce pays ? La vidéo du terrible accident fait le tour du monde, comme si l'office du tourisme islandais était responsable de l'événement. La population du cap de Suðurnes soupire de lassitude : on vide à nouveau les placards et buffets, on emballe le service à vaisselle du dimanche dans des cartons, on range les tableaux, les photos et les pendules dans les armoires. On s'habitue à ces soubresauts permanents, c'est à peine si on lève les yeux quand les lustres se mettent à cliqueter ou lorsque de nouvelles fissures apparaissent tout à coup sur les murs.

Au mois de mai, l'épicentre des secousses s'est déplacé sous la terre ferme, il remonte la ligne qui sépare les deux plaques tectoniques le long de la péninsule de Reykjanes, au nord de Grindavík, et prend la direction de la capitale. Mais il s'accorde une petite pause en route, il va et vient entre la zone géothermique de Krýsuvík et le massif de Bláfjöll. L'agglomération de Reykjavík tremble, tout le Sud-Ouest du pays se crispe et convulse.

Quel casse-tête, soupire le chef de la Police nationale. Le problème est insoluble. On se prépare à une véritable catastrophe, à un authentique cataclysme, puis il apparaît qu'en fin de compte, c'est surtout des canalisations d'eaux usées qu'il faut s'inquiéter.

Il semble déçu, il n'a pas eu son compte de sommeil, il sort d'une réunion avec les ingénieurs des Ponts et Chaussées et des compagnies d'alimentation en eau chaude et en électricité qui n'arrivent même plus à combler les fissures qui apparaissent dans les routes et à réparer les canalisations qui se brisent. Qui diable a eu l'idée de construire des villes sur cette maudite péninsule ? s'insurge-t-il sans s'adresser à qui que ce soit de précis dans la salle où les membres du tout nouveau Conseil scientifique arrivent les uns après les autres, cinq personnes en plus du chef de la police que la ministre de la Justice a nommé président sans plus de procès, tout cela au nom d'une communication plus efficace, en un mot : rationalisée.

Milan allume son ordinateur et les écrans sur les murs, Júlíus arrive tout juste des bureaux de la Météo nationale, maussade, marmonnant dans sa barbe qu'il a bien mieux à faire que perdre son temps dans une réunion à la noix alors que la plus longue série de secousses sismiques de mémoire d'homme agite la zone la plus peuplée du pays. Une quadragénaire svelte en veste de randonnée fluo et un jeune homme rondelet vêtu d'un élégant costume s'installent à leurs places. Le chef de la police les présente : Sigríður María Viðarsdóttir, présidente du Syndicat des professions du tourisme, et Stefán Rúnar Jóhannsson, chef de bureau au ministère de la Justice.

Parfait, dis-je en croisant les bras. Avant de commencer, je souhaiterais préciser que j'ai de sérieuses réserves quant à la présence dans ce conseil de représentants de groupes d'intérêt et du ministère. Initialement, cette instance était censée jouer le rôle d'intermédiaire entre le monde de la recherche et la direction de la protection civile. Désormais, le Conseil scientifique ancienne version se voit mis sur la touche et on a nommé dans la nouvelle version un bureaucrate et une lobbyiste qui sont censés évaluer les risques liés aux séismes et aux éruptions. C'est là une disposition aussi déroutante qu'irréfléchie.

Stefán Machin-Chose toussote et me regarde d'un air compatissant, son costume hors de prix serait risible, ici, au siège du centre de coordination des secours, s'il ne le portait pas avec la même assurance authentique qu'un chat porte sa fourrure.

Aux yeux du ministère, il est logique qu'il nomme un représentant dans cette instance, les questions ici évoquées touchent aux intérêts de l'ensemble de la population et relèvent de notre champ d'action. Quant au Syndicat des professions du tourisme, il doit avoir un siège ici eu égard à la concentration de touristes dans la région.

Le tourisme est aujourd'hui encore la première industrie de la nation, me lance Sigríður María en m'adressant un regard noir aux sourcils soigneusement épilés.

Il aurait mieux valu nommer un représentant d'Ísor, l'Institut de prospection d'énergie, et un autre de l'Agence de l'environnement ou des comités de sécurité civile des communes des environs. Nous sommes censés formuler des conseils à partir de données scientifiques en prenant en compte la sécurité de la population, sans nous soucier de la politique ou des intérêts économiques. Cette manière de travailler est contraire à toutes les pratiques qui ont fait leurs preuves concernant la collaboration entre le monde universitaire et les services de protection civile. Le Conseil scientifique dans son ancienne version a toujours été efficace.

Personne ne vous force à siéger, souligne le chef de la Police nationale en me regardant, les yeux mi-clos. Vous avez été nommée par l'Université, mais vous avez tout loisir de refuser cette nomination si vous considérez qu'elle n'est pas à la hauteur de votre personne. Cela vaut également pour vous, ajoute-t-il en toisant Júlíus. On pourra toujours trouver quelqu'un d'autre.

N'en rêvez même pas, rétorque Júlíus. Si votre petite secte compte avoir tout pouvoir quant aux mesures à prendre en cas de catastrophes naturelles, il vaut mieux qu'Anna et moi-même en fassions partie. Il tourne la tête vers moi : Et je t'interdis de démissionner.

Bien évidemment que je ne démissionne pas. Je fais mon devoir, j'assiste aux réunions de la nouvelle mouture du Conseil scientifique, je m'entête à réunir les scientifiques de l'ancien conseil pour évaluer la situation, alors même que je devrais être plongée jusqu'au cou dans mes recherches sur les puissances qui semblent s'être réveillées dans les profondeurs de la péninsule. Les réunions du Comité consultatif attirent de moins en moins de monde, les membres du Comité les jugent inutiles.

De toute manière, tu ne communiques au Conseil scientifique que les informations qui te conviennent, me reproche Jóhannes. La petite Anna sait tout mieux que n'importe qui, n'est-ce pas ?

Je n'en dors plus. Deux nuits dans notre magnifique maison de campagne du cap de Grímsnes auraient dû me permettre de me reposer et de me ressourcer, mais je n'arrive pas à trouver le sommeil. Allongée à côté de mon mari, je bouillonne intérieurement, je tends l'oreille pour ne pas manquer le moindre appel sur mon téléphone, mes doigts me démangent, j'ai envie de regarder les derniers chiffres des secousses sismiques sur le site de la Météo. Les grives ne me facilitent pas la tâche en hurlant leur chant d'amour dans la clarté perpétuelle des nuits de mai.

Il faudrait qu'on ait un chat pour faire taire ces sales bestioles ! Je grommelle ces paroles le dimanche matin, ce qui déclenche les cris de joie de Salka : Oui, un chat ! Prenons un chat !

Il faut que tu essaies de te détendre, me conseille mon mari. Tu es comme une pile électrique pendant toute la nuit, chaque fois que j'émerge quelques instants, je te vois fixer le plafond comme si tu t'attendais à un cataclysme. Pourquoi tu ne prends pas un somnifère ?

Parce que, dans ce cas, je ne me réveillerai pas s'il se passe quelque chose, dis-je en rinçant ma tasse à café dans l'évier. Ce n'est pas une bonne idée d'être venue ici, je rentre en ville.

Salka reste avec son père, elle a grand besoin de soleil et d'air frais après avoir passé ses journées enfermée durant tout ce printemps gris cendre. La maison est équipée d'internet, ils ont assez de provisions et d'antihistaminiques, les pollens de bouleau devraient la laisser tranquille. Il n'empêche que je suis rongée par la mauvaise conscience de les abandonner comme ça, je serre ma fille dans mes bras, je dépose un baiser sur la joue de mon mari et je promets de venir les chercher à la fin de la semaine.

Je rentre comme une flèche à la maison, en manque de sommeil, d'humeur massacrante, et je ne suis absolument pas préparée en ouvrant la porte du foyer familial de tomber sur ce qui semble être les vestiges d'une soirée réussie : les tables sont couvertes de verres, de bouteilles et de canettes de bière, il y a des boîtes de pizzas dans la cuisine et des chips jonchent le sol, mon fils dort dans le canapé du salon, une jeune femme blottie au creux de ses bras.

Örn Ögmundur Kristinsson ! Ma voix le réveille en sursaut, il se lève d'un bond.

Maman – tu es rentrée ? Je – euh – je croyais que vous alliez rester là-bas plus longtemps.

Qu'est-il donc arrivé ici ? dis-je en inspectant les lieux.

J'ai invité des copains… j'avais prévu de ranger avant votre retour. Maman, je te présente Líf, il cherche son boxer d'une main tâtonnante et me désigne de l'autre la demoiselle qui ramasse ses vêtements un à un.

Salut, dit-elle avec un sourire forcé. Jolie, les cheveux courts et un piercing à une narine, elle en a un second au nombril. Je détourne les yeux.

Qu'est-ce qui t'a pris ? On ne peut pas s'absenter quelques jours sans que tu fasses de la maison un champ de bataille.

Maman, donne-moi quelques instants et je remets tout en ordre.

Il vaudrait mieux, dis-je en serrant les dents avant de descendre au rez-de-chaussée. La fête s'est propagée jusque-là, quelqu'un s'est allongé sur le couvre-lit tissé main de la chambre conjugale et a laissé une bouteille de bière sur la table de chevet. Je fais le tour de la maison pour évaluer la situation dans son ensemble, apparemment, personne n'est entré dans mon bureau, il n'y a rien de cassé, rien d'abîmé. Pourtant, j'ai l'impression que tout est sale, que mon foyer a été souillé, je remonte dans le salon, bouillonnante de colère. La jeune fille s'apprête à sortir pour prendre un taxi, mon fils tourne sur lui-même, désorienté, ébouriffé, comme s'il se demandait par où commencer le rangement. Au moins, il a enfilé des vêtements.

Comment peut-il te venir à l'esprit d'organiser une fête sans nous en parler ? Tu n'as plus seize ans !

Maman, ne crie pas, désolé, ça ne devait pas se passer comme ça, marmonne-t-il en rabattant sa mèche en arrière. Ses yeux bruns me regardent avec un air de chien battu. Nous n'étions pas nombreux, nous avions juste envie de manger une pizza. Et j'avais prévu de faire le ménage avant votre retour.

Il ne s'agit pas de ménage, c'est une question de confiance. C'est notre maison, la maison de ta petite sœur. Ce n'est pas un endroit où on vient se soûler et où on amène des filles.

Je n'ai pas *amené des filles*, répondit-il. Líf est ma petite amie, enfin, plus ou moins, répond-il en regardant d'un air dubitatif la porte qu'elle vient de refermer.

Tu auras bientôt vingt-quatre ans, tu habites encore chez tes parents et tu te comportes comme un adolescent. Totalement irresponsable. Tu ne fais pas d'études, tu ne penses pas du tout à ton avenir, tu te contentes de ce boulot d'ouvrier à la fonderie d'aluminium pour pouvoir vivre comme une rockstar. Tu ne nous aides jamais et tu passes ton temps à t'amuser.

Je pensais que cette maison était aussi la mienne, dit-il. Si je ne suis plus le bienvenu ici, je vais partir, pas de problème.

Oui, ce serait peut-être une bonne idée. Quitter le foyer familial.

Je regrette aussitôt d'avoir prononcé ces paroles, il sursaute comme si je l'avais giflé. Ce n'est pas ce que je voulais dire, je ne veux pas qu'il s'en aille. Pas de cette manière.

Mon petit Öddi. Je suis désolée, je ne voulais pas dire ça. Bien sûr que tu peux vivre ici aussi longtemps que tu le voudras. Mais il serait peut-être temps de prendre une décision quant à ton avenir. Par exemple, t'inscrire à l'université cet automne.

Je ne veux pas aller à l'université, rétorque-t-il, buté. Je veux aller en Italie !

Je le dévisage. En Italie ? Mais pour quoi faire ?

Il toussote et se redresse.

J'ai posé ma candidature pour entrer dans une école à Milan. J'ai envie de devenir décorateur de théâtre ou de cinéma.

Décorateur ? Tu plaisantes ?

Il me regarde en hochant la tête. Je ne pourrais pas être plus sérieux, dit-il.

Décorateur ? Mais, de quoi vas-tu vivre ? Mon pauvre garçon, tu as perdu la tête ?

Maman, je ne suis plus un garçon. Et c'est ça que j'ai envie de faire.

Je suis complètement abasourdie.

Örn, mon chéri, tu es très intelligent. Tu serais un étudiant hors pair si tu t'en donnais les moyens, si tu te concentrais. Tu pourrais faire n'importe quel métier. Ne gâche pas ton potentiel, ne va pas perdre ton temps dans des conneries.

Tu devrais t'écouter, maman. Je vais m'inscrire dans une école, pas m'engager dans un cirque.

Je secoue la tête, désespérée. Enfin, Öddi chéri, cette décision est totalement irrationnelle. Tu ne pourras jamais vivre de ce métier. Il ne t'offrira aucune sécurité, tu n'auras pas le moindre avenir. Je croyais que tu travaillais à la fonderie d'aluminium pour économiser avant d'entreprendre tes études, pour aller dans une école sérieuse à l'étranger, comme par exemple le MIT, le Massachusetts Institute of Technology. Tu m'avais promis d'y réfléchir et de trouver ta voie.

Mais c'est ce que j'ai fait, et c'est la conclusion à laquelle je suis arrivé. C'est cette école-là que j'ai trouvée.

Du théâtre ?

Je secoue la tête, attristée, et je commence à rassembler bouteilles et canettes. Mon fils me regarde, vexé.

Maman, c'est quoi, ton problème ? Tu fais comme si je m'apprêtais à gâcher ma vie. C'est tout sauf ça. Tu sais, on peut parfaitement vivre autrement que toi et papa. On n'est pas obligé de faire des études de droit, de géologie ou de devenir ingénieur pour avoir une femme, des enfants et un appartement avant d'avoir atteint la trentaine. Il y a d'autres choses dans la vie. Des choses qui sont importantes elles aussi.

Je ramasse un mégot de cigarette roulée dans une des soucoupes de mon service du dimanche, je le lève vers la lumière : Et ça, c'est donc ça les choses importantes dont tu parles ? Aller de fête en fête et fumer de l'herbe ? C'est cette vie-là que tu as l'intention de vivre ?

Maman, arrête, répond-il en secouant la tête. Tu juges les autres si durement. Si on n'est pas exactement comme toi et si on ne se plie pas à toutes les exigences que tu as envers toi-même et envers tout le monde, alors, ça signifie qu'on fait des conneries, qu'on fume et qu'on boit n'importe quoi. Mais ce n'est pas comme ça, les gens vivent leur vie de toutes sortes de manières, et ils se sentent bien, ils sont heureux même s'ils ne laissent pas toujours la raison décider de tout. Il faut que tu donnes aux autres la chance d'être comme ils sont, même s'ils ne te ressemblent pas. Tu devrais faire preuve d'un peu de tolérance.

Je lui tends le sac : Voilà, je vais te donner ta chance. Je t'offre l'occasion de tout ranger toi-même. Moi, il faut que j'aille travailler et essayer de me rendre utile. Surveiller ces secousses sismiques, travailler pour faire fonctionner ce foyer qui te semble si banal. Je veux que toute la maison soit propre à mon retour.

Maman, il y a d'autres choses dans la vie, crie-t-il dans mon dos avant que j'aie le temps de refermer la porte. Le monde n'est pas uniquement constitué de pierres !

LA CRÉATION DU MONDE, OU SA DESTRUCTION

Tómas Adler expose ses photos à la fin mai, un peu plus de deux mois après la fin de l'éruption au large de la péninsule de Reykjanes. Le printemps est arrivé en fanfare, comme un miracle à Reykjavík, une herbe vert tendre explose à la surface de la cendre noire, les pluviers dorés et les bécassines des marais vont et viennent en sautillant entre les monticules anthracite, armés de leur optimisme insultant, mais il en faut bien peu pour que la cendre soit soulevée par un coup de vent et envahisse à nouveau le monde, le nuage de poussière stagne encore en surplomb de la ville comme la mélancolie dans une vieille maison. Plus personne ne veut entendre parler de l'éruption, tout le monde en a plus qu'assez de cette saleté grise qui se dépose sur les murs des maisons, sur les cheveux, et s'infiltre dans les narines. Les nettoyeurs haute pression et les séjours au soleil se vendent comme des petits pains, les photos de cette maudite éruption n'intéressent pour ainsi dire pas un chat.

J'assiste au vernissage autant pour montrer ma curiosité professionnelle que par compassion pour l'artiste, l'Institut des sciences de la Terre de l'Université d'Islande ressent également le manque d'intérêt délibéré de la nation, le téléphone a cessé de sonner depuis un certain temps. Nous sommes assez occupés comme ça par les analyses de matières éruptives, la cartographie de l'éruption et des séismes, les variations d'écartement des failles et les ajustements de nos données sismiques. Le nombre de requêtes émanant de l'extérieur a considérablement diminué, les super-héros de l'Institut ont remisé leurs capes au placard, les voilà à nouveau penchés sur leurs écrans, les trompettes de la renommée ont cédé la place aux tâtonnements feutrés des universitaires en pantoufles, aux banales discussions sur les courbes, les graphiques et la taille des particules devant un café tiède.

L'exposition est accrochée dans un musée situé en plein centre-ville dont les salles lumineuses résonnent des conversations des invités et des tintements de leurs verres. Ces grands formats à gros grains sont aux antipodes de ce à quoi je m'attendais. Ils me font penser aux premières photos de l'éruption de Surtsey, prises par des marins abasourdis dans les années 60 du siècle dernier. Au premier abord, j'ai l'impression qu'il s'agit de clichés noir et blanc, puis je distingue une zone colorée sur chacun d'eux, en y regardant de plus près : un manche de pelle rouge, une pousse de sapin, un petit pan de ciel bleu. Ce sont bien des photos couleur d'un univers bicolore, blanc et anthracite du panache de vapeur et de cendres, maisons effondrées, traces de pneus imprimées sur paysages noirs, où le mal déchaîné jaillit dans toute sa fureur des profondeurs de l'océan.

Vous ne trouvez pas ça beau ? me demande le photographe qui apparaît subitement à côté de moi et contemple une de ses œuvres les bras croisés. Tout le monde en a tellement sa claque de cette éruption, à cause de cette cendre et de toute cette crasse, mais j'avais envie de saisir sa beauté, de montrer à quel point c'était un spectacle grandiose.

Il me salue d'une poignée de main ferme et chaleureuse. Il n'est pas rasé, on distingue dans son épaisse chevelure quelques mèches grises. Ses yeux sont d'un vert étrange, il affiche une expression tout en ouverture, sa bonne humeur est communicative.

Ce sont des photos très nettes et instructives, dis-je avec un sourire. Elles représentent bien l'éruption. Félicitations. Et merci de m'avoir invitée.

Nettes et instructives ? Vous êtes tellement drôle, s'exclame-t-il en laissant échapper un rire sincère, dénué de toute trace de moquerie. Je ne peux pas m'empêcher de rire avec lui.

Pardon, mais je suis chercheuse et je reste parfois coincée dans mon domaine. Je les trouve magnifiques, même si je n'y connais rien en esthétique et en valeur artistique.

Merci beaucoup, et ne vous excusez pas d'être vous-même. Vous êtes géniale. Je suis tellement heureux que vous soyez venue. Suivez-moi, je tiens à vous montrer un petit quelque chose.

Il traverse avec moi le grand espace blanc pour aller dans une salle attenante, remplie de photos en format plus modeste. Elles sont plus nettes que celles exposées dans la salle principale et s'attachent plus aux détails : amoncellements de cendres balayées au pied d'un mur, moutons gris de cendre qu'on fait monter dans une remorque, et un goéland mort, à demi enterré dans le sable. Il y a aussi là quelques portraits : de jeunes enfants en combinaisons d'hiver fluos qui jouent au milieu du désastre, une femme à l'air maussade qui porte une valise dans une voiture, Jóhannes Rúriksson qui fronce les sourcils, les yeux plissés sur l'éruption, une cigarette aux lèvres, et il y a également moi. J'apparais sur trois ou quatre clichés : dessinant au marqueur sur le tableau blanc du centre de coordination de Skógarhlíð, le creux de la paume rempli de scories ramassées à côté du phare de Reykjanesviti, de la cendre dans les sourcils, l'air concentré et austère. On me voit entourée par mes collègues sur toutes ces photos à l'exception d'une seule, prise dans l'avion Bombardier. Nous observons le spectacle, tournés vers le hublot, avec une expression experte, sauf en ce qui me concerne. Mon visage affiche à la fois étonnement, peur et profonde fascination, j'écarquille les yeux, la main gauche reposant sur la poitrine, le bout des doigts appuyé sur la clavicule.

Nous regardons la photo.

Qu'en dites-vous ? demande-t-il timidement.

Je ne réponds pas, je ne sais pas ce que je ressens. Je suis vexée, choquée – et flattée. Est-ce possible ?

J'ai failli vous appeler pour vous demander l'autorisation de l'exposer, précise le photographe. Puis j'ai renoncé, j'avais tellement peur que vous refusiez. C'est ma photo préférée de toute l'exposition.

Pourquoi ?

Regardez, dit-il en tendant le bras et en touchant le cliché. Vous voyez la manière dont la lumière entre par le hublot et illumine votre visage ? On dirait presque une image pieuse, on dirait que vous avez une révélation, que vous venez d'être témoin de la résurrection, de la création du monde, ou de sa destruction.

Son index caresse ma joue sur la photo.

Vous êtes une grande professionnelle, tout en détermination, en intelligence et en fiabilité. Et en prenant ce cliché, j'ai eu l'impression de soulever le voile, de vous voir telle que vous êtes. Fascinée et vulnérable face à ces puissances, un simple être humain confronté à la nature. Et puis, vous êtes tellement belle.

Je le toise, surprise, il me dévisage d'un air grave, ses yeux ont cessé de rire. Un instant passe, un autre, un troisième. Si, on dirait bien qu'il s'apprête à reprendre la parole, mais mon mari entre dans la salle. Il me voit et s'approche de nous, le sourire aux lèvres. Il me prend dans ses bras, m'embrasse sur la joue, s'excuse de son retard, tend la main à Tómas, le félicite pour son travail et découvre le cliché.

Oh, quelle magnifique photo de toi ! C'est super de te voir en pleine action. Tu ne veux pas qu'on l'achète ? Est-ce que vous la vendez ?

Oui, répond Tómas. Toute l'exposition est à vendre.

Génial, se réjouit Kristinn avec un sourire. C'est aussi une bonne chose de pouvoir soutenir un pauvre artiste. Combien coûte-t-elle ?

Je me surprends à être gênée pour lui.

À une condition, dis-je, si nous l'achetons, je veux pouvoir l'emporter tout de suite.

Tómas me regarde d'un air indéchiffrable, puis il croise les bras.

Parfait, mais vous ne payez pas, je vous l'offre !

Allons, allons, ne dites pas de bêtises, répond Kristinn. Bien sûr que nous l'achetons, nous ne manquons pas d'argent.

Non, insiste Tómas, c'est un cadeau. Pour Anna.

Nous nous regardons quelques instants sans rien dire. Mon mari nous observe à tour de rôle, perplexe, puis reprend ses esprits.

Dans ce cas, nous en achetons une autre. Un grand format. Qu'en penses-tu, Anna, que dirais-tu d'avoir ton éruption dans le salon ?

Tómas décroche la photo du mur et me la tend.

Je vous en prie, dit-il. J'espère ne pas vous avoir froissée.

Je secoue la tête, je ne dis rien, et j'attrape le cadre. Nous repartons dans la grande salle et choisissons parmi les grands formats celui où l'on distingue la colonne de roche vaporisée dans le panache de celle constituée de vapeur blanche aussi clairement que sur un schéma.

Mon mari sort sa carte de crédit. Tómas colle un point rouge sur le mur, au-dessus du titre de la photo, pour indiquer qu'elle est vendue. Celle-là, vous ne pourrez pas l'emporter tout de suite, précise-t-il, il faut bien qu'il me reste quelque chose à exposer.

Où veux-tu qu'on accroche ta photo ? me demande Kristinn en arrivant à la maison. Je hausse les épaules. Je ne sais pas, peut-être ici, dans mon bureau, ou même, pourquoi pas, au travail.

Puis je l'emporte à la buanderie et je la range au fond d'un tiroir de l'armoire où je stocke le linge de maison, je la cache sous une pile de nappes et de serviettes de table.

CES INTRUSIONS DE ROCHES MAGMATIQUES ONT UN EFFET DÉLÉTÈRE SUR LE MARCHÉ

Nous voilà confrontés à une situation très inconfortable, répète le chef de la police en nous toisant, Júlíus et moi, comme si nous étions responsables de tout ça. Vous ne pouvez réellement pas prévoir ce qui va se passer ?

Assis à la table de réunion en losange du centre de coordination, les participants s'accrochent à leur tasse de café, au milieu trône un plat de beignets pâlichons et de pâtisseries grisâtres. La tension est palpable.

Si je vous comprends bien, rien n'indique vraiment qu'il va y avoir une éruption, reprend Stefán en lissant sa cravate satinée. Il est capital de ne créer aucun affolement inutile au sein de la nation.

Je l'observe, il me semble mieux le connaître après la série de réunions où je l'ai côtoyé ce printemps. Âgé d'à peine trente ans, il a déjà les cheveux clairsemés et ses initiales brodées sur le revers de sa manche de chemise taillée sur mesure, il considère sa présence au Conseil scientifique comme le ticket d'accès à une brillante carrière de haut fonctionnaire. Il est aussi pondéré et méthodique que Júlíus de la Météo nationale est soupe au lait, aussi élégant et empesé que Júlíus est brouillon et mal attifé. Les deux hommes semblent d'ailleurs avoir développé l'un pour l'autre une allergie pour ainsi dire épidermique. Le sismologue ouvre la bouche et s'apprête à répondre au représentant du ministère, je l'en dissuade d'un simple regard, il se ravise et choisit de se taire.

J'en suis désolée, mais il nous est tout bonnement difficile de prévoir la suite, dis-je avec mon sourire le plus poli.

Le magma pourrait remonter à la surface et déclencher une éruption, probablement fissurale et effusive. Il est toutefois très probable qu'il s'agisse simplement d'une intrusion de roches magmatiques, comme celle récemment observée à Grindavík. C'est en tout cas ce que suggèrent les mouvements de la croûte terrestre et les secousses telluriques.

Une intrusion de roches magmatiques, qu'est-ce que c'est ? interroge Sigríður María, la directrice exécutive du Syndicat des professions du tourisme.

C'est le terme généralement utilisé lorsque le magma remonte sous l'écorce terrestre. En réalité, il s'agit tout bonnement d'une éruption souterraine. La lave se faufile entre les couches supérieures du manteau en formant une bulle qui soulève la surface de la croûte sans la percer, nous parlons alors de soulèvement.

Sigríður María secoue la tête de ses cheveux blonds et courts : Tout cela est tellement compliqué et technique. Je donnerais n'importe quoi pour connaître une autre éruption comme celle de l'Eyjafjallajökull. D'abord on a eu la pandémie, puis l'éruption de Kerlingargos, et maintenant, ce truc-là – nous pouvons toujours mettre au point des campagnes de publicité où l'on voit de belles images de volcans sur la terre ferme, mais avec cette saleté qui crache des cendres sous la mer, ce n'est pas possible. Quant à ces maudites secousses, elles effarouchent les touristes et les font fuir. Ces intrusions de roches magmatiques ont un effet délétère sur le marché.

Non, mais franchement, dis-je. Un effet délétère sur le marché ?! Vous n'êtes pas bien ? Vous prenez les puissances telluriques pour une agence de pub ? Vous ne pouvez pas leur commander une campagne qui conviendra à l'industrie du tourisme. Nous n'avons aucun contrôle sur tout ça, la seule chose que nous contrôlons, c'est la manière dont nous réagissons. Nous pouvons essayer d'agir raisonnablement et assurer la sécurité de la population.

Milan regarde Júlíus : À propos de sécurité de la population. Où en sommes-nous ? Comment la Météo nationale interprète-t-elle l'activité sismique de ces derniers jours ?

Júlíus se lève, se poste devant la carte placardée au mur, son pull-over beige à losanges se tend sur son ventre.

La situation est stable par rapport aux dernières semaines, les secousses continuent ici, sur la faille qui traverse la péninsule où se séparent les plaques tectoniques, dit-il en la désignant. Depuis quelques jours, le nombre de secousses a diminué aux abords du mont Fagradalsfjall, mais il a augmenté ici, au pied du volcan de Trölladyngja et on a repéré un soulèvement du sol sous le système volcanique de Krýsuvík, cela dit, ce ne sont en réalité que des changements mineurs puisque l'ensemble de la péninsule tremble constamment, même si les séismes dépassent rarement une magnitude de 3.

Stefán interrompt Júlíus : Voilà de bonnes nouvelles. Si on n'observe pas de changements notables dans la puissance et la fréquence des secousses, il y a peu de chances qu'il y ait une autre éruption, n'est-ce pas ?

Júlíus regarde le représentant du ministère avec un franc mépris.

Mais ces secousses ne diminuent pas non plus, répond-il. Nous avons des soulèvements et des affaissements, les épicentres de ces séismes se déplacent vers l'est, en direction de la capitale. Cela dit, ajoute-t-il avec un haussement d'épaules, rien n'indique vraiment que le magma s'apprête à percer la croûte terrestre. En tout cas, pour l'instant.

Les coudes appuyés sur la table, Stefán fixe Júlíus : Si je comprends bien, rien n'indique une augmentation de la fréquence ou de la puissance des séismes, ni l'imminence d'une éruption. Nous n'avons donc aucune raison, au moment où nous parlons, de modifier le niveau d'alerte.

Je secoue la tête en regardant le chef de la police : Je tiens une fois de plus à formuler mes sérieuses réserves en ce qui concerne la présence de représentants du ministère et de lobbies au Conseil scientifique de la protection civile. L'objectif de nos réunions est d'évaluer la situation d'un point de vue scientifique, ce n'est pas de concocter une version de la réalité agréée par le gouvernement ou l'industrie du tourisme.

Le chef de la police lève la main.

Nous avons déjà abordé le sujet, dit-il. S'il y a une chose que la pandémie nous a enseignée, c'est de ne prendre aucune décision quant à la sécurité de la population en faisant abstraction des données économiques. L'économie est aussi une question de sécurité nationale. Stefán a pour mission de refondre le système de la protection civile, et j'ai reçu des ordres très précis du Premier ministre pour collaborer aussi bien avec l'administration publique que les acteurs de la vie économique.

Stefán affiche un sourire satisfait et lisse sa cravate en soie : Je ne fais que relayer le point de vue du ministère. La situation actuelle inquiète beaucoup le gouvernement. Il est déjà assez gênant que vous ayez mis en place une alerte à cause de ces tremblements de terre, même si elle est au niveau de la simple vigilance, sinon, le pays se retrouverait sens dessus dessous. Notre économie ne peut pas encaisser des chocs supplémentaires.

Nous ne faisons pas tout ça pour nous amuser, dis-je. Nous devons veiller sur la sécurité de la population. La majorité des Islandais vivent dans cette zone et presque tous les touristes y passent.

La sécurité de la population réside aussi dans le fait d'avoir un travail et de pouvoir subvenir à ses besoins, souligne Sigríður. Si nous limitons la liberté d'entreprendre et si nous faisons fuir les touristes, nous perdrons tous les emplois créés et tout le travail que nous avons accompli pour redresser l'industrie du tourisme se verra réduit à néant. Nous venions tout juste de nous relever quand vous avez mis en place cette alerte. Depuis, le flux de touristes a diminué de presque quarante pour cent. Les quelques entreprises liées au tourisme qui ont survécu à la pandémie sont en train de tomber comme des mouches et la ville est remplie d'hôtels vides. Si vous continuez à entretenir cette hystérie, nous allons droit vers un nouvel effondrement de l'économie.

Je n'en crois pas mes oreilles.

Cette hystérie ? Je ne sais pas si vous l'avez remarqué, mais il y a eu une puissante éruption à vingt kilomètres de l'aéroport international voilà deux mois. Vous croyez que c'est notre faute si les étrangers hésitent à venir ici ? La seule chose responsable à faire dans la situation serait de fermer les frontières plutôt que de remplir l'aéroport et les hôtels de touristes. Nous ne serions même pas en mesure de transporter les habitants de la capitale s'il fallait l'évacuer.

Quoi ? On ne pourrait pas l'évacuer ? Et pourquoi donc ?

Je regarde Stefán, découragée, puis Milan, qui prend le relais par compassion pour moi.

Les routes permettant de quitter la ville sont trop étroites, explique-t-il. Il vit presque 250 000 personnes dans le Sud-Ouest du pays, sans parler des touristes. Si tout le monde essaie de fuir en même temps, ce sera le chaos sur les routes. Il hausse les épaules. Et d'ailleurs, où iraient tous ces gens ? À Akureyri ? À Selfoss ? Il n'y aurait pas la place là-bas pour les loger. Nous pouvons tout au plus évacuer quelques quartiers, en espérant que cela suffise.

En espérant ?

En espérant, dis-je en chœur avec Júlíus.

Ce ne sont pas là des réponses satisfaisantes, rétorque Sigríður. Je trouve très étonnant que le Conseil scientifique de la protection civile envisage de renforcer le niveau d'alerte dans tout le Sud-Ouest du pays sans rien avoir d'autre en main que de simples suppositions.

Le chef de la police toussote : Je suis d'accord avec Stefán et Sigríður María. Je n'ai pas l'impression qu'il soit nécessaire de prendre des mesures si radicales. N'oublions pas qu'il y a là des enjeux importants, des devises étrangères, la réputation de l'Islande en tant que destination touristique, la croissance économique et la qualité de vie de nos compatriotes.

Toujours debout devant la carte, Júlíus est rouge écarlate sous sa barbe en broussaille.

Franchement, qu'est-ce qui vous prend ? s'emporte-t-il. Vous croyez que tout ça se résume à des histoires de croissance, de devises étrangères et de PIB ? Que croyez-vous qu'il se passera si nous subissons un tremblement de terre de forte amplitude ou une éruption et que la population apprend que les plus hauts fonctionnaires et les scientifiques les plus renommés de la nation se sont arrangés pour taire le risque ?

Il attrape son feutre rouge et dessine un grand cercle sur la carte.

Voilà ! La lave a coulé ici il y a huit cents ans ! Et ici ! Et aussi ici ! Et là ! Vous avez construit des quartiers entiers sur ces champs de lave ! Des écoles, des maisons de retraite, des immeubles ! Vous savez à quoi correspondent huit cents ans à l'échelle géologique ?

Il claque des doigts : À ça, c'est aussi long que ça ! Un instant. Nous avons pour la première fois dans l'histoire la possibilité de mesurer et de comprendre ce qui se passe sous nos pieds, de nous comporter raisonnablement et de sauver ce qui peut l'être, et il faut que ces maudits politiciens viennent s'en mêler dans le seul souci de leur intérêt. Les intérêts particuliers, il n'y en a que pour ça !

Il s'interrompt, hors d'haleine, quelques postillons dans la barbe. Nous le fixons, abasourdis. Il balance son feutre par terre avec un juron, attrape son ordinateur et ses papiers, les range en un geste rageur dans son sac à dos, puis quitte la salle de réunion en claquant la porte.

Milan me regarde.

Alors, Anna, quelle est votre conclusion ?

J'avale ma salive.

Les géologues du Conseil scientifique recommandent à la protection civile de renforcer le niveau d'alerte en prévision d'un important tremblement de terre ou d'une éruption dans le Sud-Ouest du pays.

Parfait, répond Milan en regardant son supérieur. Je suppose que le chef de la police sera d'accord avec cette conclusion ?

Le chef de la police nous regarde à tour de rôle, Stefán, Sigríður et moi-même. Il s'éclaircit la gorge.

En tant qu'autorité suprême de la protection civile, je ne vois aucune raison de modifier le niveau d'alerte ou le plan d'intervention des secours dans le Sud-Ouest du pays. Le niveau d'alerte reste donc inchangé, nous continuerons d'observer avec attention l'évolution de la situation et nous sommes disposés à revoir cette évaluation si le besoin s'en fait sentir. Il est capital que tous les acteurs impliqués dans la protection civile se montrent responsables et affichent leur unité afin de ne pas susciter la peur et la défiance au sein de la population.

Il me fixe avec insistance : Je compte sur vous tous pour vous conformer à cette décision et pour travailler dans ce sens.

Vous mesurez l'ampleur de nos responsabilités ? dis-je. Votre décision retarde tout le travail de préparation et de réaction à une éventuelle catastrophe naturelle.

Le chef de la police hoche la tête : Nous surveillons la situation et nous changerons notre fusil d'épaule en cas de besoin.

Il balaie le groupe du regard. Des questions ?

Personne ne répond. Stefán sourit comme s'il venait de gagner au poker.

La réunion est terminée, annonce Milan. Puis il se lève.

Note explicative IV

UNE AVENTURE AUDACIEUSE ET INOUÏE

Du plus loin que je me souvienne, j'ai toujours vu ce miroir fixé au-dessus du bureau de ma mère : le verre s'est tacheté et la fumée de cigarette l'a bruni pendant qu'elle traduisait Marina Tsvetaïeva et Vladimir Maïakovski. Cette vieillerie me hante depuis ce printemps, depuis que maman est tombée malade. Étrangement, je prends conscience que son destin repose entre mes mains. Dois-je le donner, le jeter, le garder ? Il ne réjouit pas le regard, il n'a aucune valeur hormis celle que lui confère une forme de curiosité empreinte de nostalgie, c'est un exemple presque risible de l'art décoratif soviétique. Le cadre est en alliage d'étain bon marché, des bas-reliefs représentent des ouvriers armés de masses et de jeunes paysannes qui portent dans leurs bras des agneaux ou des gerbes de blé : on y voit aussi des chars, des satellites, une balalaïka et au sommet de cette composition trônent l'étoile, le marteau et la faucille, symboles de la terre, de la félicité de la classe ouvrière laborieuse.

Ce miroir s'est mis à m'obséder lorsque j'ai rencontré ma mère pour la première fois, après son retour en Islande. Je ne garde qu'un vague souvenir de nos retrouvailles, en dehors du fait que j'ai longuement fixé ce drôle d'objet, que j'avais envie de toucher les bas-reliefs, comme s'ils racontaient l'histoire de ce qu'elle avait vécu à l'étranger. Je ne me rappelle pas ma mère elle-même, je ne sais plus si elle m'a offert un cadeau, ce qu'elle m'a dit, mais bon, je n'avais que cinq ans. Tout ce dont je me souviens, c'est l'impatience mêlée d'appréhension qui me tenaillait à l'idée de la revoir, ma déception, et ce miroir.

Plus tard, elle m'a autorisée à le regarder et à toucher les images, les quelques rares fois où elle était de bonne humeur. Mes visites chez elle étaient brèves et affreuses, je tentais désespérément de lui plaire, de trouver grâce à ses yeux, en vain. J'avais l'impression de ne pas être à ma place, l'impression de la déranger. Elle n'était pas méchante avec moi, pas du tout, elle me demandait toujours si je travaillais bien à l'école, je lui répondais de manière aussi circonstanciée que je le pouvais, j'énumérais les matières et les noms des enseignants, j'essayais désespérément de combler les horribles silences qui suivaient mes paroles. Nous n'avions aucun sujet de conversation, elle avait en général oublié de faire des courses pour me préparer à manger, elle se levait au bout de quelques minutes de cette étouffante indifférence, mettait un disque sur l'électrophone et s'installait dans son bureau pour travailler. Trouve-toi quelque chose pour t'occuper, disait-elle. J'étais déjà une préadolescente étonnamment mature quand, au lieu de me demander constamment quel était mon problème, j'ai osé pour la première fois poser la question : quel est le problème de maman ?

J'étais assise avec mon père à la table de la cuisine, à côté de la fenêtre et de ses rideaux à carreaux, nous mangions du bœuf haché avec des oignons frits et des œufs au plat, une des spécialités de papa. Il fixait son assiette d'un air concentré et piquait les petits pois du bout de sa fourchette, comme pour assembler les mots de sa réponse.

Les gens sont tellement différents, avait-il dit après un silence. Ta mère est une personnalité très spéciale.

J'avais médité sur ses paroles.

C'est pour ça qu'elle ne veut pas vivre avec nous ?

Eh bien, peut-être. Il n'est pas impossible que ce soit à cause de ça. Et nous non plus, nous ne pouvons pas vivre avec elle. Elle a besoin de cette solitude.

J'avais des photos où on me voyait dans ses bras, où l'on nous voyait ensemble tous les trois, elle, papa et moi, le jour de mon baptême. Mon père commence à grisonner, on dirait qu'elle est sa fille, elle est maigre, elle a de grands yeux, elle ressemble à une communiante avec ses longs cheveux bruns. La photo est prise dans le salon de papa, les grandes bibliothèques apparaissent à l'arrière-plan, je lève les yeux vers le plafond, l'air serein bien qu'ahuri, ma longue robe de baptême descend jusqu'à terre.

Mais elle a vécu ici à une époque, non ?

Si, juste après ta naissance. Puis ça n'a plus fonctionné. Elle est tombée malade.

Mais si elle est malade, nous devrions nous occuper d'elle, non ? Les médecins n'ont pas pu la guérir ?

Vois-tu, ma petite, ce n'est pas ce type de maladie.

Mon père avait soupiré, reposé ses couverts, croisé les mains, y avait appuyé son menton, et avait regardé par la fenêtre. Il portait son tablier orange, il avait relevé ses manches pour faire à manger, je lui trouvais un air un peu fatigué.

La vie lui a toujours posé beaucoup de problèmes, comprends-tu. Elle se faisait des idées irréalistes sur le monde, elle vivait en grande partie dans un univers imaginaire. Les poèmes et les romans, il n'y avait de place pour rien d'autre. Elle a fini par ne plus être capable de distinguer le rêve de la réalité. Elle… elle s'est perdue, et elle n'a pas trouvé le chemin qui lui aurait permis de revenir.

Il avait ôté ses grosses lunettes et les avait essuyées du coin de son tablier, puis il avait plissé ses yeux de myope à la fenêtre.

Tu sais, ta mère n'est pas quelqu'un de méchant, avait-il continué. Elle a fait ce qu'elle a pu. Mais elle ne supportait pas de vivre avec nous. Il valait donc mieux que tu restes avec moi.

Il avait avalé une grande gorgée de lait et s'était remis à manger, pensant pour sa part avoir réglé la question, mais je n'en avais pas terminé.

Mais si elle n'est pas méchante, pourquoi est-elle comme ça ?

Comment ?

Pourquoi elle refuse d'être ma mère ?

J'avais la voix tremblante, papa avait levé les yeux. Puis il avait tendu sa grande main sur la table pour prendre la mienne.

Tu sais, je crois qu'elle n'a jamais rien autant désiré qu'être ta mère. Elle a essayé de tout son cœur, mais elle n'a simplement pas réussi. Ce n'est pas sa faute. Et tu ne dois pas être en colère contre elle. Ce ne serait pas raisonnable. Nous devons lui être reconnaissants.

Reconnaissants ? Mais de quoi ?

Elle t'a mise au monde, tu es le cadeau qu'elle m'a fait.

Il avait serré ma main en m'adressant un sourire empli de chaleur, puis il avait piqué sa fourchette dans une tranche de betterave.

Allons, ma petite, finis ton assiette.

Nous n'en avons plus parlé, mais c'est à cette époque que j'ai arrêté de l'appeler maman. Je ne sais même pas si elle l'a remarqué.

Il y a une période où j'ai essayé de comprendre sa maladie, j'ai lu des ouvrages destinés à ceux dont un parent souffre de pathologies mentales, mais ces livres n'ont répondu à aucune de mes questions. Guðrún Olga ne m'a jamais fait subir de violences, en dehors de celle de m'avoir confiée à un scientifique au caractère timide et réservé qui m'aimait beaucoup et s'est plié en quatre pour faire de moi une adulte convenable. Hormis le tabagisme passif à haute dose, la lecture imposée d'articles scientifiques et l'ingestion régulière de viande transformée, je n'ai pas à me plaindre de mon éducation.

Je suis à son chevet au moment de sa mort, j'entends son tout dernier souffle graillonnant. C'est l'été, la lumière pleut par la fenêtre bien qu'il soit presque minuit, cela fait des jours qu'elle n'est plus consciente. Les secousses sismiques continuent d'agiter le Sud-Ouest de l'Islande, il n'y a presque plus personne pour s'en inquiéter, et encore moins au service de soins palliatifs. Les proches et les aides-soignants redressent les images pieuses sur les murs, ils ramassent par terre les pétales de lys tombés de leurs vases de cristal, puis se rassoient à côté du lit et recommencent à attendre, comme moi, qui attends au chevet de Guðrún Olga. La morphine coule dans ses veines et soulage sa douleur, mais elle emporte aussi les ultimes vestiges de sa conscience, la possibilité qu'elle ouvre les yeux, qu'elle me voie et qu'elle me fasse ses adieux. Et qu'elle me demande pardon ? Qu'elle m'avoue son amour et ses regrets, maintenant, sur les tout derniers mètres, presque cinquante ans après m'avoir rejetée ? Je devrais être triste de voir cette dernière occasion d'être sa fille me passer sous le nez, mais je ne ressens rien d'autre qu'une sorte d'agitation. Il y a largement assez à faire au travail, pourtant, je suis ici. À veiller sur cette femme presque entièrement inconnue.

Elle a réglé ses affaires dans une déclaration qu'elle a fait enregistrer par Kristinn dès le diagnostic de sa maladie. Elle a signé le document de son écriture manuscrite élégante et résolue : Pas de chimio, pas de radiothérapie, pas d'intervention chirurgicale, mais juste de la morphine en quantité suffisante.

Et la vieille dame sait ce qu'elle dit. Lorsqu'elle va enfin chez le médecin, on lui découvre des métastases au foie et au pancréas. Trois cancers incurables pour une vieille mégère, ironise-t-elle entre deux quintes de toux, c'est plutôt bien parti !

Je n'essaie pas de la convaincre de suivre un traitement, c'est à elle d'en décider. Je me fais un devoir de lui rendre visite tous les jours ou, tout du moins, de l'appeler, sans vraiment savoir pourquoi. Comme depuis toujours, elle n'affiche pour ma personne qu'un intérêt limité, elle a envie de terminer sa traduction de *La Vierge-Tsar* de Marina Tsvetaïeva et de réviser sa vieille traduction d'*Anna Karénine* – tout un univers culturel repose sur ses épaules affaissées et décharnées, elle travaille comme une bête de somme jusqu'à ce que les milligrammes de morphine ralentissent son activité, son écriture devient plus décousue, les lignes se tordent et dégoulinent des feuilles comme la cire fondue d'une bougie.

Pourquoi tu fais tout ça ? me demande mon fils. Comment peux-tu avoir le courage de passer ton temps avec une femme qui ne s'est jamais souciée de toi ?

Eh bien, Öddi chéri. Elle est célibataire, je suis sa seule famille. Et je tiens à faire mon devoir.

Ma réponse n'est peut-être pas parfaitement honnête, mais il va devoir s'en satisfaire. Örn est adulte, je commence à m'habituer à cette idée, je crois cependant qu'il n'a pas encore la maturité pour comprendre qu'il ne s'agit pas uniquement d'elle, mais aussi de moi. C'est ma manière de me venger, en me comportant mieux avec elle qu'elle ne l'a jamais fait avec moi. Personne ne pourra dire que je n'ai pas été à la hauteur, que je me suis dérobée à mes obligations.

Et je suis à la hauteur. Diable oui, je reste debout, je lui humecte les lèvres, je remonte son oreiller sous sa tête, je lui fais la lecture et je tape les dernières pages de ses traductions sur son ordinateur.

Puis elle rend son dernier souffle et je ne m'en rends même pas compte. La tête ailleurs, je regarde les rideaux qui s'agitent mollement à la fenêtre ouverte. Je ne comprends qu'à l'arrivée de l'aide-soignante qui vient prendre son pouls, je suis assise, je regarde le plafond, hébétée, épuisée après l'avoir accompagnée vers la mort pendant trois mois.

Elle est partie, murmure l'aide-soignante, et je constate qu'elle a raison : la femme qui n'a pas pu être ma mère a abandonné sur le lit ce corps qui me rappelle une feuille d'automne, l'enveloppe sans intérêt d'une personne brillante au caractère particulier. Je suppose que je devrais pleurer, les circonstances l'exigent, mais j'en suis incapable. J'ai l'impression que ce corps grêle et sans vie ne me concerne pas, l'idée qu'il puisse m'avoir enveloppée, protégée et nourrie durant les mois qui ont précédé ma naissance est simplement inconcevable.

Voulez-vous fermer les yeux ? me demande l'aide-soignante dans son islandais un peu raide, je la regarde comme une idiote, fermer les yeux, quelle raison aurais-je de le faire ?

Les siens, pas les vôtres, corrige-t-elle avec un sourire chaleureux.

Ah oui, oui, bien sûr. Je tends la main vers son visage, mes doigts caressent son front, ses élégants sourcils et ses paupières sèches comme les ailes d'un papillon, je les ferme sur ses yeux fixes, éteints.

Debout en surplomb du lit, je caresse sa joue décharnée, je touche son visage pour la première et la dernière fois, puis brusquement, mes larmes tombent sur sa poitrine. Ces pleurs me déconcertent, ils ont quelque chose d'irrationnel, Guðrún Olga ne les mérite pas plus qu'elle ne mérite mes prières. Malgré cela, je suis debout, en larmes, à côté de son lit, et je prie pour elle de toute la force de mon âme, je demande à un dieu en lequel je n'ai jamais cru de veiller sur elle, de lui pardonner, de l'accompagner vers un monde meilleur.

Un ramassis de sornettes.

Les funérailles ont lieu dans la plus stricte intimité, je suis assise à côté de mon mari dans la petite chapelle près du cimetière, Salka et Örn sont restés à la maison. Je ne vois pas de raison de les impliquer dans cette triste et solitaire cérémonie, personne ne devrait mourir de cette manière, personne ne devrait vivre de cette manière, isolé, sans le moindre ami. En dehors de Kristinn et moi-même, les seuls à la pleurer sont quelques personnes de l'université et de l'Association culturelle russe. Un sexagénaire rabougri me serre mollement la main pour me présenter ses condoléances et me demander où il peut trouver les derniers feuillets de ses traductions : Il faut que quelqu'un prenne le relais de l'œuvre de la vie de votre mère, qu'on reprenne le fil là où elle l'a laissé.

Elle a décidé elle-même de la musique, *Valse n° 2* de Chostakovitch, un air traditionnel russe, un hymne guerrier interprété sur un harmonium légèrement désaccordé.

Nous marmonnons ensemble les vers d'un poème de Jóhannes úr Kötlum :

Quand tout au fond de l'océan le soleil sombre
qu'à la porte de notre cœur, les tristesses enfouies
viennent frapper en nombre
nous nous rappelons ceux qui d'un rêve ont péri,
un rêve d'aventures audacieuses et inouïes.

et je me mets à trembler. Kristinn me prend dans ses bras, il me serre fort, je pleure sur sa veste, le corps secoué de sanglots, comme une enfant. Il me caresse la joue, m'embrasse le front.

Elle a fait de son mieux, console-t-il. Elle n'a pas eu la vie facile, mais désormais, elle est en paix.

Je sais, dis-je entre deux sanglots. Je ne comprends pas pourquoi je suis tellement triste.

Parce que malgré tout, tu l'aimais bien. Tu t'es montrée à la hauteur avec elle. Tu as été tellement forte et courageuse. Je suis fier de toi.

Je serre sa main dans la mienne, j'ai tellement de chance d'avoir mon gentil mari. D'avoir un compagnon de vie, quelqu'un qui traverse l'existence avec moi, et qui reste à mes côtés dans la joie comme dans la peine.

Le doute serait-il en train de s'immiscer en moi ? Un ver en train d'entrer dans mon cœur ? Je ne pense pas. Je suis en paix avec moi-même.

Ma mère est morte, mais je ne le suis pas. Je mène une existence heureuse, une vie tout en sécurité, avec mon adorable mari et ma magnifique famille.

La tristesse cède place à la reconnaissance, je pleure maintenant de joie.

Je vais dans son appartement le lendemain. Je contemple l'héritage qu'elle m'a laissé. On ne risque pas d'accuser Guðrún Olga de matérialisme. L'Association culturelle russe prendra quelques livres, j'ai réussi à forcer l'université à en accepter quelques autres, mais la plupart finiront à la décharge où se retrouveront aussi le peu de meubles qu'elle possédait, trop imprégnés de fumée de cigarette pour intéresser qui que ce soit. Les seules choses que je peux envisager de récupérer sont l'aquarelle décolorée de la place Rouge à Moscou et quelques vieilles photos de nous deux, sourires forcés à demi effacés et pantalons pattes d'éléphant.

Quant à cet affreux miroir. J'avais l'intention de l'apporter chez un brocanteur, mais je finis par le prendre, en proie à un accès de sensiblerie que je ne m'explique pas. Je le rapporte chez moi, mais il n'est pas à sa place sur les murs aux teintes claires, parmi notre mobilier moderne et élégant. Il me semble qu'il ne va pas non plus dans mon cabinet de travail à la maison, je finis donc par l'accrocher dans mon bureau à l'université, parmi les bibliothèques et les cartes de géographie. Il reste là, à prendre la poussière, patient et silencieux, il a si longtemps reflété le visage de ma mère en train de travailler que j'ai presque l'impression que son image y est restée comme imprimée, il me semble parfois l'y apercevoir, arborant son air narquois.

CRÊPE DE CHINE*

Offre-toi quelque chose de beau, tu le mérites bien.

Les mains posées sur mes épaules, mon mari plonge son nez dans mes cheveux et me murmure : Une robe, une veste ou un joli pull, tu en as bien besoin.

Il est tout heureux d'être avec moi, rien que nous deux en ville, pour la première fois depuis des mois. Nous travaillons trop, dit-il, on ne se voit pratiquement pas sauf au milieu de la nuit. Un couple, c'est une chose qui se cultive, il ne faut pas le laisser dépérir par négligence, c'est un travail, vois-tu, autant que c'en est un de diriger la compagnie maritime Eimskip. J'ai l'impression de déceler comme un reproche dans le ton de sa voix même s'il travaille presque autant que moi. Il me trouve distante, cela m'arrive, j'ai la tête ailleurs, et je n'entends pas ce qu'il dit, parfois je fais l'impasse sur des soirées entières, il parle comme un moulin et moi, je hoche la tête, j'acquiesce à tout sans entendre un mot de ce qu'il dit.

Tu es où, me demande-t-il parfois. Tu étais partie où ? Je sursaute : Ah, pardon, je suis juste fatiguée, dis-je, mais il a raison, j'étais partie bien loin, dans les bras de mon père en train d'étudier les couches du sol, dans le Bombardier en train de regarder les volutes se faire et se défaire dans le panache de l'éruption, dans les entrailles de la Terre, dans les ténèbres, occupée à méditer sur les questions de tension, d'écartement des failles et de pression magmatique. Cette distance, elle a toujours fait partie de moi, mais depuis la mort de Guðrún

---

* En français dans le texte.

Olga, elle s'est accrue, comme si un rempart s'était effondré, laissant s'évaporer mon attention, mes pensées ne tenant plus dans l'espace qu'elles ont occupé jusque-là.

Mais aujourd'hui, c'est l'été, le soleil brille, le centre de notre petite capitale devient presque beau avec toutes ces fleurs et cette animation dans les rues. Et je suis bien là, attentive, adorable, nous avons réussi à déjeuner et à boire un verre de blanc sur une terrasse abritée du vent du nord, nous remontons la rue Bankastræti, puis Skólavörðustígur comme si nous avions vingt ans de moins, comme si nous étions amoureux tels qu'au premier jour, l'alcool pétille agréablement dans mes veines. Je n'ai envie de rien, je ne manque de rien, mais je cède et j'entre dans une boutique, cela peut être tellement grisant de se laisser tenter, d'essayer un vêtement un peu trop cher et osé, de s'admirer dans la glace et d'avoir l'impression d'être une tout autre femme, mystérieuse et élégante, de sentir l'hormone du bien-être et la dopamine vous inonder le cerveau en tendant sa carte de crédit pour payer.

Oui, mon mari a raison : j'ai été trop anesthésiée et hors du monde pour m'occuper correctement de moi. La racine de mes cheveux est grise, je me suis pratiquement rongé les ongles jusqu'au sang et mes vêtements pendouillent mollement sur mon corps, usés, feutrés, une femme se doit de soigner son apparence et ça ne se fait pas tout seul – en tout cas, plus à mon âge.

Je prends plaisir à faire des essayages dans la boutique : robes, jupes, chemisiers, tissu d'organdi presque transparent, crêpe plissé qui craque sous les doigts, soie, mousseline, popeline. Les noms de ces matières me fascinent, chacune possède sa propre texture, sa densité et ses caractéristiques, comme les roches et les pierres que je manipule dans mon travail. La femme dans le miroir tourne sur elle-même en m'adressant un sourire satisfait dans sa robe d'été rouge, elle est un peu trop chère, un peu trop osée, mais elle se marie parfaitement avec mes cheveux bruns, elle tombe joliment sur ma taille et ne me fait pas de trop gros seins. Je cherche mon mari du regard pour lui demander son avis, enfin, je l'aperçois par la vitre, il est sur le trottoir devant le magasin et discute avec une petite femme en manteau gris. Je ne la vois que de dos, elle lui attrape le bras, parle avec conviction et hoche la tête à plusieurs reprises. Il sourit, embarrassé, opine et serre chaleureusement sa main dans la sienne, puis elle s'en va.

C'était qui, dis-je lorsqu'il réapparaît dans la boutique.

Une relation de travail, répond-il en me toisant. Magnifique !!

Une cliente ?

Il baisse les yeux : Ah, elle s'est tellement démenée pour arriver jusqu'ici, seule avec son fils, elle a besoin d'aide pour sa demande d'asile, ce n'est pas une grosse affaire. Alors, cette robe ? Tu la prends ? Ou tu veux plutôt celle-là, elle est vraiment sublime, dit-il en montrant l'élégante robe-chemisier gris clair accrochée à son cintre dans la cabine d'essayage.

Mon cher mari. Sa gentillesse est son talon d'Achille, elle l'accompagne partout où il va. Il s'efforce de s'en tenir à ses activités de conseil fiscal, d'orienter ses riches clients dans le labyrinthe du système des impôts, ce n'est pas facile d'être riche en Islande – il veille sur les intérêts des grandes compagnies et règle des successions juteuses, mais il suffit qu'un faible croise sa route, qu'il soit témoin de la cruauté du destin, d'une forme d'iniquité ou d'une enfreinte aux droits humains pour qu'il se jette à l'aveuglette dans des impasses juridiques en tendant une main secourable dans l'espoir de réparer l'injustice. Demandeurs d'asile, exclus de toutes sortes, victimes d'agressions sexuelles – victimes du système –, son secrétaire bataille constamment pour essayer de le dissuader d'offrir à titre gracieux une assistance qui ne lui rapporte rien d'autre que les larmes de ses clients dans la salle d'attente de son cabinet, des appels de détresse au milieu de la nuit, mais pas une couronne dans la caisse : ce n'est pas comme ça qu'on dirige un cabinet rentable, ce n'est pas ainsi qu'on se façonne une vie tranquille et confortable.

Je regarde les robes : Tu sais, je ne crois pas que je vais les prendre. Elles sont trop chères et je n'en ai pas besoin.

On n'a jamais vraiment besoin de rien. Mais justement, nous avons les moyens de nous offrir des choses dont nous pouvons nous passer.

Je l'embrasse sur la joue, je passe une main derrière sa nuque et je plonge mes yeux dans les siens.

Tu es tellement adorable.

Il ne sait plus où se mettre et se contente de secouer la tête, je retourne dans la cabine d'essayage et j'enfile mes vieux vêtements en laissant les deux robes sur leurs cintres.

Allez, viens, dis-je. On va prendre un café.

Deux jours plus tard, je rentre à la maison après ma journée et je trouve un sac sur la table de la cuisine : un sac en papier estampillé du nom de la boutique où nous sommes allés, rue Skólavörðustígur. Il contient un vêtement, emballé dans du papier de soie noir qui crisse sous les doigts, et une carte où Kristinn a écrit de sa belle écriture régulière : *À Anna, de la part d'un admirateur.* Je déplie le papier de soie en m'attendant à y trouver la robe rouge, mais c'est la robe-chemisier gris clair, élégante et sage, que je découvre.

Je l'essaie et je vais me regarder dans la glace : elle me va comme un gant, elle est parfaite pour une femme de mon âge, de mon statut social. Elle me plaît énormément, et je suis tout à fait sincère.

Note explicative V

LE MALENTENDU GÉOLOGIQUE

et mousses et bruyères
se consument
d'un feu mythologique.

MATTHÍAS JOHANNESSEN,
Combat contre la montagne.

En tant que contemporains d'une époque éclairée, nous bénéficions du privilège que nous offrent les moyens scientifiques pour appréhender des phénomènes autrefois parfaitement incompréhensibles. Nos ancêtres n'avaient pas d'autre choix que de s'en remettre aux croyances et superstitions s'ils voulaient essayer de percer à jour les énigmes que le monde leur soumettait, le cours des planètes, le défilé des saisons, la vie et la mort.

Les forces terrestres n'échappaient pas à cette règle, elles ont été si nombreuses et se sont vu attribuer tant de noms. Typhon était une divinité des tempêtes qui se tortillait dans les profondeurs de la terre et engendrait des séismes, Vulcain attisait le feu sous l'Etna et le Vésuve, les Romains offraient des animaux, et parfois même des enfants aux flammes pour éviter qu'il se propage dans le monde en le saccageant. Platon décrit un fleuve ardent baptisé Pyriphlégéthon qui coulait dans les entrailles de la terre et remontait parfois jusqu'en surface. La déesse Pélé a créé l'archipel d'Hawaii et l'a protégé des assauts des tempêtes et de l'océan. En général, je ne donne pas cher de ce genre de bêtises, pourtant, je ne peux m'empêcher d'envier aux Hawaïens leur sublime et puissante déesse du feu, ses cordes de lave enroulées autour des épaules comme des tresses incandescentes et son collier de fleurs et de flammes ceint autour du front. Ces gens ont également compris les forces créatrices des éruptions et leur combat contre l'érosion : la déesse Pélé livre une lutte sans relâche contre ses trois sœurs que sont l'océan, le vent et la neige. Par comparaison, les explications mythologiques de chez nous, sur le point de séparation des failles nord-américaine et eurasienne, aux antipodes du globe terrestre, ne sont pas spécialement convaincantes. Le géant Surtur protégeait les feux du Múspellsheimur à l'aide d'un glaive incandescent, comme si un tel monde avait besoin de quelque protection, et la terre tremblait lorsque le venin du serpent gouttait sur le visage de Loki. Ce ne sont là que d'étranges contes venus de Scandinavie, où éruptions et séismes sont des merveilles pour ainsi dire inconnues.

Je considère que notre nation s'est toujours éperdument moquée de ces récits mythologiques et qu'elle a envisagé l'activité volcanique avec le plus froid réalisme. Les éruptions arrivaient et repartaient, entre vingt et trente fois par siècle, elles expulsaient leurs noirs panaches, projetaient leurs nuages de cendres, provoquaient des crues glaciaires inondant les campagnes, dévastaient des terres arables et généreuses, engendraient de nouvelles montagnes et de nouvelles îles, décimaient moutons et chevaux. Les Islandais soupiraient, secouaient le sable immiscé dans leurs cheveux, trouvaient des noms appropriés pour décrire les nouveaux paysages et reprenaient leurs tâches quotidiennes : rassembler les moutons, pêcher en mer, filer la laine et la tisser, composer une strophe de poésie, survivre. Les éruptions atteignaient rarement un degré mythologique, la plupart avaient lieu loin des zones habitées, les plus puissantes étaient simplement classées parmi la multitude d'outils dont le Seigneur Dieu disposait pour tancer ses ouailles pécheresses, et se confondaient avec les autres catastrophes, les hivers de disette et les épidémies.

> Vint alors un homme en courant, qui déclara qu'un feu de terre, une éruption volcanique s'était déclarée à Ölfus et menaçait d'engloutir la ferme de Þóroddur le goði. Les païens prirent alors la parole : "Il n'est pas étonnant que les dieux se mettent en colère après de tels discours." Snorri le goði répondit : "Qu'est-ce qui a déclenché la colère des dieux quand a coulé la lave sur laquelle nous sommes à cet instant ?"

Ce récit relatant l'adoption du christianisme par les Islandais m'a toujours semblé d'une grande modernité. Je vois clairement Snorri en anorak, plissant les yeux face à ces idiots derrière ses grosses lunettes, secouant la tête et vidant sa pipe en la tapotant : tout cela n'est qu'un ramassis de sornettes ! Snorri se trouvait au milieu d'un champ de lave vieux de huit mille ans lorsqu'il avait balayé leurs superstitions d'un haussement d'épaules, ses ancêtres avaient traversé l'océan pour s'installer sur cette île cent cinquante ans plus tôt, pour prendre possession de cette terre qui n'en est pas une à proprement parler, mais plutôt un fond marin affleurant à la surface des flots : un panache mantellique brûlant, un point chaud situé à la limite de deux plaques tectoniques, et c'est ce panache qui l'a peu à peu érigée, siècle après siècle, éruption après éruption. En résumé, l'Islande n'est pas une véritable terre, mais un malentendu géologique, elle a été créée par hasard et continue de l'être tant que ce panache mantellique est présent, elle est comme l'air chaud du métro qui sort d'une bouche d'aération et soulève la robe d'été d'une femme qui marche sur le trottoir d'une métropole étrangère : l'Islande est la corolle de la jupe soulevée par l'air chaud juste avant que la femme ne la rabatte en suffoquant de surprise.

C'est exactement cela, en version un peu plus lente.

IL N'Y A RIEN DE PLUS BEAU QU'UNE BELLE FEMME QUI GARDE LE SILENCE

> Lorsque la pression baisse, le magma libère de l'eau, sa masse volumique augmente considérablement et il se transforme en une mousse semblable à celle d'une bouteille de champagne au moment où le bouchon saute (on assiste alors à une expulsion de dioxyde de carbone, de CO_2, et non de vapeur d'eau).
>
> FREYSTEINN SIGMUNDSSON,
> MAGNÚS TUMI GUÐMUNDSSON
> ET SIGURÐUR STEINÞÓRSSON,
> *Structure interne des volcans. Risques volcaniques.*

L'été est venteux et frais, la poussière colle aux voitures et aux vitres, les enfants mouchent du noir lorsqu'ils rentrent chez eux le soir. Les cendres volent dans les rues et les jardins, elles forment un filtre grisâtre devant le soleil, le ciel est morne et sans couleur. Tout le monde attend la pluie, de grosses averses tièdes qui effaceront cette grisaille et cette monotonie, et qui nous rapporteront un monde tout en couleurs.

Nous avons bien besoin d'un peu de réconfort, et à la fin juin, le professeur en volcanologie Jóhannes Rúriksson, mon collègue, concurrent et ami, fête ses soixante ans et organise en grande pompe une réception avec orchestre et bar à volonté dans son jardin, sous un grand barnum pouvant accueillir deux cents invités.

Nous sommes en retard, Kristinn a été retenu au cabinet, je mets du vernis à ongles corail et je me prépare un gin tonic en l'attendant à la maison. Je ressens une étrange agitation, j'enlève la robe-chemisier gris clair pour enfiler un pantalon et une veste, je me remaquille, j'enfile à nouveau la robe grise, je tapote du bout des doigts la table de la cuisine et je lui envoie un texto : Tu arrives quand ?

Je suis en route, répond-il. Il arrive une demi-heure plus tard, stressé, en sueur : Pardon, ma chérie, la réunion a traîné en longueur. Un gros client, très important pour le cabinet.

Il met une chemise propre, enfile son costume bleu, je le regarde se préparer. Le temps a épargné mon mari, ses cheveux commencent à peine à se clairsemer, on décèle tout juste quelques poils blancs dans sa barbe soignée, mais ça lui va bien. Il est grand, large d'épaules, il a le teint hâlé après ses balades à vélo et à ski, il n'a pas de ventre à bière ni le nez rouge d'un buveur de vin, ses vêtements et ses chaussures attestent de son aisance financière et de son bon goût. Fatigué après sa journée, il soupire en passant la main dans ses cheveux.

Tu n'es pas obligé de venir. Je peux tout à fait y aller seule si tu préfères passer une soirée tranquille, dis-je.

Mais j'ai envie de venir. J'ai envie d'être avec vous. Je ne t'ai pratiquement pas vue ces quatre derniers mois.

Tu comptes rentrer avant minuit comme la dernière fois ?

Non, bien sûr que non. Ne dis pas ça.

Il m'embrasse sur la joue, me toise, me regarde dans les yeux.

Tu es sublime. Tu veux que j'appelle un taxi ?

Je hoche la tête, je souris, j'ai hâte d'être à la fête.

Les discours ont déjà débuté lorsque nous arrivons, les invités sont éméchés, les éclats de rire couvrent la voix des orateurs, le maître de cérémonie propose une brève pause. L'air du soir est immobile, les sorbiers sont en fleur, l'herbe pointe son nez hors de la cendre et les talons s'enfoncent dans le sol meuble. Je me maudis en silence de ne pas avoir mis des chaussures mieux adaptées, une femme de mon âge est censée savoir qu'on ne vient pas à une garden-party islandaise en chaussures à talons hauts.

Je pose mon cadeau sur la table qui semble prévue à cet effet. J'en suis très satisfaite, j'ai réussi à dégoter un exemplaire des *Chroniques et toponymes de la province de Mývatnssveit* en magnifique reliure cuir, cet ouvrage tiré à deux cents exemplaires dans les années 20 du siècle dernier est pour ainsi dire introuvable : c'est le cadeau d'anniversaire idéal pour un homme originaire de la province de Þingeyri.

Il arrive maintenant en tournoyant et attrape ma main, il chancelle légèrement en l'embrassant. Il est tout vibrant de vin et de joie de la fête, ses yeux brillent, sa barbe grise retombe sur sa chemise en soie rouge, déboutonnée jusqu'à mi-poitrine.

Ma chère petite Anna ! Que je suis heureux que tu sois venue ! Cette robe te va à ravir, tu devrais mettre des robes plus souvent. Les femmes doivent être féminines et montrer leur beauté. Et aussi se taire. Je l'ai toujours dit : il n'y a rien de plus beau qu'une belle femme qui garde le silence.

Mon mari le fixe, bouche bée, consterné, mais je connais assez Jóhannes pour ne pas foncer tête baissée dans le piège qu'il me tend. Je me contente de rire : Vieil écervelé, toi aussi, c'est quand tu te tais que tu es le moindre des maux. Joyeux anniversaire, aujourd'hui, tu as le droit de me dire tout ce que tu veux, mais ça ne vaut que pour aujourd'hui ! Comment ça va ? Tu t'amuses bien ?

Oh, on se rapproche peu à peu du rivage, alors il faut bien célébrer l'événement, dit-il. Allons, mes amis, buvons, buvons !

Il nous fraye un chemin vers la table des rafraîchissements et nous tend deux verres de vin pétillant, je parviens de justesse à attraper le mien avant qu'il ne m'asperge.

Regarde un peu ce que je me suis offert en cadeau d'anniversaire, dit-il en remontant sa manche de chemise. Tu ne trouves pas qu'il est beau ?

Il s'est fait tatouer un volcan sur son avant-bras puissant et noueux, des langues de feu rouges et un panache de cendres montent droit vers le ciel.

Hekla 1991, précise-t-il en fermant les yeux. Vivre sa première éruption, c'est comme vivre sa première fois avec une femme, ça ne s'oublie jamais.

Je ris, mais mon mari roule des yeux et hausse les sourcils.

Pourquoi faut-il toujours que ce gars en fasse des tonnes, me murmure-t-il à l'oreille.

Allons, c'est un chic type. Il a un petit coup dans le nez. Je crois même qu'il est bien aviné.

Mon mari sourit : Tu lui passes des propos que tu ne tolérerais de personne d'autre. Je te trouve étrangement protectrice à son égard.

N'importe quoi, dis-je en cherchant mes collègues du regard, nous nous sourions, nous nous saluons à voix basse pour ne pas perturber les discours. Nous sirotons le vin pétillant en silence, nous écoutons les énumérations admiratives et un peu longues des exploits du roi de la fête, de ses articles scientifiques, de ses expéditions périlleuses sur les volcans de Grímsvötn et Kilauea, ses aventures sur l'Eyjafjallajökull, chaque fois, Jóhannes Rúriksson est le premier de ses collègues, il va là où personne ne devrait pouvoir aller en empruntant d'improbables chemins détournés, perpétuellement accompagné par sa flasque de whisky et sa cigarette.

Vous passez votre temps à ressasser vos exploits, me dit mon mari. Et vous prenez Jóhannes pour Indiana Jones.

Mais *c'est* Indiana Jones ! En tout cas, c'est ce qu'il pense être.

Le discours est terminé, Elísabet trinque à la santé de notre amphitryon, nous levons nos verres et nos bouteilles de bière, poussons un quadruple hourra, puis Kristinn se laisse porter par le flux des convives vers l'intérieur de la maison où nous attend le buffet. Et il est là, il me regarde comme s'il savait à mon sujet des choses que les autres ignorent.

Tómas Adler n'est pas en costume, il n'a pas le moins du monde l'air d'un homme venu à une réception et ne semble pas se soucier de ce que les autres peuvent penser de son apparence. Sa tenue est lamentable, jeans usé et veste en cuir élimée, il est aussi échevelé que s'il sortait de son lit. Son verre de vin à la main, une barbe de plusieurs jours, il me regarde avec un sourire, comme s'il était aux anges de me voir.

Salut, dit-il. Que c'est agréable de vous voir tous aussi élégants, je ne vous connais qu'en combinaison de travail. Ce n'est pas tous les jours qu'on rencontre des volcanologues en robe du soir.

C'était le minimum qu'on puisse faire aujourd'hui, se mettre sur notre trente-et-un, dis-je, ce que je regrette aussitôt. Il pointe son index sur sa personne et éclate de rire.

Pardon, je ne voulais pas vous heurter. Votre tenue est tout à fait convenable.

Pas vraiment. C'est juste que j'ai croisé Jóhannes en sortant du magasin d'alcool aujourd'hui, il m'a entraîné ici, il n'a rien voulu entendre. Et me voilà donc dans cette réception comme un vagabond, je ne connais personne et je suis presque aussi soûl que notre hôte.

J'espère que non, dis-je. Nous regardons tous les deux Jóhannes qui a entrepris de danser un sirtaki sur la scène avec ses doctorants, il a du mal à garder l'équilibre.

Tous les volcanologues sont-ils comme vous et Jóhannes ?

Comme moi et Jóhannes, c'est-à-dire ?

Plus endurcis que les montagnes que vous étudiez.

J'éclate de rire : Vous me mettez dans le même sac que lui ? C'est lui, le seul dur à cuire, peut-être un peu trop, d'ailleurs. Moi, je ne suis qu'une simple quadragénaire qui vit en banlieue.

Tómas me toise : Ah mais, pas du tout. Vous êtes une femme exceptionnelle. La plus coriace de tous vos collègues réunis. Comment est-ce arrivé ? Qu'est-ce qui vous a décidée à devenir volcanologue ?

C'était une évidence. Mon père était géologue, cette profession se transmet dans les gènes.

Et me voilà brusquement partie à disserter sur les éruptions et les mouvements de la croûte terrestre, à lui parler de mon père et de la pierre de lave qu'il m'avait rapportée du volcan Hekla.

En fait, il n'était pas géologue de formation, mais astronome. Spécialiste de la couronne solaire. La partie supérieure de l'atmosphère de l'astre. Il nourrissait pour elle une authentique fascination, il rêvait de résoudre l'énigme qu'elle est pour nous. De trouver pourquoi cette couronne est beaucoup plus chaude que la surface du Soleil. Il en parlait souvent, il lisait tout ce qui la concernait et l'étudiait avec passion. En fait, c'était son seul centre d'intérêt en dehors des volcans.

J'aurais pu lui donner la réponse, déclare Tómas d'un air grave.

La réponse ? À quoi ?

À la raison pour laquelle la couronne est plus chaude que la surface du Soleil.

Ah bon ?

Parce qu'elle est le baiser incandescent que l'astre du jour offre au monde.

Je le dévisage, déconcertée, il me fixe également, son sourire s'élargit, et nous voilà tous deux partis à rire, d'un rire tellement sincère que j'ai l'impression que quelque chose se libère en moi et que les larmes me montent aux yeux. Lui aussi, il pleure de rire, il a des yeux étrangement verts, un nez plutôt imposant, il est un peu plus jeune et aussi légèrement plus petit que moi, juchée sur mes hauts talons. Nous rions, nous discutons, nous prenons un verre de vin, puis un autre, et voici qu'arrive mon mari, poli, bien qu'un peu abrupt, il veut rentrer à la maison même s'il ne le dit pas. Tómas s'excuse et se fond à la foule des invités, il est à peine 10 heures et l'orchestre en est à sa première chanson. J'essaie d'entraîner Kristinn sur la piste de danse, mais il n'est pas d'humeur.

Amuse-toi plutôt avec tes amis, dit-il. Je préfère t'attendre.

Ce n'est pas facile de danser quand on se sait attendue, il faut avoir quelques verres dans le nez pour ne pas se soucier de celui qui reste là à vous regarder depuis le bord de la piste en consultant sa montre par intermittence.

Je danse avec mes collègues femmes sur *Dancing Queen* et *Heart of Glass*, je danse avec Jóhannes qui m'étouffe presque dans son eau de toilette et sa chemise de soie rouge sur *Sweet Home Alabama*, et je danse avec Tómas Adler. Il me sourit timidement, mais ses gestes sont assurés, il me réceptionne sur sa poitrine et me fait tourner. Je suis sans doute un peu trop ivre, je le colle peut-être un peu trop, je me débarrasse de mes chaussures à coups de pied pour ne pas le surplomber, il a les mains chaudes, des yeux verts et rieurs, son cou sent le propre et le savon.

Bon, le taxi est là.

Mon mari apparaît subitement au milieu de la piste, tiré à quatre épingles, le dos droit, parfaitement sobre, mon manteau sur le bras, je lâche la main de Tómas et je laisse Kristinn poser mon manteau sur mes épaules. Puis je cours vers le taxi, le sang, les hanches et le ventre encore ondulants du rythme de la danse. Kristinn m'embrasse dans le taxi qui nous ramène chez nous, il passe sa main sous ma robe et me caresse la cuisse.

Tu es un peu ivre, dit-il. Il va falloir que je te mette au lit.

Il n'est même pas encore minuit ! J'étais sûre que tu me forcerais à rentrer tôt !

Tu es une femme d'âge respectable et de statut social qui l'est tout autant. Tu n'as aucun motif de traîner en ville après minuit.

Puis il m'embrasse à nouveau, je le laisse faire en dépit de l'agacement que j'éprouve envers lui, et envers moi-même de ne pas l'avoir renvoyé à la maison pour pouvoir continuer à danser. Mais il n'a pas tort, une professeur quadragénaire n'a aucune raison de faire la fête en ville au milieu de la nuit, si ce n'est pour se soûler, se couvrir de honte et mettre à mal sa réputation d'universitaire.

Nous ouvrons la porte d'entrée en silence et descendons à pas de loup vers notre chambre pour ne pas réveiller Salka, Kristinn ôte sa cravate, suspend sa chemise à un cintre, je pousse un soupir de soulagement en retirant mes chaussures et en ôtant mes collants. Nous nous touchons avec douceur et tendresse, comme seuls peuvent se toucher ceux qui se sont aimés des décennies durant. Chaque centimètre carré de peau est familier, chaque frôlement appelle la même réaction, on a joué sur le même instrument, on a frappé les mêmes cordes pendant la moitié d'une vie : un tremblement me parcourt le corps à l'instant précis où Kristinn pousse un cri à demi étouffé et s'affaisse sur moi, j'ai l'impression de rentrer à la maison.

LA PORTE ÉTAIT OUVERTE

Les catastrophes naturelles qui ont lieu ici ne sont pas nécessairement celles qui ont lieu là-bas. Les catastrophes naturelles d'aujourd'hui ne sont pas forcément celles qui adviendront dans dix ans. Les catastrophes naturelles sont la réaction de la nature aux déséquilibres et sa manière à elle de restaurer l'équilibre.

PÁLL IMSLAND,
Réflexion sur les risques volcaniques. Vivre avec les catastrophes.

Je trouve cette femme assise à la table de la cuisine comme s'il n'y avait rien de plus naturel.

J'ouvre la porte d'entrée d'un coup de coude, chargée de sacs de provisions, et je sursaute en la voyant. Assise là, les jambes croisées, les mains dans les poches de sa veste en fourrure synthétique dépenaillée à motif de léopard, elle me sourit.

Bonjour, dis-je, étonnée. Qui êtes-vous ?

Je patiente un moment, quelques secondes, j'attends une explication, j'attends que cette femme m'explique ce qu'elle fait dans ma cuisine, mais elle ne me répond pas et se contente d'afficher un sourire qui lui remonte jusqu'aux oreilles, comme si elle était ravie de me voir, comme s'il n'y avait rien de plus normal, de plus plaisant que d'être assise dans ma cuisine.

Excusez-moi, mais puis-je vous aider ?

Je ne crois pas, répond-elle d'une voix profonde, rauque et légèrement moqueuse. Ce serait plutôt à moi de vous poser cette question : puis-je vous aider ?

Je la dévisage, interloquée, puis tout à coup, j'ai l'illumination : Mon Dieu, vous êtes l'architecte d'intérieur ! Nous avions rendez-vous à 16 heures !

Elle hoche la tête : Tout à fait.

Bon sang, je vous prie de m'excuser, dis-je, contrite, en me débarrassant de mes sacs sur le plan de travail pour lui tendre la main. J'avais complètement oublié, je suis débordée en ce moment !

Ce n'est pas grave, ne vous inquiétez pas, répond-elle en se levant sans me serrer la main. Je ne suis pas pressée.

Comment êtes-vous entrée ?

La porte était ouverte.

Évidemment ! Je passe mon temps à dire aux enfants de bien la fermer à clef… je peux vous offrir un café, un verre d'eau gazeuse, une tasse de thé ?

Non.

Elle me sourit d'un air condescendant, me toise, me regarde comme si elle savait déjà tout de moi, encore une bourgeoise des banlieues chics, pense-t-elle, mais non, ce n'est pas le cas, elle ne sait pas tout de moi. J'enlève mon imperméable, je le range dans le placard, je pose mes chaussures sur l'étagère, le devant vers l'extérieur, les lacets rentrés à l'intérieur. Je ne me presse pas, je la laisse attendre.

Eh bien, dis-je. Je voulais vous parler des rideaux et de la peinture du salon.

Elle me précède dans la pièce en gardant les mains dans ses poches de veste. Je la suis, j'observe sa silhouette de dos. Je me suis toujours représenté les architectes d'intérieur comme des gens vêtus d'élégantes tenues en lin, mais elle n'est pas ce type de femme. Il est difficile de lui donner un âge, ses cheveux peroxydés, ébouriffés, aux racines sombres très apparentes, retombent sur les épaules de sa fausse fourrure. Elle porte un jeans noir ajusté, elle est svelte, nous faisons la même taille, elle marche sur le parquet en chêne cérusé blanc, chaussée de ses grosses bottes lacées en cuir, elle ferme les yeux pour s'imprégner de l'atmosphère de mon domicile.

Nous avons acheté le canapé il y a environ dix ans, il commence à être un peu terne et moche, mais je l'aime beaucoup. J'avais envie de le faire restaurer par un tapissier, mais ça coûte presque deux fois plus cher de le remettre en état que d'en acheter un nouveau, c'est absurde, vous ne trouvez pas ?

Elle ne me répond pas. Je continue sur ma lancée : Nous avons l'impression d'être un peu exposés dans le salon depuis que la municipalité a créé ce sentier pédestre juste derrière le jardin. Il y a tellement de passage ici, près du lac. Nous aimerions bien avoir des rideaux, mais rien de trop lourd ni qui fasse trop grand-mère, et pas non plus de voilages, enfin, vous voyez. Nous ne voulons pas de stores à lames verticales, simplement quelque chose de classique et d'épuré.

D'accord, répond-elle avec un sourire narquois. Quelque chose de classique et d'épuré.

Ensuite, il y a les murs, ils ont toujours été blancs ou beiges, mais nous commençons à nous en fatiguer, j'ai envie de leur donner une jolie couleur. Un peu de changement leur fera du bien. Nous avons pensé que vous auriez peut-être des idées. Nous pourrions peut-être en peindre un en gris ?

Elle se tourne et me toise : Souhaitez-vous que je voie d'autres espaces ?

Non, je ne pense pas, nous avions seulement en tête le salon.

Cette pièce est très... épurée, mais elle ne me dit pas grand-chose de votre famille. Il m'en faudra plus que ça pour travailler.

Elle s'avance vers les fenêtres : La vue est évidemment géniale. Et je comprends que vous souhaitiez ne pas la boucher, mais nous pourrions peut-être en faire quelque chose qui soit un peu plus personnel, un peu plus... vous.

Un peu plus moi ? Mais c'est moi. C'est mon salon.

Bon, soupire-t-elle. Tout cela est très beau et très classique. Il manque juste le point sur le *i*, ce qui fait le caractère, si vous me comprenez.

Je balaie le salon du regard, un peu vexée pour lui. Il n'est peut-être pas à la dernière mode, mais il est simple et raffiné : meubles danois classiques, murs ornés de photos ou tableaux élégants, bougeoirs Iittala et vases Omaggio sur les tables, piano noir laqué et tapis clair fabriqué dans l'atelier équitable d'un tisserand au Pakistan, je n'ai pas à rougir de quoi que ce soit dans cette pièce.

Les chambres sont au rez-de-chaussée, ensuite, il y a mon antre à détritus, je veux dire mon cabinet de travail.

Elle se tourne à nouveau, les yeux brillants : Votre antre à détritus ? Voilà qui me plaît ! Me permettez-vous d'y jeter un œil ?

J'hésite, puis je descends avec elle à l'étage inférieur, nous traversons le couloir des chambres et gravissons l'escalier de meunier qui mène à mon cabinet. Elle s'immobilise dans l'embrasure, regarde autour d'elle, entre à grandes enjambées dans la pièce, croise les bras, hoche la tête et sourit d'un air satisfait : À la bonne heure !

Je hausse les sourcils : À la bonne heure ? Comment ça ?

Ici, répond l'architecte d'intérieur en agitant les bras, ici, nous avons de la personnalité, du caractère.

Vous appelez ça du caractère ? Je ne laisse personne entrer dans cette pièce, il n'y a là que des vieilleries.

Ce bureau est un vrai joyau. Et le sofa ? Si j'étais vous, je le monterais dans le salon. Il est un peu à l'étroit ici, mais dans le salon, il serait au centre de l'attention, au centre de la focale, il donnerait vie à tout l'espace. Aux tapis, aux tableaux – ici, il y a de la couleur, il y a de la vie.

J'y réfléchirai, dis-je en lui tenant la porte pour qu'elle quitte la pièce, je me sens presque insultée. Je croyais que les architectes d'intérieur étaient censés vous aider à embellir votre domicile, vous apporter les conseils d'un professionnel pour l'achat de peinture murale et de rideaux, pas pour vous ordonner de trimballer des vieilleries en fin de course d'une pièce à l'autre pour les remplir de sensibleries poussiéreuses et complètement ploucs.

En ce qui concerne les murs, dit-elle quand nous sommes remontées dans le salon, je suggère quelque chose d'inhabituel et d'osé. Du rouge.

Du rouge ?

C'est la seule solution, assure-t-elle. Peignons tous les murs en rouge sang. Et aussi le plafond. Quelque chose d'organique, ajoute-t-elle en arpentant le parquet à grands pas, faisant osciller les pans de sa veste en fourrure synthétique. Je pense à quelque chose de puissant et de sanglant. Votre salon doit être un cœur qui bat, un péricarde sanguinolent.

Je me campe au centre de la pièce, les bras croisés : Je crains que ce ne soit pas possible. Cela ne correspond pas aux changements que nous avions envisagés.

Elle me regarde, ses sourcils se rejoignent, ses grands yeux sombres sont beaucoup trop maquillés, le mascara forme des pâtés sur ses paupières, son rouge à lèvres bave. Elle sent la cigarette, le parfum qu'elle porte est lourd et sucré.

Voyez-vous, annonce-t-elle, je ne vais pas pouvoir me charger de cette mission.

Comment ça ?

Je sens comme un déséquilibre dans cette maison. Je ne peux pas y remédier. Vous allez devoir faire un choix.

Un choix ?

Vous devez décider quel type de femme vous êtes. Celle de votre cabinet de travail ou bien, celle, respectable et raisonnable, qui occupe votre salon.

La colère bouillonne en moi, mais je me retiens, j'affiche un sourire poli et froid : Voyez-vous, je crains que vos idées ne nous conviennent pas. J'en suis désolée.

Elle hausse les épaules, affiche un sourire malicieux et se dirige vers la porte. Je la raccompagne à l'extérieur : Au revoir. N'hésitez pas à nous envoyer la facture pour votre visite.

Puis je referme soigneusement la porte, je reste un moment immobile en essayant de maîtriser les battements frénétiques de mon cœur, la tempête se déchaîne dans ma tête.

Quelle impudence ! Mais pour qui cette femme se prend-elle ?

Puis je remonte dans mon cabinet de travail.

Il y a là les vieux meubles et les tableaux de paysages de l'appartement de mon père, le canapé usé et les fauteuils en cuir vert tout craquelé, son bureau, encombrant et aussi lourd qu'un piano à queue, ses grandes bibliothèques aux étagères profondes et remplies d'ouvrages scientifiques dépassés, des pavés reliés cuir qui sentent l'encre d'imprimerie et la poussière, parsemés des empreintes digitales de papa. Des objets à valeur sentimentale, des sensibleries, rien de plus, et qui n'ont pas leur place dans notre magnifique salon lumineux, conçu pour profiter de l'espace et de la vue sur le lac d'Elliðavatn, la réserve naturelle de Heiðmörk et la péninsule de Reykjanes, de préférence en buvant un cocktail au Martini sur la méridienne italienne de style minimaliste. Au lieu de m'en contenter et d'en profiter, je l'ai rempli de saletés, de classeurs à tiroirs, d'un antique globe terrestre qui s'ouvre et pourrait nous servir de bar, mais qui ne contient qu'une petite bouilloire électrique et des sachets de mon thé préféré, du Twinings Earl Grey, la provision que j'utilise quand je suis trop absorbée par mon travail pour prendre le temps de traverser la maison et aller me faire un thé dans la cuisine.

•••

Est-ce que l'architecte d'intérieur est passée ? s'inquiète mon mari après dîner. Ce n'est pas aujourd'hui qu'elle devait venir ?

Non, elle a eu un empêchement. Je ne suis d'ailleurs pas sûre que ce soit la décoratrice idéale pour nous.

Ah bon ? Pas de problème, c'est à toi d'en décider, dit-il en rangeant les assiettes dans le lave-vaisselle. Je trouve que nous avons une très belle maison, ça ne vaut peut-être pas le coup de faire des changements simplement histoire de changer.

Non, dis-je. La maison est très bien, elle est parfaite comme ça.

Je ne comprends absolument pas pourquoi je ne lui parle pas de ce qui s'est passé plus tôt dans la journée, pourquoi je ne lui souffle pas mot de cette femme vulgaire et mal élevée. Je n'ai pas l'habitude de lui mentir – mais je ressens une forme de honte. J'ai l'impression que la conversation que j'ai eue avec elle est un secret inavouable. Je secoue la tête de consternation face à mon attitude tout en passant un coup de torchon sur la table où je trouve un cheveu peroxydé que je jette discrètement à la poubelle.

TRAVAUX DE MAINTENANCE SUR LA FISSURE DES ENFERS

> Sur la péninsule de Reykjanes, les épisodes d'activité volcanique assortis de glissement des zones de failles orientées nord-est-sud-ouest alternent avec des périodes d'activité sismique le long des failles d'orientation nord-sud. Au cours du dernier épisode éruptif, l'activité s'est déplacée entre les systèmes volcaniques selon un intervalle allant de trente à cent cinquante ans. Cette activité se caractérise par des éruptions fissurales qui durent plusieurs dizaines d'années, avec parfois de longs moments de calme. Les séries d'éruptions de ce type se nomment *eldar* ou *jarðeldar* en islandais, c'est-à-dire, *feux* ou *feux de terre*.
>
> KRISTJÁN SÆMUNDSSON
> ET MAGNÚS Á. SIGURGEIRSSON,
> *La Péninsule de Reykjanes. Volcans d'Islande.*

En réalité, nous ne savons rien. Nous pouvons envisager une centaine de scénarios différents, les étayer par le biais de raisonnements scientifiques et les données de l'histoire géologique, mais il nous est absolument impossible de prévoir l'évolution des prochaines semaines, mois ou années. L'éruption de Kerlingargos était-elle un événement unique et isolé, comme le sont les éruptions sous-marines sur la dorsale de Reykjanes depuis un certain temps, ou est-elle le prélude à une nouvelle période d'activité volcanique ininterrompue sur la péninsule ? Les séismes enregistrés dans les environs des volcans Þorbjörn et Fagradalsfjall indiquent-ils que les autres systèmes volcaniques sont sur le point de se réveiller, les uns après les autres, en remontant la péninsule vers le nord-est à la faveur de la dérive océanique qui écarte les plaques tectoniques, exactement comme si elle ouvrait la croûte terrestre à l'aide d'une fermeture éclair ? Ou sont-ils simplement dus à une modification de la température géothermique ? Tout cela, nous l'ignorons.

Vous utilisez des explosifs pour ce genre de recherches ?

Milan me pose la question comme s'il me demandait si je prends du lait dans mon café. La jeep bringuebale en franchissant les cahots de la piste comme un insecte géant, je parle comme un moulin tout en m'efforçant de repérer les balises qui dépassent de la couche de cendre, je dois parfois m'arrêter et reculer pour ne pas quitter la piste et risquer de bloquer le véhicule dans une crevasse. Assis à mon côté, d'un calme olympien, Milan m'écoute sans afficher la moindre réserve sur ma conduite, ce dont je lui suis reconnaissante, tant je suis habituée à voir mes collègues hommes s'agripper désespérément à la poignée au-dessus de la portière ou enfoncer leur pied en convulsant sur une imaginaire pédale de frein qui serait située sous le siège passager lorsque j'emprunte ces chemins impraticables.

C'est plutôt rare, dis-je en passant la marche arrière pour extirper le pneu avant d'une ornière, puis nous continuons notre route. Les relevés de propagation d'ondes sismiques servent avant tout à examiner la structure de l'écorce terrestre, elles sont surtout utiles pour mesurer les changements dans la croûte, ses soulèvements et ses affaissements. Elles sont en général coûteuses et plutôt grossières, par conséquent, nous recourons le plus souvent à d'autres méthodes. La Météo nationale dispose d'un excellent réseau de capteurs sismiques, comme tu sais, et nous recevons chaque semaine de nouveaux clichés radar InSAR pris par les satellites. Et nous disposons évidemment aussi des mesures par GPS. Ces méthodes traditionnelles n'ont hélas pas permis de parvenir à des conclusions, sachant que la couche de cendres déposée après l'éruption de Kerlingargos fausse les données.

Dans ce cas, qu'est-ce qu'on vient faire ici ?

On a mesuré sur la zone où nous nous trouvons un soulèvement d'environ 20 centimètres depuis le début de l'année et parallèlement, le sol s'est affaissé à quelques kilomètres d'ici, vers l'ouest. D'après Ísor, l'Institut de prospection d'énergie, ces changements n'ont rien à voir avec une intrusion magmatique, mais avec une augmentation de la pression engendrée par un changement transitoire dans le comportement des fluides injectés dans les forages des centrales géothermiques de Svartsengi et Hellisheiði.

Quoi ?

En d'autres termes, l'Institut pense que la déformation de la croûte terrestre et les séismes ne sont pas dus à des mouvements magmatiques mais à des changements de température engendrés par les centrales géothermiques implantées ici, dans le quart sud-ouest du pays. Et Jóhannes Rúriksson a l'intention de prouver qu'ils se trompent en faisant exploser quelques petites charges et en mesurant la propagation des ondes sismiques. C'est une technique désuète et assez peu fiable, mais au point où nous en sommes, autant faire feu de tout bois. Et je préfère garder un œil sur lui pendant qu'il installe les charges de dynamite.

Les versants du lac de Djúpavatn sont généralement vert tendre à cette époque de l'année, la vallée de Móhálsadalur constitue une oasis de mousses moelleuses au sein de ce désert volcanique, mais il n'en va pas ainsi cet été. La péninsule de Reykjanes s'est transformée en une terre brune désolée et calcinée dont les montagnes dépassent comme des dents cariées, les seules plantes qui semblent capables de supporter toute cette cendre, ce sont les quelques lupins qui tendent leurs langues violettes vers le ciel. Il apparaît dégagé sur les cartes météo, pourtant, on aperçoit à peine le soleil, le vent qui souffle du sud-ouest soulève la cendre fine et légère qui forme un voile gris en surplomb de la région : elle s'infiltre partout, dans le cuir chevelu, les yeux, les narines, dans les joints des portières de voiture, dans les fermetures éclair de nos vestes en goretex, dans mon soutien-gorge, j'ai la peau rougie et gonflée comme après un baiser rugueux.

La jeep progresse lentement le long de la piste noire, nous atteignons enfin la cabane que l'Institut des sciences de la Terre a construite pour protéger ses équipements : un petit abri d'une couleur orange risiblement joyeuse, fièrement juché sur une éminence avec vue sur le lac, le volcan de Trölladyngja au nord et la crête de Sveifluháls au sud-est. On aperçoit sur le terrain plat au nord de la colline un groupe de personnes en gilets jaunes dont les casques blancs semblent luire comme des ampoules électriques dans cet univers noir. Je gare la jeep à côté de la cabane, nous descendons, nous mettons nos masques, nos gilets jaunes et nos casques réglementaires.

Les ingénieurs lèvent à peine les yeux à notre approche, ils scrutent avec attention une faille où Jóhannes installe un bout de tuyau dans une crevasse. Il sourit de toutes ses dents en nous voyant : Pas possible ! Voilà du bien beau monde ! Une délégation du révéré Conseil scientifique. Vous arrivez à temps pour la sauterie, nous sommes justement en train de secouer notre dernier cocktail.

Il sort un cylindre rouge d'un sac posé à côté de lui et l'insère dans le tuyau, puis il quitte la faille, se frotte les mains pour les débarrasser de la cendre et allume une cigarette dès qu'il est remonté sur le bord. Il va y avoir de l'action, promet-il en marmonnant dans sa barbe.

La cabane est pleine à craquer d'équipements informatiques et d'appareils de mesure, nous prenons place devant les écrans et attendons que Jóhannes prévienne l'équipe de service à la Météo nationale, un ingénieur commence à déconnecter les dispositifs de sécurité.

Allez, faisons-la chanter, annonce Jóhannes en ouvrant le programme, il vérifie les points sur la carte affichée par l'écran et appuie sur la touche *Entrée*. Nous tendons l'oreille, on entend au loin de discrets gargouillis, comme ceux d'un estomac qui se trouverait dans une pièce voisine.

Milan nous regarde, interloqué.

C'est tout ?

Oui, dis-je, ça n'a rien à voir avec ce qu'on voit au cinéma. Ici, on n'appuie pas sur la manette d'un gros détonateur et l'explosion ne dégage pas non plus de nuage en forme de champignon.

Il sourit : N'oublie pas que je viens de Sarajevo. Je suis habitué à un peu plus de bruit.

Ces petits pets nous suffisent amplement, nous ne voulons pas risquer de blesser qui que ce soit, souligne Jóhannes en affichant les tableaux et les images sur l'écran de l'ordinateur. Il se gratte la barbe d'un air inquiet.

Ça alors ! Bon sang, Anna, je ne vois rien du tout !

Non, moi non plus, en tout cas pour l'instant, dis-je en examinant l'image sur laquelle apparaissent des formations typiques de lave et de palagonite aussi loin qu'on puisse voir dans le socle rocheux.

Nom de Dieu ! peste Jóhannes, ostensiblement déçu.

Allons, allons, tu savais bien que tu visais à l'aveuglette, dis-je. Et même si nous ne repérons aucune trace d'intrusion magmatique, il n'y a pas non plus le moindre signe de changement sur la zone géothermique. Maintenant que nous avons exclu le volcan de Trölladyngja, nous pouvons nous concentrer sur les autres zones.

Mais le magma est là, grommelle Jóhannes. J'en suis sûr. Je le sens. Tout simplement, nous ne le cherchons pas au bon endroit, ou bien nous ne descendons pas assez loin. Il se trouve peut-être beaucoup plus bas.

Ou complètement ailleurs, voire dans le futur, dans un siècle, dis-je. Nous ne disposons d'aucune donnée indiquant qu'il y a quelque chose qui ne va pas. Nous devons appuyer notre évaluation sur…

… des faits et des conclusions scientifiques, je sais, je sais. Bon sang, ma petite, on croirait entendre un disque rayé, s'agace Jóhannes. Je sais tout ça. Mais la lave peut également être là, sous nos pieds, sans que nous l'ayons trouvée. Ces tremblements de terre ne sont pas normaux, on assiste tous les jours à l'ouverture de nouvelles failles, des lacs entiers se sont vidés.

À quel autre endroit le magma pourrait-il être ? interroge Milan.

Je hausse les épaules : À vrai dire, n'importe où. Nous avons cinq systèmes volcaniques sur la péninsule de Reykjanes, sans compter tous les autres qui sont sous-marins. En partant de l'extrémité de la péninsule, nous avons celui du cap de Reykjanes lui-même, puis Eldvörp et Svartsengi, là où se trouve le Blue Lagoon, ensuite, il y a celui de Fagradalsfjall, nous sommes actuellement sur celui de Krýsuvík, qui se divise en réalité en trois essaims de fissures : celui de Trölladyngja au nord, celui de la crête de Sveifluháls et celui de Krýsuvík proprement dit, qui longe le lac de Kleifarvatn. Le cinquième système est celui du massif de Brennisteinsfjöll, il reste encore le volcan Hengill, souvent considéré comme en faisant partie même s'il n'est pas réellement situé sur Reykjanes. Cette péninsule n'est en réalité qu'un alignement de volcans qui peuvent entrer en éruption à n'importe quel endroit et n'importe quand.

Est-ce que vous êtes en train de chercher un… un réservoir de lave ?

Une chambre magmatique ? Non, il n'y a pas de chambres magmatiques sous les systèmes volcaniques de la péninsule. Il faut pour cela avoir affaire à l'un des volcans centraux comme le Hekla, le Katla ou l'Öræfajökull. Nous n'avons ici qu'un système primitif de fissures, mais la croûte terrestre est moins solide qu'à bien d'autres endroits, elle mesure entre 5 et 10 kilomètres, si bien que le magma remonte facilement à la faveur du processus d'écartement des plaques tectoniques. Il atteint toutefois rarement la surface et forme le plus souvent des intrusions magmatiques souterraines.

Jóhannes rigole : On pourrait appeler ça des travaux de maintenance sur la fissure des enfers. Le diable répare son royaume au fer à souder.

Milan fixe sur l'écran l'image des relevés de propagation générés par les dynamitages.

Tout cela est passionnant, dit-il en fronçant les sourcils. Mais je ne vois là aucun motif de modifier le niveau d'alerte.

Je hausse les épaules : Cela ne change peut-être rien, mais ça ne prouve pas la théorie de l'Institut de prospection d'énergie disant que l'exploitation de la géothermie serait la responsable. Nous n'avons aucune raison de penser que nous sommes confrontés à autre chose qu'une intrusion magmatique due aux mouvements de la croûte terrestre. Je crois au contraire que nous devrions renforcer le niveau d'alerte pour plus de sécurité.

Combien de temps cette situation devrait-elle durer ?

C'est impossible à dire. Quelques semaines, des années, voire des décennies.

Milan secoue la tête : Dans ce cas, nous ne changeons rien. Cette alerte renforcée perdra tout crédit auprès de la population si elle dure trop longtemps. Nous devons attendre qu'il y ait un vrai changement.

Balivernes, s'agace Jóhannes. La péninsule est en ébullition, je le sens jusque dans mes os.

Attendons de voir, dis-je en me levant et en époussetant mon pantalon. Tes os ne suffiront pas à décréter l'alerte renforcée. Si nous voulons faire entendre raison au Conseil scientifique, nous allons devoir trouver ce magma.

NEGRONI

L'olivine est composée de silicate de fer et de magnésium dont la composition chimique est la suivante : $(Mg^{2+}, Fe^{2+})_2 SiO_4$. Constituant la majeure partie du manteau, c'est le type de minéral le plus important en volume sur la planète. Une fois arrivé en surface, il s'érode rapidement puis disparaît.

Kristján Sæmundsson
et Einar Gunnlaugsson,
Le Grand Livre des minéraux d'Islande, 1999.

Bienvenue ! Entrez et permettez-nous de vous débarrasser.
C'est un plaisir de vous recevoir.
Merci pour l'invitation, quelle magnifique maison !
Le cadre est superbe !
Salut, mon cher ! Ah, je vois que tu es passé chez le coiffeur.
Ça te va super bien !
Ta robe est sublime, tu l'as trouvée où ?

Les invités arrivent peu à peu à partir de 19 heures, ni trop tôt, ni trop tard, les conversations bruissent dans les pièces. Les hommes sveltes au teint hâlé ont les tempes grisonnantes et la barbe soignée, les femmes sont maquillées avec goût, elles ont les cheveux lissés et les ongles vernis en couleurs pastel. Les premiers prennent de la bière au houblon, les secondes boivent des cocktails italiens dans des verres de cristal sculpté.

Il m'incombe d'accueillir les convives et de les accompagner jusqu'au salon, mon mari surveille le barbecue, armé de trois thermomètres électroniques plantés dans la côte de bœuf.

Pourquoi ne pas opter pour plus simple ? lui ai-je demandé. Une chose qu'on sait vraiment cuisiner. Je ne vois pas en quoi le gigot d'agneau au four pose problème.

Mais ce sont les membres de son club de cyclisme, ils s'entraînent pour le championnat d'été et j'ai peu à peu compris que, non contents de rivaliser sur leurs montures ultralégères en fibre de carbone qui coûtent les yeux de la tête, ces hommes passent leur temps à se chamailler entre eux. L'esprit de compétition s'étend jusqu'à leurs maisons, leurs voitures, leurs professions et leurs revenus annuels, leur charisme personnel, leurs abdominaux et leurs résultats au golf, la taille de guêpe de leurs épouses et les résultats scolaires de leur progéniture. Et il va se nicher jusque dans les barbecues, il y a l'équipe Weber et l'équipe Landmann, le charbon de bois et le gaz, je sursaute en voyant la facture de la boucherie : Soixante-dix mille couronnes pour un bout de viande ? Tu as perdu la tête ou quoi ?!

Nous avons amplement les moyens, répond Kristinn. On peut tout à fait se le permettre pour une fois, c'est toujours sympa, la nouveauté.

Sympa ? Peut-être. En tout cas, il n'a pas l'air de beaucoup s'amuser, debout devant son barbecue, l'air soucieux, essayant d'écouter les conseils contradictoires de ses amis sans perdre son calme : Tu ferais mieux de fermer le couvercle, tu aurais dû placer le charbon de bois de ce côté, à ta place je mettrais un peu plus d'eau dans le bac en alu, ouvre donc le couvercle. Attention, j'ai l'impression que ça commence à brûler de ce côté, tu n'aurais pas une autre bière ?

Les hommes occupent la terrasse, ils se pavanent, pleins d'entrain, leur bière à la main tandis que les femmes visitent le salon, les glaçons tintent au fond de leurs verres, elles discutent, elles vont et viennent, perchées sur leurs talons aiguilles tels de grands échassiers bigarrés. Je les ai déjà rencontrées, mais j'ai du mal à me rappeler leurs prénoms : la guillerette, un peu bruyante, s'appelle Elín ou Emilía, elle est directrice des ressources humaines dans une compagnie d'assurances, une autre est hôtesse de l'air, une troisième aide-soignante. Il y a aussi une directrice marketing, une avocate, une nutritionniste, Alda, Lísa, Gurrý, Aníta Rún, elles parlent de greens de golf, de graines de chia, de séries télé et de gens que je ne connais pas. Elles me posent poliment quelques questions sur ma profession, je marmonne une réponse où il est question d'images satellites et de sismomètres, elles m'opposent un regard vide, et en désespoir de cause, je leur propose de visiter la maison. Le groupe me suit à petits pas à travers les pièces à vivre, dans la cuisine, puis dans la partie où se trouvent les chambres tandis que je sue à grosses gouttes. Brusquement, je vois ma maison avec les yeux de l'architecte d'intérieur, les murs blancs et les meubles clairs m'apparaissent affreusement pâles et impersonnels, les peintures semblent avoir été choisies pour un décor de théâtre. Cette maison m'est comme étrangère, on dirait une mue grise et morne que j'ai laissée derrière moi, je les emmène d'une chambre à l'autre afin de brouiller les pistes, je feins d'habiter ici et d'endosser le rôle de l'hôtesse dans une maison que je ne connais pas.

Qu'y a-t-il ici ? demande l'une d'elles, ayant déjà gravi la moitié des marches qui mènent à mon cabinet de travail.

Ah, ce n'est rien, c'est mon bureau, un vrai cagibi plein de fouillis, dis-je, trop tard pour l'arrêter. Les autres lui emboîtent le pas. Elles admirent les bibliothèques, le vieux tapis persan, le bureau en acajou face à la baie vitrée qui donne sur le lac et la forêt, sur le volcan Hengill et le mont Keilir. Je ne m'attendais pas que des visiteurs viennent jusqu'ici, je n'ai pas pris le temps de ranger, la table circulaire aux pieds sculptés croule sous les livres et les cartes, un des vieux classeurs à tiroirs est entrouvert, les papiers dépassent des chemises et des dossiers. Salka est assise par terre avec la vieille collection de minéraux de papa, elle ne nous prête aucune attention, elle a vidé plusieurs compartiments de la boîte et a disposé leur contenu autour d'elle, elle scrute une magnifique zéolite à l'aide d'une grosse loupe.

Salka chérie, qu'est-ce que tu fais ? Tu sais que tu dois ranger, remettre chaque pierre dans son compartiment.

Elle lève les yeux, une ride de concentration sur le front : J'essaie de voir si c'est du spath d'Islande ou du cristal de roche.

Mon Dieu, comme c'est mignon ! s'exclame l'une des invitées en s'accroupissant à côté de ma fille, elle pose son verre par terre et se met à tripoter la boîte. Voilà une géologue en herbe qui marche sur les traces de sa mère. Tu aimes bien jouer avec les jolies pierres ?

Salka la dévisage, vexée. Elle n'est pas en train de s'amuser. Les cristaux de roche sont des types de quartz alors que le spath d'Islande est une sorte de calcite. La différence est importante.

Ma chérie, ce n'est pas bien grave, dis-je. Vois-tu, celle-là, c'est une zéolite. Il te suffit de compter les angles des cristaux, il y en a trois sur les spaths et six sur les quartz. Ça viendra.

C'est un magnifique bureau, complimente une autre invitée.

C'est ma tanière, dis-je en leur adressant un sourire gêné. J'aime bien de temps en temps travailler à la maison.

Je leur explique que mon mari me reproche parfois de passer ici la plupart de mes soirées et de mes week-ends au lieu de regarder Netflix avec lui, de faire du vélo, d'aller au restaurant, au cinéma, à des concerts ou de retrouver mes copines dans mon club de couture. Je leur dis qu'en fait, je n'ai pas d'amies, et pas non plus de club de couture, que mes fréquentations se limitent à mes collègues, des gens qui comprennent de quoi je parle, qui partagent mes préoccupations, arpentent avec moi les glaciers et les volcans et sont capables de lire les couches géologiques et les mouvements de la roche comme des romans policiers. Je conclus en disant qu'en vertu des normes sociales, je suis une accro au boulot plutôt soporifique, mariée à un homme très compréhensif qui a acheté cette magnifique maison avec ce grand bureau pour me faire plaisir et m'offrir la tranquillité dont j'ai besoin pour mon travail.

C'est génial ! s'exclame la première en se levant du sol, elle chancelle légèrement sur ses talons, s'agrippe au bureau et me regarde d'un œil qui divague. Vous avez de la chance d'avoir tout ça. Un merveilleux mari et ces délicieux enfants, cette belle maison et ce travail passionnant, tout est simplement parfait, n'est-ce pas ?

Elle laisse éclater un rire sonore : Vous ne trouvez pas que c'est absolument parfait, les filles ?

Allons, ma petite Gurrý, calme sa copine en l'attrapant par le bras, tu ne veux pas qu'on aille s'asseoir pour boire un petit verre d'eau ?

Le repas est une réussite, les trois thermomètres ont permis d'avoir une viande parfaitement grillée d'une température interne de 61 degrés. Nous la présentons accompagnée de beurre maître d'hôtel, d'une sauce italienne verte, les pommes de terre sont cuites au four et fourrées aux épinards, au beurre et au camembert. Il y a aussi au menu des asperges accompagnées d'amandes grillées au beurre, d'aneth et de câpres, une salade d'oranges, de fenouil et d'olives noires. Kristinn s'occupe de la découpe, je remplis les verres, nos invités soupirent d'aise, ils se régalent.

Tout est absolument parfait, et pourtant, je n'arrive pas à me défaire de cette drôle de sensation, de l'impression que ma maison m'est tout à coup devenue étrangère, d'être une de ces convives qui rient et discutent autour de la table de salle à manger, qui essuient la graisse de bœuf déposée sur leurs lèvres et dégustent leurs verres de châteauneuf-du-pape, cru 2015.

Ils repartent peu après minuit, les discussions et les rires se taisent. Nous rassemblons les tasses à café et les verres à cognac et mettons en route la première tournée du lave-vaisselle. Le reste attendra demain. La porte s'ouvre, Örn rentre directement du travail, fatigué, ses mèches brunes lui retombent sur les yeux.

Qu'est-ce que c'est que ce cirque, tonne-t-il. Comment pouvez-vous organiser ici une fiesta d'enfer et mettre la maison sens dessus dessous sans me prévenir, sans en discuter avec moi ?

Je le serre dans mes bras en gloussant : Très drôle, monsieur le comique. Tu joues avec le feu, je n'ai pas encore tout à fait pardonné, tu sais ?

Oui, je sais, répond-il en me déposant un baiser sur les cheveux. Mais tu as enfin fini par accepter que je ne m'inscrive pas en fac de géologie, n'est-ce pas ?

Tu es adulte, je ne vois pas comment je pourrais t'empêcher de faire cette bêtise. C'est ta décision. Va en Italie et tu verras bien où ça te mènera. Dans le pire des cas, tu apprendras à cuisiner et à préparer des cocktails Negroni qui soient buvables.

Son sourire s'efface. Maman, mon projet est tout à fait sérieux. Je ne m'en vais pas là-bas pour faire la fête ou je ne sais quoi. Je crois que je serai plutôt doué dans mon domaine, ma tête déborde d'idées.

Trois précieuses années, dis-je en secouant la tête. Pour apprendre à concevoir des décors de théâtre. Tu sais que moi aussi, j'en fabrique ? Ils servent à épargner des vies humaines et éviter des destructions. Ce n'est pas une mauvaise chose d'avoir un peu de sens pratique.

Anna, interrompt mon mari. Arrête. Tu n'arriveras pas à le convaincre. Il a tout à fait le droit de décider, tu n'as pas à le faire pour lui. Il tapote l'épaule de son fils : Je suis heureux que tu aies trouvé ta voie, mon petit. Il était temps de choisir un cap, de mettre fin à cette errance. Ensuite, tu pourras toujours changer d'avis et faire autre chose si tu préfères.

Örn s'ébroue pour se débarrasser de la main de son père : Vous ne me prenez pas au sérieux ! Vous trouvez que ce n'est pas un vrai travail ! J'ai accumulé toutes sortes d'expériences en travaillant à la fonderie d'aluminium, je connais les machines, les métaux, je sais ce que je fais. Et je vais me tailler une réputation, je veux travailler dans le théâtre à l'étranger et faire des choses intéressantes.

Pardon, s'excuse son père, ce n'est pas ce que j'ai voulu dire. Ton projet est intéressant, je suis sûr qu'il fonctionnera.

Je les observe l'un face à l'autre, ils ont la même taille, mais en dehors de ça, ils sont étonnamment différents. Örn est d'une constitution robuste, son père est filiforme, le fils a les cheveux bruns, en bataille, il n'est pas rasé, ses yeux se consument de passion tandis que son père le toise de ses yeux doux et bleus. Örn est mon fils, il est le digne petit-fils de son grand-père dont il porte le prénom, il a la science et le feu dans le sang, je ne comprends pas comment il peut se détourner de cet héritage.

Bon, les garçons, ce n'est pas ce soir qu'on va régler ça. J'enlève mon tablier, je noue les liens l'un avec l'autre, je l'accroche à une patère et tout à coup, cette sensation d'irréalité, d'étrangeté, se déverse à nouveau sur moi.

Je vais me coucher, dis-je. Sur le trajet, je jette un œil dans la chambre de Salka. Elle dort en position fœtale, comme une pelote de laine, sous sa couette, ses mèches brunes étalées sur son oreiller blanc. Je l'entends à peine respirer, mais je vois ses sourcils bruns qui bougent au-dessus de ses yeux fermés, ma fille rêve. Elle serre un objet dans sa main, je l'ouvre doucement : c'est une olivine de la taille d'une boîte d'allumettes, vert clair, les cristaux sont si lisses qu'on dirait à première vue qu'il s'agit d'un morceau de verre de bouteille. Un fragment d'éternité remonté des profondeurs, et qui a atterri dans la collection de minéraux de mon père, repose maintenant dans la paume de ma fille et accompagne ses rêves, il est doux et chaud comme un être vivant. Je replie ses doigts sur la pierre, j'embrasse son petit poing, dors, ma petite, fais de beaux rêves, je t'aime.

À : anna.arnardottir@hi.is
De : tomas.adler@gmail.com
Objet : Photo n° 13 de l'éruption de Kerlingargos

Chère Anna,

merci pour la soirée de l'autre jour, j'ai été très content de t'y voir, de discuter avec toi, de danser avec toi. Je voulais te dire que l'exposition est terminée et que tu peux passer chercher ta photo. Je peux également te la livrer, si cela t'arrange. Cela te permettrait peut-être de me montrer où tu as installé l'autre, celle que j'ai prise de toi dans l'avion. J'espère qu'elle te plaît, que tu n'as pas été gênée que je la prenne. Pour ma part, je l'aime beaucoup.

Bien à toi,
Tómas

Je relis le message, je vais y répondre, mais je ne sais pas quoi écrire. Je ferme la page, je la rouvre, je me passe la main dans les cheveux, étrangement nerveuse. Heureux de danser avec toi, il voulait me dire, il espère que, il l'aime beaucoup, cette photo de moi. Peut-être devrais-je lui montrer où je la garde, l'emmener dans la buanderie et l'extirper des nappes de Noël sous lesquelles elle repose dans l'armoire du linge de maison ?

Je me lève d'un bond, je fais le tour du bureau que j'occupe à l'université, je tourne les talons, je fais un second tour de bureau, dans l'autre sens. J'aperçois mon reflet dans le vieux miroir de ma mère, j'y vois une femme qui danse, exactement comme si son corps venait de prendre le pouvoir et de la priver de sa raison. Les ouvriers du cadre rient, les jeunes paysannes discutent en gloussant : cette femme a quarante ans bien sonnés, les pieds chaussés de pantoufles confortables, pour tout dire raisonnables, et porte des vêtements dignes d'une professeur d'université, les rayonnages derrière elle ploient sous les ouvrages et articles scientifiques qu'elle a signés de sa main, et pourtant, elle rayonne, elle danse comme une gamine de quinze ans dont la tête déborde d'une joie imbécile alors qu'elle devrait plancher sur la dernière modélisation des possibles mouvements de la croûte terrestre sous le volcan de Fagradalsfjall.

Tómas Adler, lance le visage dans le miroir avec un soupir de dédain. Enfin, ma fille, qu'est-ce qui te prend ? Que signifient donc ces bêtises ?

On frappe à la porte. Elísabet l'ouvre d'un coup sec et y passe la tête en me toisant par-dessus ses lunettes.

Quoi ? demande-t-elle.

Quoi ?

Elle suffoque : Il est arrivé ?

Qui ça ? dis-je en grimaçant.

Le financement du Conseil européen de la recherche ?

Non, pourquoi ?

Tu rayonnes comme le soleil. Tu as les joues toutes rouges, j'ai cru que nous avions reçu une réponse.

Non, dis-je, en portant mes mains à mes joues et en me laissant tomber sur mon fauteuil. J'étais simplement en train d'examiner les données sismiques de Fagradalsfjall. J'ai eu l'idée de les comparer à celles des tremblements de terre enregistrés pendant l'éruption de Krafla.

Nous scrutons toutes les deux l'écran, Elísabet commente, pour ma part, je pense au message que je viens de recevoir, comment diable vais-je y répondre ?

Il semble que la nature de la frontière entre les deux plaques soit en train de changer sous nos yeux, explique-t-elle en pointant son crayon à papier sur les dernières données sismiques enregistrées à Krýsuvík. La péninsule de Reykjanes se comporte depuis des siècles comme une faille décrochante, avançant centimètre par centimètre le long de cette ceinture sismique, mais l'activité semble être sur le point de se modifier. Tout cela pourrait se disloquer.

Et engendrer une éruption sur la terre ferme ? Ou bien aucune, dis-je en haussant les épaules. Ces essaims sismiques vont et viennent, le sol se soulève et s'affaisse, tout cela est tellement anormal.

Tu es inquiète, déclare mon amie en me dévisageant. Je le sens. Quel est ton sentiment sur tout cela ?

Je lui souris.

Madame Elísabet, ces choses-là n'ont rien à voir avec les sentiments. Tu es la mieux placée pour le savoir. Nous interprétons les données de nos équipements, nous surveillons les valeurs chiffrées, nous mesurons la magnitude des tremblements de terre, les mouvements de surface, les changements d'inclinaison et les émissions de gaz. Une éruption peut se déclencher ici n'importe quand, n'importe où et n'importe comment, mais avant ça, nos instruments de mesure nous en auront informés. Et ils se fichent royalement de nos sentiments.

Avant ça, nos instruments de mesure nous en auront informés, répète Elísabet, elle soupire et hoche la tête. C'est juste que c'est très gênant de ne pas pouvoir prévoir les choses avec une plus grande précision. Tu sais combien d'appels par jour je reçois des ministres, des administrations de l'État, des journalistes, des compagnies aériennes ? Tout le monde attend des nouvelles. Le tourisme reprend à peine et nous voilà maintenant confrontés à ces incertitudes. Nous avons de lourdes responsabilités.

Elles reposent entièrement sur tes épaules, dis-je avec un sourire. Tu te charges du téléphone, ce qui nous laisse le temps de travailler en paix.

Elle se lève et ouvre la porte. Dans ce cas, je te laisse travailler tranquille. Mais tiens-moi au courant si tu tombes sur quelque chose d'intéressant. Quelques miettes que je pourrais balancer à tous ces gens, histoire de les calmer momentanément.

Oh oui, dis-je. Tu seras la première à en être informée.

La porte se referme, je regarde l'écran, les tableaux, les séries de chiffres, les courbes. En fermant les yeux, j'ai l'impression de percevoir les mouvements qui les engendrent, je sens le sol qui s'élève et s'affaisse comme une vague de haute mer, je sens la lave incandescente qui s'échappe du manteau terrestre et se fraie un chemin sous la croûte, le magma s'agite comme un fœtus arrivé à terme, il presse sur les parois qui l'enveloppent en quête d'une porte de sortie.

Ce n'est qu'un sentiment, rien de tangible, rien qui puisse s'expliquer rationnellement. J'attrape un crayon à papier pour griffonner sur une feuille :

$$\tau = \gamma\frac{\eta}{\mu}$$

Je fixe l'équation un long moment, sa beauté réside dans sa simplicité. Ce n'est pas si compliqué, l'apparition des éruptions est en fait uniquement une question de temps, de pression du magma et de résistance de la roche qui l'environne.

Je pousse un soupir, je ferme les tableaux et graphiques, j'ouvre mon compte mail, je relis le message de Tómas Adler à qui j'envoie une réponse aussi brève que sèche : Merci pour la soirée de l'autre jour, je pourrais peut-être passer à ton atelier pour chercher ma photo un peu plus tard. Puis j'appuie sur le bouton *Envoi*.

Temps, pression, résistance : c'est aussi simple que ça.

Le studio de Tómas Adler est installé dans un ancien bâtiment industriel à Kópavogur, cerné par des magasins qui vendent de la camelote et les garages automobiles, il me faut un bon moment pour trouver la bonne porte au fond de la bonne impasse. Il n'y a ni plaque ni sonnette, je frappe plusieurs fois, personne ne répond. J'hésite un instant, puis j'actionne la poignée, le studio n'est pas fermé à clef, je passe la tête par la porte entrouverte et j'appelle : Ohé ?!

Dans le sas d'entrée encombré de manteaux, de pardessus et d'imperméables résonne une musique assourdissante, un casque de moto est accroché à une patère. Je frappe à la porte intérieure qui s'ouvre d'un coup sec. Tómas me regarde, ahuri, puis un grand sourire illumine son visage : Quel plaisir ! Je ne m'attendais pas à ta visite ! Sois la bienvenue, allez, entre !

Il ressemble presque à un loup, il n'est pas rasé, ses cheveux sont en bataille, il porte un tee-shirt de hard-rock informe, il n'a pas vu mon message, mais semble très heureux de ma visite. Je lui tends la main alors qu'il s'apprête à m'embrasser sur la joue, nous nous cognons maladroitement l'un à l'autre, nous éclatons de rire, nous nous donnons la poignée de main, puis nous nous embrassons sur les joues, j'ai l'impression d'être rouge comme une pivoine, je baisse les yeux. Il se passe la main dans les cheveux et m'invite à entrer dans le vacarme :

Veillent les montagnes
depuis mille ans.
Scrute la roche,

des larmes tu verras
le scintillement.

Je me rappelle cette chanson de Bubbi Morthens, c'était il y a bien longtemps, dans une autre vie, mais je n'en souffle pas mot, je m'emploie simplement à mettre un pied devant l'autre, à le suivre dans ce studio qui semble également être son appartement. Ses mouvements vifs et fluides me font penser à ceux d'un danseur, ses épaules sont puissantes et il a une tache de peinture sur le dos de la main.

Ce bâtiment est un vaste espace brut au sol en béton peint, le centre est occupé par une grande table de travail couverte de photos. Le chaos règne le long d'un des murs : un portant à vêtements, des cartons, des sacs de matériel, des étagères métalliques qui croulent sous les papiers et tout un bric-à-brac. Un canapé-lit en désordre somnole dans un coin. Des projecteurs et des trépieds sont disséminés sur le sol, tels les invités déboussolés d'un cocktail, deux autres murs sont tapissés de photos, de dessins et de cartes de géographie. La lumière inonde les lieux, elle entre par les baies vitrées qui constituent le quatrième mur. Je suis stupéfaite de découvrir la ville depuis un angle nouveau et inattendu : les pentes verdoyantes et orientées au sud du quartier de Fossvogur et de la colline d'Öskjuhlíð, les clochers des églises, les grues et la mer qui scintille.

Quelle belle vue, dis-je en m'efforçant de faire abstraction de tout ce désordre.

Oui, peu de gens ont conscience de la beauté inattendue de Hamraborg, la zone d'activités de Kópavogur, répond-il en souriant de toutes ses dents. Ne compte pas sur moi pour m'excuser du désordre, je préfère avoir sous les yeux ce sur quoi je travaille, c'est comme ça que naissent les idées. Certes, c'est parfois un peu chaotique. Mais je sais exactement où se trouve chaque objet, si incroyable que ça puisse paraître.

Tu n'as pas besoin de t'excuser. Je viens te déranger en plein boulot.

Il fait volte-face et me sourit : Mais tu ne me déranges pas le moins du monde. Jamais tu ne me dérangeras. Je suis content de te voir. Alors, on jette un œil à ton acquisition ?

Il s'avance vers les grands formats appuyés contre un mur et sort la photo.

Elle est belle, dit-il en la levant vers la lumière. Ce n'est peut-être pas la plus jolie de l'expo, mais elle rend bien compte des circonstances. Au fait, comment as-tu dit qu'elle était ? Très nette et instructive ?

Il sourit à nouveau. Je bredouille que j'envisage avant tout la photographie comme une technique permettant d'obtenir des informations dans mon travail de géologue, mais que celle-ci est vraiment très belle.

Tómas me montre le phare de Reykjanesviti : un petit point d'exclamation blanc qui se détache sur le panache anthracite de l'éruption de Kerlingargos : C'est là que je t'ai rencontrée, tu te rappelles ?

Je hoche la tête, j'ose à peine regarder le cliché. J'ai le cœur qui bat et les mains qui tremblent. L'artiste ne s'en rend pas compte, il scrute la photo et fronce les sourcils, la lumière oblique qui tombe sur ses yeux souligne les jolies rides d'expression qui se creusent sur son visage et la cicatrice qu'il a sur le front, trace d'un événement passé que j'ignore, je me retiens de lui demander comment il s'est fait ça. Il n'est pas du tout photogénique, les portraits que j'ai trouvés de lui sur internet ne lui ressemblent absolument pas, ils représentent un type à l'air grave et au nez un peu encombrant, on n'y voit pas ses yeux rieurs, sa beauté et son énergie inquiète ne parviennent pas à s'imprimer sur la lentille. Il est fait pour être de l'autre côté de l'appareil.

Il me regarde et constate que je l'observe, il repose le grand format contre le mur, passe ses doigts à travers son épaisse chevelure sombre, l'air brusquement nerveux, comme un gamin. Tu veux un café ? demande-t-il.

Je hoche la tête, incapable d'articuler un mot.

Il attrape son thermos à motif écossais et me sert dans une tasse verte, nos mains se frôlent lorsqu'il me la donne, nos yeux se croisent, puis c'est la chute, tout simplement, je perds mon sens de l'orientation, je perds tout sens de l'équilibre et je tombe vers lui, attirée comme vers un trou noir, je ne suis plus maîtresse à bord. La décision de me laisser aller n'est même pas consciente, celle de me laisser tomber, mon corps n'obéit plus à mes ordres, mon esprit est silencieux et mon cœur hurle de joie. J'avance la main, je lui touche le visage, il ferme les yeux, love sa joue au creux de ma paume, nous tremblons tous les deux, comme heurtés par la même onde de choc. Il rouvre les yeux, ses pupilles sont ardentes, le rire les a désertées, il attrape ma main et m'attire vers lui comme pour danser. Nos corps se touchent, nos joues, nos épaules, nos poitrines, nos ventres, nos cuisses, nous nous étreignons, nous nous enveloppons mutuellement pendant une fraction de seconde – l'éternité. Nos respirations s'accordent, nos cœurs battent au même rythme, une fois, deux fois, trois fois, puis je me détache de lui, je cours vers l'entrée où je trébuche sur les paires de chaussures, je tombe à genoux. Je me relève et je sors, je démarre la voiture, je quitte le parking en marche arrière, je pars en trombe comme si j'avais à mes trousses tous les diables de l'enfer, mais je ne m'en tire pas à si bon compte. Mon cœur bat la chamade, je suffoque, j'ai les joues inondées de larmes, je ne sais si je pleure de tristesse, de joie ou de terreur, mais cela n'a aucune importance. Me voilà amoureuse de Tómas Adler, ma vie telle qu'elle a été jusqu'à présent est terminée, et dire que je ne l'ai même pas embrassé !

Note explicative VI
LE BÁRÐARBUNGA

Le 23 juillet 1972, la base aérienne de Vandenberg en Californie a lancé le satellite ERTS-1. L'Agence spatiale américaine l'a placé en orbite autour de la Terre pour collecter des données géographiques sur l'ensemble de la planète et elle en a profité pour examiner les installations militaires de l'autre côté du rideau de fer. En dix-huit jours, l'ERTS-1 est passé à dix reprises au-dessus de l'Islande, chaque fois, il en a pris cinq photos. Ce satellite offrait pour la première fois aux scientifiques islandais l'occasion d'observer leur pays avec une grande précision depuis l'espace, depuis une distance de 920 kilomètres et, à la fin du mois de janvier 1973, il a pris un cliché qui a fait tomber la tasse de café que mon père tenait dans ses mains, elle s'est brisée bruyamment sur le sol du bâtiment des sciences de la Terre de l'Université d'Islande.

Cette photo dévoilait l'existence d'un gigantesque volcan jusque-là inconnu sous le glacier Vatnajökull. Le Bárðarbunga, un dôme en apparence innocent, s'est révélé être le plus grand et le plus puissant volcan d'Islande, avec sa caldeira d'une profondeur de 850 mètres, entièrement remplie par les glaces. En dessous bouillonnait une énorme chambre magmatique, responsable de la présence d'immenses champs de lave dans l'intérieur de notre île.

On peut se demander si ce n'est pas l'intérêt dont il a subitement bénéficié qui a conduit le Bárðarbunga à se réveiller de son profond sommeil lorsque le satellite l'a survolé et pris en photo. Ce volcan avait en réalité déjà à l'époque un certain nombre de choses sur la conscience, et ce depuis des temps reculés, les crues de débâcle titanesques qu'il a engendrées sont très probablement à l'origine de la formation des gorges de Jökulsárgljúfur et d'Ásbyrgi, ses déchaînements étaient sans doute comparables à l'explosion de quelques ogives nucléaires de courte portée. Mais il s'est comporté raisonnablement depuis que l'Islande est habitée, il n'a connu que des éruptions fissurales, loin à l'intérieur des hautes terres désertes où il n'a pas dérangé grand monde, et ne s'est pas manifesté depuis l'époque où l'on a commencé à mesurer l'activité sismique, jusqu'au moment où il est sorti de sa torpeur en s'ébrouant au passage de ce satellite. Depuis lors, les tremblements de terre de forte magnitude sont fréquents dans la région, le volcan a pu se soulager grâce aux éruptions de Gjálp en 1996 et à celle de Holuhraun en 2014. Pour sa part, il attend son heure véritable, c'est un gigantesque canon posé sur le cœur de feu, sur le point chaud lui-même, au centre du panache mantellique situé juste en dessous de notre pays.

Pendant ce temps-là, nous vaquons en toute inconscience à nos activités en surface, nous soignons, enseignons, écrivons, nous construisons, nous faisons cuire des boulettes de viande, nous préparons du café, nous plantons des forêts, nous exploitons l'hydroélectricité des rivières et traçons des routes, exactement comme si nos gratouillis superficiels étaient capables de rivaliser avec les puissances qui grondent et grommellent sous nos pieds.

Ce n'est qu'une question de temps, de pression et de résistance.

ESTHÉTIQUE : PLAGIOCLASE, MAGNÉTITE

> On peut affirmer que la zone de fusion du manteau terrestre où se forme le magma rocheux est en quelque sorte le "cœur de feu" de l'Islande.
>
> FREYSTEINN SIGMUNDSSON,
> MAGNÚS TUMI GUÐMUNDSSON
> ET SIGURÐUR STEINÞÓRSSON,
> *Structure interne des volcans. Risques volcaniques.*

Quelle vision d'épouvante ! s'exclame Jóhannes, il tend la main par-dessus le plat-bord de la barque et repousse une truite morte. Plus nous avançons vers le centre du lac de Kleifarvatn, plus elles sont nombreuses à flotter, le ventre en l'air. Jóhannes lève un regard inquiet vers le ciel : Il flotte un je-ne-sais-quoi de méphitique dans l'atmosphère, on sent qu'une éruption se prépare.

Il est d'autant plus facile de ressentir la chose que chaque capteur installé dans les parages nous en informe, dis-je, mais je dois admettre qu'il a raison, l'air est saturé de signes alarmants, de silence et d'une forte odeur de soufre, même les sternes arctiques se taisent. Le bruit rythmé du moteur est le seul à venir troubler le calme oppressant plaqué sur le lac, il se répercute sur les versants abrupts des montagnes environnantes qui le renvoient en échos fantomatiques à la surface de l'eau. Bien que personne n'en fasse état, nous avons tous hâte de voir arriver la fin de cette expédition, avant que les détecteurs de gaz glissés dans nos poches ne se mettent à hurler.

Merde ! Il va nous falloir un autre instrument, s'agace Úlfar, l'ingénieur de l'Institut de prospection d'énergie, il sort le flotteur de l'eau et secoue le capteur qui y est accroché. Celui-là est flingué.

Il fallait s'y attendre, la concentration en acide sulfurique a monté en flèche hier, au moment où ils ont cessé de nous transmettre leurs données, dis-je. Nous n'en installerons pas d'autres ici, ce lac est devenu dangereux.

Nous prélevons un autre échantillon, le troisième depuis que nous avons quitté le rivage, les mains d'Úlfar tremblent tellement que le tube à essais lui échappe et sombre vers le fond, nous finissons par rebrousser chemin et repartons vers la terre ferme. Je suis soulagée à chaque mètre qui nous rapproche de la rive.

Bon sang, qu'est-ce que c'est que ça ? demande Jóhannes en voyant une grosse moto entrer sur le parking en pétaradant. La police est pourtant censée avoir bouclé tout le périmètre !

Le conducteur pose pied à terre et enlève son casque, il sort un appareil photo de sa sacoche, le place devant son visage, les flashs se succèdent, un, deux, trois, comme autant de cris de joie sur le rivage.

C'est Tómas Adler, reprend Jóhannes, je l'ai rencontré pendant l'éruption de Kerlingargos, il a fait de très belles photos de moi. Et de l'éruption. Je l'ai même invité à mon anniversaire. Anna, tu le connais aussi, non ?

Je suis incapable de dire un mot, assise sur le banc de nage comme une condamnée tandis que la barque s'approche du rivage, impitoyable, mètre après mètre, Tómas abaisse son appareil et me sourit, de son radieux sourire légèrement de traviole.

Bonjour à tous, dit-il dès que notre embarcation touche terre, il s'adresse à tout le monde, mais c'est moi qu'il regarde, il me tend le bras pour m'aider à descendre sur la terre ferme. Je regarde ailleurs, j'ignore cette main tendue et je saute seule sur la rive, les jambes tremblantes. Mes doigts sont douloureux tant je désire le toucher, que diable vient-il faire ici ?

Ouf, c'est une des sorties les plus flippantes que j'aie jamais faites, soupire Úlfar. Une éruption risque de se déclencher sous ce lac d'un instant à l'autre, et quelle pestilence, mon vieux !

Comment t'es-tu débrouillé pour franchir les barrages ? demande Jóhannes. Je croyais que la police ne laissait passer personne à part nous.

Il en faut plus qu'un barrage de police pour m'arrêter, répond Tómas en sortant sa carte de la protection civile de son gilet de sécurité. J'ai réussi à convaincre le chef de la police qu'il fallait documenter les opérations entreprises ici depuis leur commencement, je peux donc entrer dans les périmètres bouclés à ma guise pour prendre des photos.

Ça n'a pas dû plaire à Milan Petrovic, commente Jóhannes. Il s'est opposé à ce que les journalistes puissent franchir ces barricades.

Je viens à mes risques et périls, explique Tómas avec un sourire réjoui. Milan a fini par me dire qu'après tout, si je tenais absolument à tomber dans une faille de lave en fusion, ce n'était pas son problème.

La terre tremble sous nos pieds, tout le monde sursaute, tend l'oreille, mais le séisme se calme, il ne semble pas être le prélude à autre chose.

Nous ferions peut-être mieux d'y aller, s'impatiente Úlfar en balayant les alentours du regard. Cet endroit me fiche la trouille. Et cette odeur de soufre me donne la nausée.

Il a raison, les taux affichés par mon détecteur de gaz ont augmenté. Nous devons quitter la cuvette autour du lac avant qu'elle ne soit envahie de sulfure d'hydrogène et ne se transforme en un piège mortel.

Vous n'avez qu'à y aller, dit Tómas, moi, je vais rester pour prendre encore quelques clichés, les couleurs sont incroyables.

Je le regarde, il est hors de question que je l'abandonne ici avec sa mine réjouie, totalement inconscient du danger qui le cerne. Je suppose qu'il n'a pas eu la présence d'esprit d'emporter avec lui un détecteur de gaz ou une radio Tetra, j'éprouve un besoin désespéré de le protéger, je veux qu'il quitte les lieux, je tiens à le préserver de tout danger.

Nous devons aller prélever des échantillons au lac de Grænavatn, dis-je d'un ton franchement sec. C'est un ancien cratère explosif. Tu es le bienvenu.

Il me regarde, étonné et heureux : Tu veux que je vous accompagne ?

Je me dis qu'il y a là-bas de quoi faire de belles photos. L'eau est, comme tu le sais, d'un beau vert.

Il sourit jusqu'aux oreilles : Gente dame, vos désirs sont des ordres.

Je remonte dans la jeep, nous regagnons la route en surplomb du lac et entrons dans la zone géothermique, Tómas nous suit de près sur sa moto.

Bienvenue dans la cuisine du diable, annonce Jóhannes quand nous descendons de voiture, les panaches de vapeur s'élèvent dans le ciel comme si les sources chaudes et solfatares rivalisaient d'énergie pour percer l'écorce terrestre. Et toi, surveille le gamin, ajoute-t-il à mon intention en me montrant Tómas qui court dans tous les sens, son appareil photo plaqué sur le visage, je préférerais qu'il ne tombe pas dans une marmite bouillonnante, même si ça ferait peut-être rigoler Milan.

C'est incroyable, s'émerveille Tómas en montant sur un gros rocher, la dernière fois que je suis venu ici, l'eau était d'un beau vert émeraude et regarde la couleur qu'elle a maintenant : on dirait l'œil d'un dragon.

C'est vrai, ce lac est très pittoresque, il est maintenant d'un vert toxique, saturé de soufre. Úlfar et Jóhannes descendent prudemment vers la rive, armés de leurs éprouvettes et de leurs détecteurs. À nouveau, la terre se met à trembler. Tómas chancelle sur son rocher.

Attention, dis-je, d'une voix un peu trop forte.

Est-ce qu'une éruption pourrait se déclencher ici, sous nos pieds ? demande-t-il en quittant le rocher d'un bond, le souffle court, frétillant d'excitation.

Oui, ça pourrait arriver même si la dernière remonte à bien longtemps. La plupart des failles éruptives se situent au nord et à l'ouest de l'endroit où nous sommes, là où la lave récente a coulé. Le lac de Grænavatn est en réalité un cratère explosif, il a été formé par une explosion de vapeur il y a environ six mille ans. Il n'a pas généré de grandes quantités de lave, principalement des pierres, de la vapeur et beaucoup de bruit. L'onde de l'explosion a éparpillé du gabbro un peu partout à proximité.

Du gabbro ? Qu'est-ce que c'est ?

Je cherche des yeux un caillou suffisamment lisse, je le ramasse et je le débarrasse de sa poussière.

Ce n'est pas une roche magmatique, mais plutonique. Du basalte, comme la lave, mais d'un type très différent. Regarde comme elle est mouchetée et comme elle a de belles couleurs. Les grains qui la composent sont bien plus gros que dans la banale pierre grise parce qu'elle s'est solidifiée dans les profondeurs de la terre.

Et ces mouchetures, ce sont des minéraux ?

Oui, les blanches sont du plagioclase, un type de silicate, et les noires sont de la magnétite aimantée. Ces cristaux ont eu tout leur temps pour grossir et les minéraux pour atteindre leur maturité dans les entrailles de la terre.

"L'éternité nourrit ses propres profondeurs", murmure-t-il, ému, en scrutant la pierre, puis il lève les yeux vers moi. Tu connais les poèmes de Blanca Andreu, traduits par l'écrivain Guðbergur Bergsson ?

Je secoue la tête : Non, je ne suis pas très portée sur la poésie.

Pas très portée sur la poésie ? Allons donc, que fais-tu de la beauté ? interroge Tómas avant de déclamer :

Me voici à me demander ce qu'il adviendra de ce feu, de sa nuit, de sa cendre.

Je laisse échapper un petit rire dédaigneux.

La beauté ? Elle ne me manque absolument pas. Les sciences en regorgent.

Elles en regorgent ? Tu plaisantes ?

Tu n'as qu'à regarder autour de toi, vois comme le monde est beau. Quelle poésie serait capable de rendre compte du moment où le magma se fraye un chemin dans les entrailles de la terre jusqu'à sa surface ? Regarde ces vapeurs, leur couleur, leur luminosité, sens le sol qui tremble sous tes pieds, quel poème pourrait exprimer tout ça ?

Il secoue la tête. Sans la poésie, nous ne sommes que des animaux privés de raison sur une terre tremblante. C'est elle qui fait de nous des hommes, qui nous offre la transcendance. Elle nous montre la beauté du monde et nous permet de la consigner. Je ne suis pas poète, je ne sais pas écrire, mais j'essaie de concevoir mes photos comme des poèmes. De m'arranger pour qu'elles représentent quelque chose de plus profond que ce qui y figure, j'essaie de dévoiler la beauté qui se cache à l'arrière du monde matériel. C'est ma poésie à moi, lance-t-il en brandissant son appareil vers le ciel.

Et ça, dis-je, en levant moi aussi vers le ciel la pierre que j'ai encore à la main, ça, c'est ma poésie. De la roche sortie des entrailles de la terre. Pour moi, le gabbro, c'est de la poésie, c'est la seule esthétique dont j'ai besoin.

Jóhannes revient, il pose d'un geste brutal son seau rempli d'instruments de mesure et de tubes à essais à côté de nous.

Une éruption se prépare, la terre tremble, et vous restez plantés là à discuter de poésie et d'esthétique ! Anna Arnardóttir, je me demande ce que ton père aurait pensé d'une telle attitude !

Il aurait sans doute dit : Tout ça n'est qu'un ramassis de sornettes. Mais il aurait été d'accord avec moi quant à la beauté du gabbro.

Je ne serai tranquille qu'une fois rentré chez moi à Grafarvogur, dit Úlfar avec un air maussade en s'asseyant dans la jeep. Cette bouche de l'enfer s'apprête à exploser !

Tómas me montre la pierre, il vient de la ramasser par terre.

Je vais garder ce morceau de ta poésie.

Je t'en prie, ne te gêne pas, dis-je en suivant les autres vers la voiture.

Il tend la main, me touche le bras : Anna, attends un peu. Il me regarde, hésitant, puis reprend : J'ai tellement réfléchi à ce qui s'est passé l'autre jour dans mon atelier. Je n'arrête pas d'y penser. J'espère que tu ne le regrettes pas.

Je le regarde sans dire un mot.

Il continue : Je ne sais pas quelle était ton intention, le sens que tu donnes à ce qui est arrivé. Mais pour moi, ça veut dire beaucoup. Il s'est passé quelque chose, j'en suis certain. Nous l'avons ressenti tous les deux, n'est-ce pas ?

Je parviens enfin à retrouver ma langue :

Pas ici, dis-je.

Passe me voir. À mon studio. Maintenant. S'il te plaît.

Je baisse les yeux, il peut interpréter mon attitude de toutes sortes de manières, imaginer que j'acquiesce, que je secoue la tête, que je ne sais pas. Puis je vais m'asseoir dans la jeep avec les autres sans même lui accorder un regard.

Jóhannes et moi ne rédigeons pas notre habituel rapport de terrain sur le trajet du retour. Inspiré par notre conversation sur la beauté et l'esthétique, il déblatère comme un moulin à paroles sur la géologie et la poétique, je garde le silence et j'essaie de maîtriser la joie brûlante et angoissée qui se propage à l'ensemble de mon corps tel un virus. Elle sonne à toute volée dans ma tête, elle fourmille sur mes lèvres, elle me chauffe les joues à blanc et me martèle le cœur, une vague de chaleur m'envahit les doigts et le ventre. J'espère de toutes mes forces que les autres ne voient pas l'état dans lequel je suis, aussi incandescente qu'une boule de feu sur la banquette arrière.

Mais je n'ai aucune raison de m'inquiéter, Úlfar fixe la route en silence, cramponné au volant, la jeep bringuebale sur les cahots, Jóhannes ferme les yeux et entonne à pleins poumons l'ode que le poète Einar Benediktsson a composée à la gloire du volcan Hekla :

Sa cape grise de glace elle jette de ses épaules,
brandissant vers le ciel mille épées de flammes.
Elle décrète, souveraine, le jugement des dieux
d'un regard digne, majestueux, redoutable.
Son sabre s'abat en une gerbe d'éclairs
qui dévorent pâtures et enclos d'un feu clair.
Pour que résonne de l'Islande le cœur de feu.

UN ÊTRE DÉNUÉ DE SENS MORAL PEUT-IL TOMBER AMOUREUX ?

> Un volcan central est un site, le plus souvent une montagne, affecté par une série d'éruptions. Les volcans centraux évoluent au fil du temps, mais on considère qu'ils ont une durée de vie d'environ un million d'années. La péninsule de Reykjanes abrite quatre essaims de fissures dotés chacun d'un système géothermique central spécifique : Reykjanes, Svartsengi, Krýsuvík et le massif de Brennisteinsfjöll. On peut considérer ces essaims de fissures comme des volcans au stade primitif, seules des chaînes de montagnes de basse altitude démarquent la zone de séparation entre les deux plaques tectoniques.
>
> SIGURÐUR STEINÞÓRSSON,
> *Quelle est la différence entre un volcan, un système volcanique et un volcan central ?*
> (Vísindavefurinn, site internet islandais consacré à la science.)

Les éruptions effusives peuvent offrir un magnifique spectacle tout à fait paisible si la lave est émise en quantité modérée dans un endroit bien choisi : des fontaines rougeoyantes d'où jaillissent des gerbes de magma par les évents éruptifs, des coulées qui progressent à travers le paysage, aussi productives et efficaces qu'une équipe de cantonniers allemands. Mais elles peuvent également se transformer en désastres terrifiants comme les Skaftáreldar de 1783, les Feux de la rivière Skaftá, nom islandais de l'éruption du Laki, où la terre a vomi des gaz toxiques et quinze kilomètres cubes de lave, décimant une grande partie de la population. Au début d'une éruption, il est difficile de se prononcer sur le type de phénomène à l'œuvre, de savoir s'il faut vite aller chercher son appareil photo et s'apprêter à déclamer des vers ou s'il vaut mieux prendre ses jambes à son cou.

Or dès le tout début, je me rends coupable d'un impardonnable optimisme, je sous-évalue le risque, je décide de faire confiance au sentiment de sécurité que me procure ma confortable existence routinière. Je me convaincs qu'aucune force naturelle n'a le pouvoir de troubler ma sérénité, de saccager mon joli jardin propret, de consumer les bouleaux arctiques ou d'empoisonner le lac où nage le plongeon huard dans la nuit claire de l'été en portant ses petits sur son dos. Je n'ai pas assez d'imagination pour me représenter ma maison transformée en un champ de ruines, le parquet en chêne cérusé calciné, les meubles danois noircis et carbonisés.

Aurais-je pu empêcher ça, préserver notre existence heureuse et sans accrocs de ce cataclysme ? Je l'ignore. Tout ce que je sais, c'est qu'au début, je suis convaincue de maîtriser la situation. Persuadée d'être confrontée à un problème mineur, intéressant, et de disposer de tous les outils pour le régler : l'expérience, mes connaissances et toute l'étendue de ma raison. C'est cela, un problème passionnant, et je suis exaltée à l'idée de le résoudre, de l'examiner sous tous les angles, de recourir aux techniques scientifiques qui ont fait leurs preuves pour le décomposer et analyser chacune des parties qui le constituent. Je suis et je demeure une scientifique jusqu'au bout des ongles. Et voyez, la vérité et la méthode scientifique vous libéreront de vos chaînes et entraves !

Oh, ce que je peux être simple ! Simpliste, idiote et ignorante des forces auxquelles je me frotte, comme une gamine qui s'amuse avec une arme de destruction massive. J'avance, armée de mon optimisme et ma curiosité enfantine, le cœur battant, l'œil qui brille, je relève le défi, je me laisse tenter, j'accepte l'invitation de Tómas Adler et je lui rends visite dans son atelier. Debout l'un face à l'autre, nous échangeons un regard, il tend la main vers moi, me caresse le visage, fait glisser son pouce sur mes lèvres puis les embrasse. C'est un baiser qui n'a rien de familier, il est intense, violent, le plaisir qu'il me procure me terrifie et me désarme.

Nous faisons l'amour sur son canapé-lit, avec fougue, comme deux êtres qui se noient. Des feux se consument dans les profondeurs de la terre, mon univers est sur le point de s'effondrer et je ne soupçonne même pas le danger tant je suis obsédée par ma passion égoïste. Mon corps vibre de nouveaux plaisirs, plus rien n'existe en dehors de mon amant. C'est une terre étrange et inexplorée dont je me gorge, ivre de son corps, de sa peau, de son odeur, je sanglote d'une extase aussi physique qu'inattendue.

Ensuite, nous restons allongés, le souffle court, angoissés, dans les bras l'un de l'autre, nos jambes sont enchevêtrées et mon étonnement sincère : est-ce donc ça, l'amour ? Je m'étais persuadée qu'il s'agissait uniquement d'une forme de sensiblerie boursoufflée, d'une espèce de houle qui se déverse sur des individus faibles à l'imagination malade. Et me voici allongée là, sur ce canapé-lit taché, nue, épuisée, totalement vaincue, extatique, coupable et angoissée, cinq appels manqués sur mon téléphone, deux d'entre eux proviennent de la Météo nationale, deux autres de mon mari et le cinquième de Salka.

Je repose mon téléphone, je me relève, les jambes flageolantes, et je ramasse mes vêtements, j'attrape ma culotte, mes mains tremblent tellement que j'arrive à peine à remettre mon soutien-gorge, comme si j'étais en crise de manque, la volupté retombe comme une ivresse.

Tómas tend la main et caresse la mienne, ses yeux verts comme de l'olivine semblent couverts de rosée.

Ça va ? Tu es triste ?

Non, je suis quelqu'un de trop affreux pour ça. Je suis un être dénué de morale.

Je t'aime, répond-il. Même si tu es amorale. Tu veux m'épouser ?

Je suis mariée, ne l'oublie pas. J'ai un époux. Et une famille.

Mais tu m'aimes aussi. Tu l'as dit. Ça doit bien changer quelque chose ?!

J'avale ma salive, j'ai l'impression d'avoir une grosse pierre coincée dans la poitrine, un poing brandi à la place du cœur.

Non, ça ne change rien. Pas en ce qui concerne mon mariage.

Anna, mon amour.

Il lève les yeux, triste et vulnérable, je baisse les miens, incapable de soutenir son regard.

Je dois y aller.

J'enfile mes chaussures, je remets ma veste, je m'immobilise un instant avant de franchir la porte.

Ne m'appelle pas. Ne m'écris pas. S'il te plaît. Faisons comme si tout cela n'était jamais arrivé.

POULET AU FOUR, APOCALYPSE

Un souvenir (imprécis)
un cauchemar
de longue date oubliés :
Une montagne a englouti un homme

INGIBJÖRG HARALDSDÓTTIR,
Magma.

Il semble ensuite que la vie continue, exactement comme si elle n'avait pas pris fin. La voiture démarre, les rues sont à leur place habituelle, la clef de la maison entre dans la serrure comme s'il n'était rien arrivé. Je pose mes chaussures pointe vers l'avant sur la grille à chaussures, je mets les lacets à l'intérieur, je range ma veste dans la penderie, je vais dans la cuisine où mon mari coupe un oignon tout en écoutant les informations à la radio. Il affiche un sourire en me voyant. Tu as passé une bonne journée, ma chérie ?

Et je ne lui dis pas la vérité. Je ne lui dis pas que le monde s'est effondré aujourd'hui, que la vie telle qu'il la connaît n'existe plus, que je l'ai transformée en mensonge. Je me contente d'écarter la commissure de mes lèvres et de montrer mes dents, ce qui est censé être un sourire.

Je mens lorsque j'approche ma tête de la sienne pour lui déposer un baiser sur la joue, je le laisse m'étreindre, me prendre par la taille, je sens son parfum familier qui se mêle à l'odeur de l'oignon, j'apprécie tellement Kristinn. Et pourtant, je continue à être ailleurs, dans cette autre vie, cette nouvelle vie : je sais que l'ancienne a pris fin, que le monde a cessé d'être ce qu'il était, qu'il n'est plus qu'une coquille friable et desséchée.

Oui, ça a été, dis-je d'une voix presque parfaitement normale. Nous sommes allés à Krýsuvík pour voir s'il se passe quelque chose là-bas.

Il affiche une mine inquiète.

J'espère que tu es prudente. Il ne risque pas d'y avoir une éruption d'un moment à l'autre ?

Non, pas tout de suite. Ne t'inquiète pas pour moi, je sais ce que je fais.

Je l'espère. Mais fais attention. Tes collègues perdent parfois toute faculté de jugement.

Tu me connais, je ne prends aucun risque.

Je sais, mon amour. Je te fais entièrement confiance. Tu n'irais jamais prendre des décisions déraisonnables. Mais je tiens à toi, je ne voudrais pas que tu tombes dans une de ces failles. Je ne sais pas ce que je ferais sans toi.

Il me serre dans ses bras et dépose un baiser qui claque sur mon front.

Ma vaillante épouse, je suis tellement fier de toi. Tiens, prends donc un couteau, il faut éplucher ces pommes de terre et les couper en morceaux.

Je me lave les mains, j'enfile un tablier et je me poste à côté de lui devant le plan de travail, les couteaux tapent en cadence sur les planches à découper, clac, clac, clac. Nous coupons les pommes de terre, les oignons, les carottes, le fenouil et le céleri, nous pelons les gousses d'ail, cueillons un peu de thym et de romarin sur les pieds que nous gardons ici dans leurs pots, pressons un citron, râpons le zeste, assaisonnons le poulet avant de le déposer sur le lit de légumes, puis nous le mettons au four, nous n'avons pas besoin de la recette, nous la connaissons par cœur.

Au fait, annonce-t-il en se frappant le front du plat de la main. J'ai oublié de te dire que la photo de ce gars est arrivée ce matin. Il l'a fait livrer en taxi.

Ah bon, dis-je d'une voix fluette, étranglée.

Viens voir, elle t'attend.

Nous allons dans le salon, il retire l'épais papier kraft qui la protège. La pose sur le mur et la regarde, réfléchit, puis se tourne vers moi avec un sourire.

Elle est superbe, Anna. Elle ira très bien ici. Sa taille est idéale pour le grand mur du salon. Ce type est drôlement doué !

Je devrais dire quelque chose ou mourir, me changer en statue de sel et attendre d'être dispersée par le vent, mais je me tais, j'affiche un sourire figé, légèrement de traviole : Oui, elle n'est vraiment pas mal.

Il va chercher sa perceuse, son mètre de menuisier et son niveau, trace des marques au crayon sur le mur et la fixe, solennel, habile de ses mains qu'il pose ensuite sur mes épaules pour contempler, satisfait, le fruit de son travail.

Ce qu'elle est belle, se réjouit-il en m'embrassant sur le front, puis il retourne dans la cuisine et commence à mettre la table.

Je reste plantée là à contempler la photo, elle mesure un mètre cinquante de hauteur et autant en largeur, le panache de l'éruption de Kerlingargos est imprimé sur une toile tendue dans un cadre en bois. Voilà, Tómas arrivé sur le mur de mon élégant salon, un nuage de cendre anthracite et destructeur plane au-dessus de mon canapé, je hais cette photo de toute la traîtrise de mon cœur attristé, j'aurais tellement envie de la tailler en pièces, de piétiner les morceaux et de les balancer dehors à coups de pied.

Pourtant, je m'en abstiens.

Deux femmes cohabitent désormais en moi. La première va et vient dans la maison comme avant, elle ramasse les chaussettes qui traînent par terre, change les serviettes dans la salle de bains, caresse les cheveux de sa fille en lui demandant si elle ne devrait pas faire ses gammes au piano, écoute son mari lui parler de son travail, du procès qu'il craint de perdre en cour d'appel ; la seconde est couchée dans les bras d'un autre homme sur un canapé-lit miteux, leurs lèvres se touchent, il lui caresse la joue, elle ferme les yeux, elle sourit, son cœur exulte en même temps qu'il se brise sous le poids de la tristesse.

Je t'aime, murmure mon mari en essuyant la table, je t'aime, susurre cet autre homme que j'aime en m'embrassant dans le cou, je t'aime depuis le premier instant, je suis tombé amoureux de toi dès que je t'ai vue dans l'hélicoptère.

Je marmonne à ma seule intention : Tu es une apocalypse, tu détruis tout. Mon mari tourne la tête : Pardon ?

Ce ne serait pas l'apocalypse si tu perdais ce procès, dis-je, séparant en vitesse mes deux univers, je redeviens sa femme, je fais comme si la vie continuait.

D'ailleurs, il faut simplement qu'elle continue. C'était un moment d'égarement, un accident, un petit accroc honteux dans un mariage heureux. Je ne verrai plus jamais Tómas Adler, plus jamais je ne lui permettrai de me troubler. Je vais isoler cet événement quelque part dans un coin de ma tête, l'enfermer à double tour dans un compartiment de mon cœur. Mes sentiments sont déraisonnables, irresponsables, or je suis une personne adulte et responsable, je prends des décisions moralement irréprochables.

J'aime ma famille, mon mari, ma maison. Je suis heureuse. J'ai une existence confortable. Je ne laisserai rien détruire tout ça. Pas même l'amour.

UN DAMASSÉ DE SOIE SIX CENTS FILS

Je me réveille en sursaut, elle me caresse les cheveux, son doigt glisse sur ma joue. Assise au bord du lit, elle sent la cigarette, je reconnais son parfum sucré, patchouli et bois de santal, je distingue son sourire dans la nuit : une terreur incontrôlable m'envahit.

Qu'est-ce que vous faites, dis-je, suffocante, en m'asseyant dans le lit. Je remonte ma couette jusqu'au menton. Vous allez réveiller mon mari !

Ne vous inquiétez pas, murmure-t-elle. Il a fait ses quatre-vingts kilomètres à vélo hier soir, il dort du sommeil du juste tandis que vous n'arrivez pas à trouver le repos.

Elle caresse ma couette, tripote la couture, inspecte les alentours, ses dents scintillent.

Tout est tellement chic dans votre maison, murmure-t-elle. Épuré et élégant. Un damassé de soie six cents fils sur le lit, matelas à mémoire de forme et sommiers réglables, ce magnifique rideau occultant – tout est absolument parfait.

Elle glisse sa main sous ma couette et me pince la cuisse, violemment : Il manque tout de même quelque chose, n'est-ce pas ?

Hors de moi, je quitte le lit, j'enfile ma robe de chambre, je sors, je gravis l'escalier où je me perds en jurons, je vais jusqu'à l'entrée et j'ouvre la porte.

Dehors ! Allez, sortez de chez moi immédiatement ! Je ne rigole pas, foutez-moi la paix !

Elle avance d'un pas nonchalant le long du couloir avec ses bottes en cuir à lacets, sa robe rouge sous sa veste en fourrure synthétique. Elle allume une cigarette, aspire la fumée, me toise par-dessous ses épais sourcils bruns, un sourire moqueur sur les lèvres.

Alors, vous avez pris une décision ?

Elle s'approche, elle est presque collée à moi, ses yeux se consument, elle a les seins aussi durs que des obus, ses dents acérées et jaunes luisent dans sa bouche grimaçante, je n'arrive plus à respirer. Elle me bouscule pour sortir dans la nuit claire de l'été, je me réveille en tremblant comme une feuille dans mon lit, je suis en nage, hors d'haleine après mon cauchemar. Mon mari murmure dans son sommeil, il pose son bras sur moi, je reste immobile, j'essaie de reprendre le contrôle de mon souffle et de maîtriser ma peur panique.

Cette femme est partie, pourtant, elle est partout, on dirait qu'elle s'est installée à l'intérieur des murs, il me semble que ses yeux m'observent depuis le fond des miroirs, que toute la maison bouge et respire avec elle.

AIMER SIGNIFIE VIVRE DANS LA PEUR PERMANENTE

À : tomas.adler@gmail.com

De : anna.arnardottir@hi.is

Objet : RE : Photo n° 13 de l'éruption de Kerlingargos

Il faut qu'on mette fin à ça. Je ne peux pas te revoir.

J'ai un mari adorable et une famille, je les ai trahis, je me suis comportée comme une irresponsable. Je refuse de mettre notre bonheur en péril.

Si je t'ai donné une raison de croire que nos relations étaient d'une autre nature, je m'en excuse : il ne s'agissait pour moi que d'un moment de distraction, d'un acte irréfléchi qui est hélas allé beaucoup trop loin.

Je t'en prie : ne m'écris pas, ne m'appelle pas, n'essaie pas de reprendre contact.

Anna

Les six essaims de failles sont cerclés de rouge sur la carte géologique du Sud-Ouest de l'Islande, placardée au-dessus de mon bureau. Ces fissures sont représentées par les lignes courtes et parallèles, orientées vers le nord-nord-est : elles partent de la pointe de Reykjanestá et se prolongent jusqu'au lac de Þingvellir, ces zones boursouflées, cicatrices colériques à la surface du pays, se concentrent en essaims, et sont séparées les unes des autres par des zones vierges de toute déchirure. C'est sur elles que je concentre mon attention, je prends une profonde inspiration et je ravale les sanglots qui me nouent la gorge, je ne vais pas pleurnicher, pas ici, pas au travail, sur cette histoire imbécile. Je ferme les yeux, je serre les dents et j'appuie sur le bouton *Envoyer*, expédiant ce message ignoble, puis j'ouvre mon téléphone d'une main tremblante, je cherche son nom : Tómas Adler, photographe. Je bloque son numéro, je le supprime du répertoire, je l'efface de ma vie.

Voilà. C'est terminé.

Je me force à ouvrir les fichiers des dernières données sismiques, une fois encore. Le travail est salutaire et la science devrait constituer le remède infaillible pour me soigner de cette tristesse irrationnelle, mais aujourd'hui, tout déraille. Le programme recoupe les données sismiques avec celles transmises par les satellites, il calcule les tensions affectant l'écorce terrestre et, dans des circonstances normales, la modélisation devrait nous indiquer l'emplacement où le magma s'accumule sous la surface, mais voilà, ces chiffres ne se comportent tout simplement pas comme ils le devraient. La terre se soulève puis s'affaisse, elle ondule ensuite ailleurs et, concomitamment, à l'autre extrémité de la péninsule, comme si un monstre gigantesque se gondolait par en dessous, soulevant plusieurs zones chaque fois qu'il roule et se déroule. Les conclusions sont illogiques, c'est à vous rendre fou.

Je secoue la tête, excédée, à deux doigts d'abandonner. Chaque fois qu'un motif précis semble prendre forme, j'ai le souffle coupé, persuadée que c'est bon, que ça y est, j'ai enfin repéré l'emplacement de cette intrusion de roches magmatiques, mais voilà alors que la boursoufflure dégonfle, le sol s'affaisse sur la zone en question, puis un autre gonflement apparaît au sein d'un autre système volcanique, ailleurs sur la péninsule. Nous sommes convaincus d'avoir affaire à un enchaînement d'événements comparables à ceux qui ont précédé l'éruption de Krafla, mais la péninsule de Reykjanes refuse de se plier à cette hypothèse pourtant argumentée, elle refuse de se laisser contrôler, notre modèle de calcul est défaillant.

Tout autant que moi, tristesse et culpabilité me submergent et biaisent toutes mes pensées, elles écartent mon esprit de la voie de la raison et le conduisent dans d'inconnus marécages où je me perds, elles le plongent dans des ornières où rêves et obsessions s'enchevêtrent, il faut que je me débarrasse de ces inepties, que je me concentre sur l'amélioration de notre modélisation.

J'entends quelques petits bruits doux, comme étouffés, sur l'ordinateur, mon cœur tressaille, la joie m'envahit l'espace d'un instant, aussitôt remplacée par l'angoisse. Une enveloppe fermée apparaît sur l'écran, un message de Tómas Adler, je la regarde, hésitante, puis je serre les dents, j'attrape la souris, je mets le mail à la corbeille sans l'ouvrir, et je bloque l'adresse. Je charge le filtre antispam d'éjecter cet amour de ma vie.

Le désespoir se déverse sur moi comme une onde de choc, je me lève d'un bond, je fais les cent pas dans mon bureau, les bras animés de gestes convulsifs, je me berce comme on berce un enfant, je lutte contre les larmes. Mon désir pour cet homme est une addiction, aussi diabolique que celle engendrée par une drogue dure, je dois simplement m'arranger pour tenir bon les premiers jours, ensuite, je serai libérée. Il faut juste que je me concentre sur autre chose en attendant.

Campée devant le miroir, je m'observe dans la glace piquetée. L'amour me ronge comme une maladie : mes pommettes saillent sous la peau, j'ai les yeux plus grands et plus sombres qu'à l'accoutumée, ils ressemblent à deux trous abyssaux sous mes cheveux bruns qui se mettent à tomber par mèches entières qui atterrissent sur les feuilles de papier blanc de mon bureau. La femme dans la glace pourrait être ma mère, tannée par la cigarette, la solitude et la poésie. Je caresse mon visage aux traits tirés et mon cou, je passe une main sous mes vêtements, je me tiens le ventre. Il a abrité deux êtres magnifiques et en bonne santé, mais aujourd'hui, il est aussi fin et plat que la membrane d'un tambour, tendu entre les os de mon bassin, tellement plein de désir, d'angoisse et de mauvaise conscience que je ne peux rien avaler. Je soulève mon chemisier et je m'examine dans le miroir, les fines vergetures forment un filigrane autour de mon nombril. Lorsqu'elles sont apparues, elles étaient rouges et en relief, mais avec le temps, elles sont devenues grisâtres comme du spath d'Islande. Je me tourne pour les observer, elles forment des lignes verticales parallèles autour de ma taille comme une ceinture d'argent. Elles sont là depuis si longtemps que je n'y prête même plus attention. Presque vingt-cinq ans, assez pour élever deux enfants, finir mon doctorat et faire une brillante carrière universitaire, jusqu'à la bonne quarantaine. Au début, ces vergetures ont été source d'étonnement et d'angoisse, cela me semblait déjà assez étrange de voir mon corps gonfler pour ne pas avoir en plus à supporter ça, je me trouvais déjà assez difforme. En outre, je ne ressentais pas la moindre connexion avec le phénomène qui s'était installé dans mon corps, qui s'y développait, prospérait et me boursoufflait en laissant ces affreuses marques rouges comme s'il avait l'intention de crever ma peau pour sortir de moi. J'étais devenue une enveloppe enserrant un autre être qui allait faire exploser mon corps pour venir au monde.

En fait, il m'a toujours été étranger, ce corps. Au mieux, je l'envisageais comme une structure bien pratique, un édifice dont la fonction se résumait à celle de soutenir ma tête. Je me considérais comme une intellectuelle, je lisais, je pensais, j'analysais, je traversais mon univers, armée d'informations, de raison, de faits, d'arguments, et j'ai reçu un choc quand mon corps s'est transformé à l'adolescence en faisant de la gamine studieuse et décharnée que j'étais une cible mouvante dotée de seins, d'une taille et de hanches. J'étais toujours aussi surprise d'être cette femme-là lorsque j'apercevais mon reflet dans une glace. Les regards libidineux des hommes me semblaient être autant d'insultes, j'avais l'impression que mon corps se dressait entre eux et mon intelligence.

Puis cette petite étincelle s'est allumée au fond de moi et a commencé à se diviser, une, deux, trois fois, sans que je soupçonne ce qui m'attendait.

Quelle est la pire chose qui pourrait arriver ? m'a demandé Kristinn cette année-là sur le canapé, avant de m'ôter de la bouche ma dernière cigarette pour l'éteindre dans le cendrier. Qu'est-ce que tu as à perdre ?

Évidemment, le pire qui aurait pu arriver, c'eût été d'être comme ma mère, j'étais terrifiée à l'idée qu'elle ait raison, à l'idée de lui ressembler, d'être incapable d'aimer. Je craignais de repousser mon enfant comme elle m'avait repoussée. Je n'en ai pas parlé, je n'ai pas offert au futur père la possibilité d'accéder à ce recoin ténébreux de mon cœur, je me suis contentée de le regarder en hochant la tête : Oui, je vais y réfléchir.

Et j'y ai réfléchi lorsque mon corps m'a privée de mon pouvoir, lorsqu'il a gonflé et exigé des épinards, des poires, des pistaches, lorsqu'il passait son temps à vomir, à déclencher mes larmes, à me faire grimacer, à m'ôter le sommeil : il n'écoutait aucun argument. J'ai étudié l'électromagnétisme et la physique mécanique entre deux vomissements dans la cuvette des toilettes, j'ai essayé d'apprendre à penser comme une scientifique au moment où mon corps prenait le contrôle en faisant de moi une génisse sur le point de vêler.

La marche triomphale de la chair a atteint son point culminant au moment de l'accouchement, lorsque cette machinerie automatique et productive a déposé ma progéniture sur le tapis roulant ensanglanté et visqueux de la chaîne de la vie. Quatre kilos, un beau petit garçon, je l'ai tenu sur ma poitrine, j'ai regardé son minuscule visage, ses doigts, le duvet encore collant de liquide amniotique sur sa tête, et les larmes se sont mises à ruisseler sur mes joues. Je l'aimais, oh, mon Dieu, comme je l'aimais, comme j'étais soulagée de sentir cet amour écrasant se déverser sur moi et, en même temps, me paralyser, m'emplir de désespoir. Comment allais-je réussir à élever ce minuscule être humain et le protéger d'un monde aussi effrayant ?

Je pleurais parce que l'amour est la chose la plus grandiose et la plus terrible qui puisse nous arriver, il met le monde sens dessus dessous, il nous prive de notre assurance et de notre intrépidité, c'est une faille qui s'ouvre sous nos pieds, un gouffre sans fond où n'existe que la terreur de perdre celui que nous aimons. Assise, en larmes, avec mon bébé sur la poitrine, j'ai compris une chose : Aimer signifie vivre dans une peur permanente.

Je caresse mon ventre du bout des doigts en regardant la carte sur le mur. Je pense à ces essaims de fissures et à ma ceinture argentée de vergetures, à la vie qui ondule sous la surface et tout à coup, j'ai l'impression d'avoir une révélation, un éblouissement qui m'aveugle, c'est évident, pourtant je me dis que ce n'est pas possible. Cette idée s'oppose à toutes les lois logiques.

Je rentre mon chemisier dans mon pantalon, j'ouvre la porte d'un coup sec pour appeler Elísabet : Ebba, j'aurais quelques mots à te dire !

Elle arrive, elle plisse les yeux d'un air inquiet : Il est arrivé quelque chose ?

Je viens d'avoir une idée complètement saugrenue. C'est sans doute une fausse piste, mais j'ai besoin de t'en parler.

Dis-moi.

Imaginons que – j'hésite, je fais de mon mieux pour exprimer l'image limpide qui a germé dans ma tête –, imaginons que l'ensemble de nos connaissances concernant la péninsule de Reykjanes soient fausses.

Comment ça ?

Imaginons qu'elle n'abrite pas plusieurs petits systèmes volcaniques comme nous l'avons toujours cru. Imaginons qu'en réalité, elle n'abrite qu'un unique et vaste système doté de plusieurs sorties. Et que cela explique ce comportement étrange, ces déplacements de magma entre les systèmes, que cela explique pourquoi nous ne réussissons pas à trouver cette chambre magmatique.

Ebba me regarde comme si j'avais perdu la raison, je m'assieds en vitesse sur mon fauteuil et j'affiche sur mon ordinateur la carte en trois dimensions de la péninsule.

Nous cherchons à localiser des intrusions de roches magmatiques sous chacun de ces systèmes. Mais imaginons qu'il y ait une immense chambre magmatique située ailleurs, comme c'est le cas sous le volcan Krafla, à une plus grande profondeur, disons, à dix kilomètres. Et qu'elle dispose de plusieurs… artères qui… déboucheraient chacune sous un système, et que le magma monte tour à tour dans chacun d'eux. Comme dans les mamelles d'une vache dont les pis représenteraient alors les différents systèmes volcaniques de Reykjanes.

Les pis d'une vache ? Tu es sérieuse ? demande Ebba en me toisant d'un air inquiet. C'est en contradiction avec tout ce que nous savons de la péninsule. Tout le monde sait qu'elle abrite plusieurs systèmes volcaniques clairement distincts et que lorsque l'un d'eux entre en éruption, il n'y a pas d'éruption dans les autres. Aucun ne constitue un volcan suffisamment abouti pour être doté d'une chambre magmatique.

Je sais, dis-je en me frottant le front. C'est juste une idée qui m'est venue comme ça. C'est peut-être une idiotie. Mais je ne comprends pas ce qui se passe ! Tout indique qu'une éruption se prépare : l'activité sismique, l'activité géothermique, les soulèvements et les affaissements, mais nous sommes incapables de trouver le bon endroit et de localiser l'intrusion magmatique.

Ebba hausse les épaules : Dans ce cas, l'hypothèse formulée par l'Institut de prospection d'énergie est peut-être plus probable. D'après eux, ces soulèvements et affaissements sont engendrés par des modifications dans le système géothermique, et non par une intrusion magmatique, dit-elle.

L'Institut est obsédé par la géothermie. Leurs scientifiques ne démordraient pas de leurs hypothèses même si un volcan entrait en éruption sous leur nez. L'ensemble de la lave qui a coulé sur la péninsule après le retrait des glaces du Quaternaire est du même type. Ce n'est que du basalte, il pourrait très bien provenir d'une seule et même chambre magmatique.

Mais Anna, il n'y a pas un gramme de roche felsique sur la péninsule, il faut aller jusqu'à Hengill pour en trouver. Et dans une chambre magmatique, la roche felsique s'acidifie.

Je sais bien. Tu n'as pas besoin de me le dire.

En outre, l'épaisseur de l'écorce terrestre sous la péninsule ne dépasse pas dix kilomètres, où donc prévois-tu d'installer ta mystérieuse chambre magmatique ?

Personne ne connaît exactement l'épaisseur de la croûte terrestre sous la péninsule. Les théories sont aussi nombreuses que les scientifiques qui l'ont étudiée.

Peux-tu échafauder une théorie sur des indices aussi vagues ? Est-ce que tu es capable de prouver tout ça par des calculs ? Et de mettre à jour notre modèle ?

Je secoue la tête : Non, notre modèle ne le permet pas. Aucun modèle ne pourrait rendre compte de cette idée, à moins que nous ne changions tous les paramètres, tout ce que nous savons de l'activité volcanique en Islande. C'est juste une intuition qui m'est venue subitement, comme ça. Je comprends bien lorsque j'en discute avec toi qu'il y a peu de chances qu'elle soit justifiée.

Elle me regarde, interloquée : Une intuition ?

S'il te plaît, ne dis ça à personne. J'aurais honte de moi si ça venait à se savoir. Ce n'était qu'une idée saugrenue.

Ebba hausse les épaules : Au contraire, ce serait une bonne idée d'en discuter, d'essayer de faire les calculs, sans doute que ça nous aiderait à y voir plus clair. Tu pourrais peut-être soumettre l'idée aux membres du Comité consultatif pour voir ce qu'ils en pensent ?

Pour qu'ils me rient au nez ? Non. Elísabet, je te demande simplement de n'en parler à personne. Nous devons avoir à l'œil chacun de ces systèmes. Nous devons renforcer notre surveillance, guetter chaque endroit où une éruption risque de se déclencher. Cela pourrait arriver n'importe où.

Mais imaginons que tu aies raison, répond-elle, pensive, imaginons que ce… que ton intuition soit la bonne, cela signifierait que les systèmes de la péninsule sont beaucoup plus imprévisibles que nous l'avons toujours pensé.

Je t'en prie, oublie ça, dis-je. Oublie que je t'en ai parlé. Ce n'est qu'une idiotie dénuée de tout fondement scientifique, il n'y a aucun calcul pour la prouver, elle n'est fondée que sur du vent.

Beaucoup plus imprévisibles et donc, beaucoup plus dangereux.

Elísabet Kaaber, dis-je, motus et bouche cousue ! Sinon, je ne t'adresse plus jamais la parole.

Note explicative VII
KRAFLA 1975-1984

Il est pour ainsi dire indubitable que les soulèvements et affaissements de terrain observés dans le périmètre du volcan Krafla résultent de migrations magmatiques. Les fluctuations de gravité alliées aux mouvements horizontaux exigent un déplacement de matière d'une densité au minimum équivalente à celle du magma.

BRYNDÍS BRANDSDÓTTIR
ET PÁLL EINARSSON,
Activité sismique liée aux soulèvements du sol aux abords du volcan central de Krafla,
revue de volcanologie et d'études géothermiques, 06/1979.

Les éruptions ne se produisent pas comme par enchantement, sans signes avant-coureurs ni alertes préalables. Elles sont toujours le fruit d'une gestation, d'une chaîne de causalité précise et logique. Chacune d'elles est engendrée par un ensemble de circonstances à l'œuvre sous l'écorce terrestre. Le rôle de la volcanologie est d'analyser ces circonstances, d'interpréter les indices et d'essayer d'anticiper les événements qui se préparent. L'emplacement où adviennent lesdits événements est d'une importance capitale.

Juste avant Noël 1975, une éruption s'est déclenchée sur le mont Leirhnjúkur, à proximité du volcan Krafla. Elle n'a duré qu'une vingtaine de minutes puis s'est interrompue, ne laissant derrière elle que quelques solfatares bouillonnantes à l'odeur putride qui projetaient çà et là des pierres dans les airs. Le géologue Sigurður Þórarinsson en a reçu une sur la tête qui l'a légèrement assommé. Après l'accident, il était furieux à l'idée qu'on aurait pu se souvenir de lui comme de l'homme ayant perdu la vie pendant la plus petite et la moins remarquable des éruptions de l'histoire islandaise.

Il était anéanti, disait mon père, le corps secoué par les quintes de rire. C'est après ça que nous avons pris l'habitude de mettre des casques.

L'éruption la plus modeste et moins intéressante de l'histoire islandaise s'est révélée par la suite n'être que le commencement de celle baptisée Kröflueldar, Feux du volcan Krafla, qui a duré pendant presque dix ans avec quelques moments de répit. Elle n'a pourtant eu qu'un impact très limité sur la vie quotidienne de la nation. Krafla se trouve comme on dit *in the middle of nowhere*, au milieu de nulle part, la population s'est donc vite accoutumée à ce que ce trou loin de tout soit perpétuellement en flammes. La lave a recouvert les pâturages de quelques fermes dans la région du lac Mývatn, les coulées ont perturbé la construction d'une centrale géothermique – pendant le troisième épisode éruptif, en septembre 1977, une remontée de magma a endommagé un des forages de la centrale de Bjarnarflagsvirkjun qui s'est alors transformé en cheminée de l'enfer éjectant sa lave incandescente à une hauteur de plusieurs mètres, c'est en tout cas ce qu'on imagine puisqu'aucun témoin oculaire n'était présent sur les lieux pour en attester. Cette éruption-là avait débuté à neuf kilomètres plus au nord, sur le site du Krafla lui-même. Tout le monde, géologues, paysans, ouvriers et filles de ferme, s'était précipité vers le volcan pour admirer le sublime spectacle qu'offrait la petite éruption proprette d'une durée de quelques heures. Tandis que tous contemplaient le feu d'artifice, la quasi-totalité du magma s'était déplacée vers le village et avait engendré une éruption bien plus puissante juste en contrebas de la centrale géothermique.

Nous ne pouvions pas être plus à côté de la plaque, disait mon père en curant sa pipe avec son canif. Toute l'équipe était montée sur le Krafla et avait déserté le centre de surveillance installé à l'hôtel Reykjahlíð. C'est l'hôtesse, une fermière prénommée Guðný, qui nous a alertés. Au moment où l'éruption a débuté, elle faisait frire des bugnes dans la cuisine quand ses enfants qui jouaient au sous-sol sont montés la prévenir que les sismomètres étaient complètement affolés, ces gamins étaient loin d'être idiots ! Quant à nous, je me demande à quoi nous pensions, ajoutait-il en secouant la tête. En tout cas, ça nous a donné une bonne leçon. Vois-tu, les volcans sont capables de tout. Le fait qu'il y ait une éruption à un endroit n'exclut pas qu'il en apparaisse une autre ailleurs.

J'avais à peine cinq semaines au début des Feux du Krafla, mes parents avaient fait d'une pierre deux coups en me baptisant Anna, à la fois en l'honneur de ma grand-mère paternelle et d'Anna Akhmatova, poétesse préférée de ma mère. Mon père était un homme de sa génération, il était parti dans le Nord de l'Islande pour faire ses recherches, laissant derrière lui femme et enfant. Il a été le premier à émettre la théorie de l'action de la dérive océanique dans la région du Krafla, il a décrit les soulèvements et affaissements du terrain, ses glissements, ses tremblements et ses déchirures en série, les flux de lave qui remontent du manteau et emplissent le réservoir magmatique dans l'écorce terrestre dont ils s'échappent par intermittence. Ses descriptions sont succinctes et factuelles, mais aujourd'hui, lorsque je lis ces textes, j'ai l'impression qu'il décrit un corps : une terre vivante, qui saigne et qui respire. Je m'attarde sur les tableaux qui accompagnent les conclusions qu'il tire de ses mesures et je perçois clairement les pulsations permanentes du sang lorsqu'il entre et sort du cœur, je sens les artères qui se dilatent et se contractent.

Le message qu'avait reçu mon père était arrivé par le biais du seul téléphone existant dans les environs, celui de la salle de contrôle de la centrale géothermique de Krafla, quelques semaines après la première éruption. Une partie de son contenu s'était évaporée en chemin vers le cratère du mont Leirhnjúkur où il travaillait : quelque chose de grave était arrivé dans sa famille à Reykjavík, une maladie, un accident, et personne ne décrochait à son domicile. Il avait pesté, il avait hésité, il s'était trituré les méninges, le combiné à la main, puis avait fini par comprendre qu'il devait abandonner son cher Krafla et rentrer à la capitale. Je ne saurais dire quelles pensées l'ont traversé pendant le trajet en jeep jusqu'à l'aérodrome d'Aðaldalur où l'attendait un avion de ravitaillement, je suppose qu'il a médité sur les avantages et inconvénients du célibat comparés à ceux de la vie conjugale et sur les problèmes qu'engendre le fait de devenir père à plus de cinquante ans. En tout cas, il est revenu en avion à Reykjavík et m'a retrouvée, saine et sauve, endormie sur un fauteuil chez Solveig, notre voisine du dessous. Ma mère avait été hospitalisée en psychiatrie.

Elle n'avait pas supporté l'accouchement, m'a plus tard dit mon père d'un air confus. Ce n'était pas ta faute, ma petite. À l'époque, on considérait qu'il n'était pas souhaitable de rendre visite aux gens hospitalisés, surtout s'ils étaient internés dans ce type de services.

Il n'aimait pas vraiment évoquer ces choses-là, mais j'ai tout de même compris ça : lorsqu'il est allé la chercher à l'hôpital de Kleppur, elle était partie, elle avait simplement mis ses vêtements dans sa valise et ses livres dans un carton, elle avait loué une chambre dans une pension et acheté un billet d'avion pour Stockholm d'où elle a pris, quelques jours plus tard, un ferry pour Leningrad. Lorsqu'elle est rentrée en Islande, je venais de fêter mes cinq ans.

Il m'arrive de méditer sur cette question : mes deux parents m'ont en réalité abandonnée pendant les premières semaines de ma vie. Mon père l'avait fait en prenant pour prétexte la distribution alors communément admise des rôles sociaux masculins et féminins, ma mère en perdant la raison. Elle m'a cependant rendu le service de ramener mon père à la maison, de le forcer à endosser une responsabilité qu'il a sans doute considérée comme aussi ridicule que si elle lui avait demandé de se mettre à pondre des œufs. Solveig, puis une longue série de gouvernantes et de nourrices l'ont aidé à m'élever, mais il était mon soleil, il constituait le centre de mon existence. En fait, je ne manquais de rien, j'étais la fille de son papa.

Le cœur de feu sous le Krafla a battu une vingtaine de fois, quinze de ces battements ont engendré sous l'écorce terrestre d'importantes migrations de magma, trois autres ont donné lieu à des déplacements beaucoup plus modestes et les deux derniers à des modifications mineures. Neuf des quinze plus importantes migrations ont atteint la surface et donné lieu à des éruptions, à raison d'en moyenne une par an. Ces convulsions ont constitué le principal sujet de recherches de mon père tout le temps qu'elles ont duré, elles sont l'héritage qu'il a laissé aux sciences de la Terre, les Feux du Krafla lui ont beaucoup manqué lorsqu'ils ont pris fin, de manière aussi inattendue que subite.

… ENSUITE, NOUS AURONS TOUJOURS LA POSSIBILITÉ D'OPTER POUR LE NOIR

> Il est important de comprendre que les modélisations offrent rarement un reflet exact de la réalité même si elles nous aident à l'appréhender. Il convient donc de prendre toutes les modélisations avec circonspection.
>
> ÓLAFUR G. FLÓVENZ,
> *Mémorandum*,
> 12. 02. 2020. Prospections énergétiques islandaises.

On serait presque soulagés que ça commence enfin, n'est-ce pas ? Autant en finir.

Le chef de la police s'étire, au risque de faire sauter les boutons en laiton de la chemise qui couvre son large torse, il sourit jusqu'aux oreilles, ses lobes sont brûlés par le soleil, il semble avoir eu le temps de boire quelques bières devant son barbecue avant de recevoir comme nous tous l'appel d'urgence qui nous a convoqués ici, comme il fallait s'y attendre, par une belle soirée d'été, après le séisme d'une magnitude de 5 qui vient de secouer la capitale.

Autant en finir ? Selon toi, nous aurions des raisons de nous réjouir de voir une éruption débuter à quelques kilomètres de la capitale ?

Júlíus, de la Météo nationale, toise le chef de la protection civile éméché en fronçant les sourcils. Au complet dans la salle de réunion du centre de coordination, rue Skógarhlíð, le Conseil scientifique essaie de se mettre d'accord sur la réaction à adopter maintenant que l'événement si souvent présagé finit par risquer de se produire réellement.

Reprenons tout cela, dit Milan à voix basse en passant une main sur ses cheveux gris en brosse. Anna, où en sommes-nous ?

La situation est la suivante, dis-je en ouvrant mon ordinateur et en le connectant à l'écran. Les tremblements de terre et les élévations de terrain qui se sont déplacés le long de la péninsule de Reykjanes semblent atteindre leur point culminant à l'est de la crête de Sveifluháls, entre Krýsuvík et Seltún. Cette évolution pourrait évidemment s'arrêter sans engendrer aucune éruption, elle pourrait également donner lieu à une migration de magma inoffensive, mais nos dernières modélisations indiquent qu'il y a des chances pour que le magma se répande en surface. Si les choses continuent à ce rythme, cela risque de se produire dans les prochains jours.

Tu veux bien nous rappeler les scénarios les plus probables d'après toi et tes collègues ?

Il y en a trois. Le premier impliquerait une intrusion de roche magmatique, le second, une éruption modeste et le troisième une éruption fissurale de taille moyenne. Nos modélisations, les tremblements de terre, les élévations du sol et les précédents historiques nous amènent à considérer que nous avons cinquante pour cent de chances d'être confrontés à une petite éruption de type hawaïenne, probablement dans les environs de Krýsuvík. La coulée de lave suivrait la ligne de partage des eaux en direction du sud et de la mer. D'après nos modélisations, nous disposerions alors de quatre jours tout au plus pour réagir avant qu'elle n'atteigne la route de Suðurströnd qui longe la côte sud. Dans ce périmètre, le magma est toujours mafique, ce qui est une bonne nouvelle, même si nous ne pouvons jamais exclure la possibilité d'avoir affaire à cette saleté de lave felsique.

Cette saleté de lave felsique ? La cravate en soie du ministère de la Justice me regarde, interloquée. Qu'est-ce que cela impliquerait ?

Elle est susceptible d'engendrer une éruption explosive. Le magma gagne en épaisseur et en acidité pendant son stockage dans la chambre magmatique, s'il y reste trop longtemps sous l'écorce terrestre, il peut sortir avec fracas, mais en général, sur l'ensemble de la péninsule de Reykjanes, il est liquide et de nature mafique, ou si l'on préfère basique. C'est notre hypothèse la plus probable. Cela dit, nous pouvons également nous attendre à ce qu'il entre en contact avec d'importantes quantités d'eau, surtout dans le périmètre de Krýsuvík, parsemé de sources chaudes et de solfatares. Nous ne pouvons pas exclure l'apparition d'une activité de type explosif même si je serais surprise que ce soit la principale caractéristique de l'éruption. Je pense donc que nous devons nous attendre à une éruption effusive de moyenne intensité, histoire d'assurer nos arrières.

Est-ce que ce sera suffisant ? s'inquiète Júlíus de la Météo. Ne serait-il pas préférable de se préparer à une grosse éruption pour plus de sécurité ?

Rien n'indique que nous risquons d'être confrontés à un cataclysme. Étant donné l'ensemble des variables connues de l'équation, nous devons plutôt nous préparer à une éruption de taille modeste et inoffensive, dis-je en haussant les épaules, mais évidemment, il est toujours préférable d'être parés à toute éventualité.

Milan est pensif : Le niveau de vigilance a été renforcé depuis la semaine dernière à cause de tous ces tremblements de terre. La question est de savoir si on en reste là ou si on décrète l'alerte rouge.

Le chef de la police éclate d'un rire moqueur : L'alerte rouge ? Tout de suite ? Tant que tu y es, pourquoi pas l'alerte noire ?

L'alerte noire, interroge Sigríður María, la directrice du Syndicat des professions du tourisme, en plissant son front parsemé de taches de rousseur. Qu'est-ce que tu entends par là ?

Le noir est le quatrième niveau d'alerte. Il est rare qu'il en soit question officiellement, explique Milan. Il s'agit d'une batterie de mesures en réaction à une situation qui menace la sécurité de la nation. Une attaque atomique, une invasion étrangère ou un cataclysme naturel qui met en péril la population.

Que se passe-t-il si nous optons pour… le noir ?

Il faudrait alors évacuer tout le Sud-Ouest de l'Islande. Déplacer la majeure partie de la population pour assurer sa sécurité.

La directrice du syndicat nous regarde tour à tour en clignant des yeux.

Déplacer tout le monde ? Où iraient tous ces gens ? Vous n'avez pas dit l'autre fois qu'il était impossible d'évacuer la capitale ? Qu'il n'y avait pas la place nécessaire pour accueillir tous ceux qui vivent ici ailleurs en Islande ?

En effet, répond Milan. Mais il existe évidemment un plan de secours. L'ensemble de la population serait transféré dans le Nord du pays, à Akureyri, et on mettrait en place un pont aérien pour l'évacuer à l'étranger. Il existe des accords avec les autres pays nordiques et le Canada, espérons tout de même que nous n'en arriverons pas au point de devoir mettre ce plan en œuvre. Personne n'a envie de déplacer les trois quarts de la population islandaise dans des camps de réfugiés à Esbjerg au Danemark, à Tromsø en Norvège ou à Gander dans la province de Terre-Neuve-et-Labrador si l'éruption bloque le trafic aérien en direction de l'est.

Non, confirme Stefán du ministère de la Justice. Ce serait peut-être en faire un peu trop, sachant que les géologues prévoient une éruption plutôt modeste.

Le problème, c'est que nous ne pouvons rien affirmer, dis-je. Toutes les données dont nous disposons indiquent que nous aurons une traditionnelle éruption fissurale de puissance modeste donnant lieu à un flux de lave plutôt lent, mais nous n'avons pas réussi à localiser le magma. Et le périmètre de l'essaim de Krýsuvík inclut une partie des banlieues de la capitale.

Allons, allons, vous êtes toujours aussi optimistes que ça, à l'université ?

Le chef de la police se gratte la nuque avec un sourire, il a envie de rentrer chez lui pour retrouver son barbecue : Selon vous, nous aurons affaire à une éruption effusive modeste, ne vaudrait-il pas mieux dans ce cas ne pas modifier le niveau d'alerte ? Et attendre de voir ?

Je crois au contraire qu'il serait préférable de décréter l'état d'urgence, répond Júlíus de la Météo. Je crois que nous devrions évacuer les environs de Krýsuvík et mettre en place une constante surveillance des routes de Krýsuvík et de Suðurströnd qui longent la côte au sud. Ce n'est pas le moment de prendre des risques inutiles.

Milan me consulte du regard : Anna ?

Je jette une fois encore un œil aux cartes et aux données sismiques : Je ne vois rien de spécialement alarmant dans tout ça. Je crois que nous ferions mieux de maintenir le même niveau d'alerte et d'attendre la suite des événements. C'est inutile de décréter trop tôt l'état d'urgence, la population cesserait rapidement d'y prêter attention.

Le chef de la police affiche un sourire de soulagement et se lève : Dans ce cas, c'est réglé. C'est une bonne chose de garder quelques atouts en main.

LE MONT FAGRADALSFJALL TREMBLE

> On a enregistré plus de 1 700 secousses depuis hier soir dans le voisinage du mont Fagradalsfjall. La plus forte, d'une magnitude de 5,1 sur l'échelle de Richter, a eu lieu à 23 h 36 et a été suivie d'une multitude de répliques, les plus fortes atteignant une magnitude 4,6 à 5 h 46, puis 4,3 à 6 h 23 ce matin. En outre, 22 secousses d'une magnitude supérieure à 3 ont été enregistrées après minuit. On les a ressenties jusqu'à la petite ville d'Akranes à l'ouest et jusqu'à celle de Vík à l'est. Cette séquence d'activité sismique se poursuit, elle est sans doute liée à des migrations latérales de magma susceptibles d'engendrer une éruption dans le périmètre de Krýsuvík.
>
> INSTITUT NATIONAL DE MÉTÉOROLOGIE,
> *Séquence d'activité sismique à Fagradalsfjall.*

Le mont Fagradalsfjall tremble et nous tressaillons avec lui. Nous frémissons dans l'attente d'une éruption maintes fois annoncée. La terre ondule, malmenant les bâtiments, faisant tinter les verres et les lustres. Les chevaux courent se mettre à l'abri, les chiens hurlent à la mort, les chats feulent et se réfugient sous les meubles. La capitale tremble comme une feuille, les vitraux de l'église de Grindavík explosent, quelques bouteilles de vin tombent et se brisent sur le sol du petit bar sur le port, la route de Suðurströnd se fissure et la compagnie des eaux livre une bataille constante pour continuer d'alimenter les villes de Keflavík et de Njarðvík. Le maillage serré des sismomètres rend compte des secousses pour ainsi dire en temps réel sur les écrans des ordinateurs de la Météo nationale, un essaim de cercles rouges et d'étoiles vertes apparaît sur les cartes sismiques. Mais les gens se sont habitués à ce tumulte, c'est à peine s'ils lèvent les yeux pour inspecter les alentours, ils marmonnent, ah, celui-là, on l'a bien senti, puis ils se remettent à surveiller leurs barbecues ou retournent tailler leur haie.

Les vacances d'été battent leur plein, un grand nombre de gens sont à l'étranger, à Alicante ou Tenerife, ou dans les campagnes de la province d'Árnessýsla et dans le Nord de l'Islande. J'encourage mon mari à partir dans notre maison d'été, mais il refuse, ça ne sera pas drôle si tu n'es pas avec nous, proteste Salka.

J'ai du mal à me l'avouer, mais je suis soulagée d'avoir l'excuse idéale pour ne pas passer trop de temps chez moi, je me réfugie dans mon travail du matin au soir, j'emploie mes journées à scruter les modélisations et je refais mes calculs jusque tard dans la nuit.

Mon adorable et courageuse épouse, ce n'est pas en te tuant à la tâche que tu réussiras à sauver le monde, me dit mon mari au moment où je me lève de la table du petit-déjeuner. Je le remercie de l'avoir préparé et j'ajoute qu'il ne doit pas m'attendre pour dîner, je risque encore de rentrer tard.

Mais cette situation est provisoire, dis-je tout en enfilant mon manteau de pluie. Tu sais ce que c'est. Nous partirons quelque part ensemble quand tout ça sera fini.

Quand quoi sera fini ? Je me pose la question dans la voiture, tandis que je roule vers le quartier ouest. Tómas est encore là, comme une boule dure dans mon ventre, un serrement à la gorge, mes narines sont encore emplies de son parfum, je sens sa peau contre la mienne. J'attends qu'il s'évacue de mon corps comme un virus, je n'arrête pas de me répéter qu'il faut simplement du temps à mon système immunitaire pour s'en débarrasser. Je me répète inlassablement qu'il s'agit d'un processus de désintoxication, que je devrais être capable de cesser d'aimer puisque j'ai bien réussi à arrêter de fumer. Ma tristesse s'estompera, mon désir s'éteindra avec le temps, et pour finir, je n'aurai plus l'impression d'être enfermée dans un trou abyssal et d'être forcée de m'empêcher de lever les yeux vers la lumière.

Cela fait une semaine que je l'ai sorti de ma vie, que j'ai exigé qu'il m'oublie, pourtant, il apparaît tout à coup à la porte de mon bureau en ce mardi pluvieux de juillet. Cette pluie est une bénédiction, elle lave la cendre déposée sur les murs des bâtiments et la fait pénétrer dans l'herbe, elle frappe le toit en verre d'Askja, le bâtiment des sciences de la Terre sur le campus, tels des milliers de doigts sur la membrane d'un tambour. L'université est déserte en dehors de la faculté de géologie qui bourdonne d'agitation, du bruit des sismomètres et de visites venues de l'extérieur. J'attends un groupe de scientifiques étrangers. On frappe à la porte, je l'ouvre en affichant mon plus large sourire, et je tombe sur lui, je chancelle de surprise, de joie et de colère, comment ose-t-il ?! Il sourit, mais le rire a déserté ses yeux. On dirait un homme qui a ôté son chapeau et qui le tient, l'air penaud, sur sa poitrine, sauf que ce n'est pas un chapeau qu'il a dans les mains, mais une chemise en carton.

Qu'est-ce que tu veux ?

Voilà les photos, dit-il en me tendant la chemise, il parle fort, comme pour s'assurer que les étudiants présents dans le couloir l'entendent clairement.

Les photos ? Quelles photos ?

Il baisse d'un ton : S'il te plaît, Anna, laisse-moi te parler. Il faut absolument que je te parle. Tu ne réponds pas à mes messages, tu ne décroches pas ton téléphone. Nous devons vraiment discuter tous les deux.

J'ouvre la bouche pour lui répondre que non, nous n'avons rien à nous dire, pour le prier de quitter les lieux et de ne jamais reparaître ici, mais voici qu'il se retrouve tout à coup à l'intérieur du bureau dont la porte s'est refermée. Il tend les bras vers moi et le monde s'évanouit. Il n'y a plus rien que le vide étourdissant au centre duquel nous flottons, perdus dans ce baiser, dans cette étreinte. Elle couvre la voix fluette de la raison qui sanglote ses protestations, ma volonté de fer se brise comme une brindille dans une crue de débâcle. Je cherche la boucle de sa ceinture à tâtons, il remonte ma jupe et nous faisons l'amour – non, nous nous accouplons comme deux animaux sur ma table de travail, sur les cartes des séismes que j'ai imprimées, les cercles que j'ai tracés au compas et les marqueurs fluos, il se cogne la tête à la lampe, un bouton saute de mon chemisier et traverse l'air poussiéreux avant d'atterrir en claquant sur la bibliothèque.

Le mont Fagradalsfjall tremble et les deux femmes que je suis devenue sont là-bas : l'une pleure de plaisir, l'autre de terreur, elle pense à son mari et à ses enfants, à ses collègues et aux visiteurs étrangers, elle espère que ses halètements et ceux de son amant ne traversent pas les cloisons trop fines, que personne ne va entrer par la porte qui n'est même pas verrouillée.

Il pousse un cri à demi étouffé lorsqu'il jouit, je pose une main sur sa bouche, chut, mon amour, ne me trahis pas, je sursaute à la douceur de ma voix. Il ferme les yeux, lorsqu'il les rouvre, ils sont baignés de larmes.

Pardon, dit-il, comme s'il le pensait vraiment. Parce que moi aussi, je pleure, de joie, d'angoisse et d'humiliation, je le repousse de mes mains tremblantes, je remonte ma culotte et mes collants, et je lisse ma jupe, j'enfile les chaussures et je titube jusqu'à la glace, j'essaie de me recoiffer. Le miroir piqueté me renvoie une image chaotique où mes yeux sont deux abîmes de désespoir.

Anna, implore-t-il, parle-moi.

C'est vrai, ça fonctionne tellement bien, dis-je d'un ton amer. Toutes nos conversations se terminent de cette manière. Tu es en train de me détruire. Tu es en train de saccager mon bonheur.

Mais c'est un bonheur de pacotille, Anna, tu vis dans le mensonge.

Debout au centre de la pièce, il rentre sa chemise dans son jeans, empli d'une assurance aussi naïve que celle d'un jeune chien, il espère que je vais tout balancer pour le suivre. J'ai surtout envie de le tuer.

Comment oses-tu dire des choses pareilles ? Je te demande de me laisser tranquille, je t'ordonne d'arrêter de m'écrire ou de m'appeler et tu ne respectes rien de tout ça. Tu t'entêtes jour après jour, semaine après semaine. Puis voilà que tu viens sur mon lieu de travail, tu mets en péril mon existence et ma sécurité, tu... tu me harcèles !

Je te harcèle ? Il secoue la tête. Si ça continue, tu vas m'accuser de viol, hein ?

Tu ne respectes aucune des limites que je t'impose.

Les limites ? Comment ça, les limites ? Tu m'aimes et je t'aime ! Je ne peux pas vivre sans toi et tu ne peux pas vivre sans moi. Regarde-nous un peu ! Nous sommes incapables de nous maîtriser. Et tu ne vaux pas mieux que moi !

Tómas, ce n'est pas raisonnable. Je suis mariée, j'ai un beau et gentil mari, de merveilleux enfants, j'aime ma famille, j'ai une vie très agréable. Pourquoi irais-je envoyer tout ça au diable ?

Parce que c'est faux, et tu le sais parfaitement. Tu joues tellement bien ta petite pièce de théâtre que tu finis par y croire. C'est moi que tu aimes, pas cet homme. Comment peux-tu continuer à être mariée à lui ?

Tu peux parler. Toi, tu n'as rien à perdre, tu n'as ni femme ni famille. Tu habites dans cette espèce de poubelle, tu vis ton existence de bohème sans-le-sou et ça te semble logique que je balance tout pour la partager avec toi. Tu n'as rien à offrir, tu ne possèdes rien, même pas une voiture !

Il rit. Une voiture ! C'est ça le problème ? Je ne suis pas assez riche pour toi ?

Non, bien sûr que ce n'est pas le problème, dis-je en me prenant le visage dans les mains. Tu es tellement... irresponsable. On dirait un adolescent.

Il hausse les épaules : Mais au moins, on ne s'ennuie pas avec moi, n'est-ce pas ? Tu ne penses pas à l'argent quand nous faisons l'amour. L'amour n'a pas besoin d'une voiture, ses ailes lui suffisent pour voler.

Arrête tes conneries, je suis sérieuse. Je ne peux pas laisser une telle confusion sentimentale prendre les commandes de ma vie et de ma famille. Ça ne me ressemble pas, je suis quelqu'un de raisonnable.

Il secoue la tête en riant : Anna, tu n'es pas uniquement une personne raisonnable. Tu écumes et tu crépites de sentiments, ils forment comme un nuage de vapeur autour de toi, ils éclaboussent tout ce qui t'entoure. C'est ça que j'aime tant chez toi. J'aime la manière passionnée dont tu fais l'amour, j'aime quand tu te mets en colère, quand tu pleures de joie. Non, tu n'es pas gouvernée par ta raison, et le plus déraisonnable de tout, c'est que tu crois sincèrement ne pas être dirigée par tes sentiments. C'est tellement fou, tellement incroyable, que c'est d'une beauté à vous briser le cœur.

Il s'approche et me caresse la joue, attrape une mèche de mes cheveux et la replace derrière mon oreille. J'essaie de le repousser, de lui dire de partir, mais les mots se transforment en sanglots, ma main se pose sur son torse, je n'arrive pas à le faire fuir.

Comment es-tu devenue comme ça ? demande-t-il. Pourquoi as-tu peur à ce point d'aimer ?

Et que puis-je lui répondre ? Que j'ai toujours cru que l'amour était une force positive et constructive, une chose qui unissait les gens et leur procurait du bonheur ? Qu'il suffisait de consentir à quelques efforts, d'être respectueux et de se comporter comme un être humain digne de ce nom, d'unir ses qualités et ses sentiments pour que tout se passe bien ? Mon mari et moi sommes des amis, nous nous apprécions, que demander de mieux ? N'est-ce pas la recette d'une vie heureuse, le secret du bonheur conjugal ? Pourquoi n'est-ce pas suffisant ? Pourquoi est-ce que tout ça ne peut pas être de l'amour, dis-je, désespérée, avant de répondre à ma propre question :

Parce qu'il en va de l'amour comme des concepts de bienveillance, de justice et d'équité. On peut vivre en paix avec Dieu et le genre humain des dizaines d'années durant, avoir des enfants et une belle maison, payer ses crédits, cultiver son jardin, fabriquer son pain, recevoir des invités, vivre une existence de beauté, de sécurité, de bonheur, et juste au moment où l'on croit enfin avoir échappé à toutes les tempêtes, au moment où l'on commence à réfléchir aux questions que posera la retraite, voilà que l'amour pointe son nez et dévoile sa nature véritable. Il n'a rien d'un petit chat tout mignon, oh non ! C'est une supernova incandescente dotée de canines acérées, de griffes et d'une queue qu'il fait tournoyer derrière lui en détruisant tout sur son passage. C'est une comète qui s'écrase sur la Terre et la fait dévier de son orbite, qui modifie le plan de l'écliptique et inverse les pôles, mettant toute chose sens dessus dessous, saccageant les routes régulières qu'ont jusque-là suivies nos existences, ces routes débouchent alors sur le néant où elles se perdent, on tombe dans le vide, on tombe, on tombe, on tombe interminablement sans que rien ne puisse nous rattraper à l'exception de l'homme qu'on aime, de l'homme aux yeux verts et au sourire de travers, de mon amour, de mon amant.

Je caresse la joue de Tómas, je passe le bout de mes doigts sur ses rides d'expression, sur son ombre de barbe et sur la zone incroyablement douce derrière son oreille, je pose mes lèvres sur les siennes, j'ai les joues inondées de larmes, cet univers magnifique est pour moi tellement nouveau et tellement étranger. Mon ancien monde est brisé, il est détruit, tout ce que je possédais de plus sacré et de plus précieux est cassé, et c'est moi qui en suis l'unique responsable, je l'ai piétiné, je l'ai souillé, j'ai trahi tout ce pour quoi j'ai vécu, tout ce pour quoi je me suis battue.

Mon foyer, ma famille, mes enfants. Mon adorable mari, tellement beau, tellement prévenant.

Les poètes peuvent bavarder autant qu'ils veulent sur l'amour, mais je le connais, je l'ai vu à l'œuvre. Ce n'est rien d'autre qu'un cataclysme.

Et c'est l'amour qui vient de m'arriver.

KRÝSUVÍK

63° 53' 43" N – 22° 03' 22" O

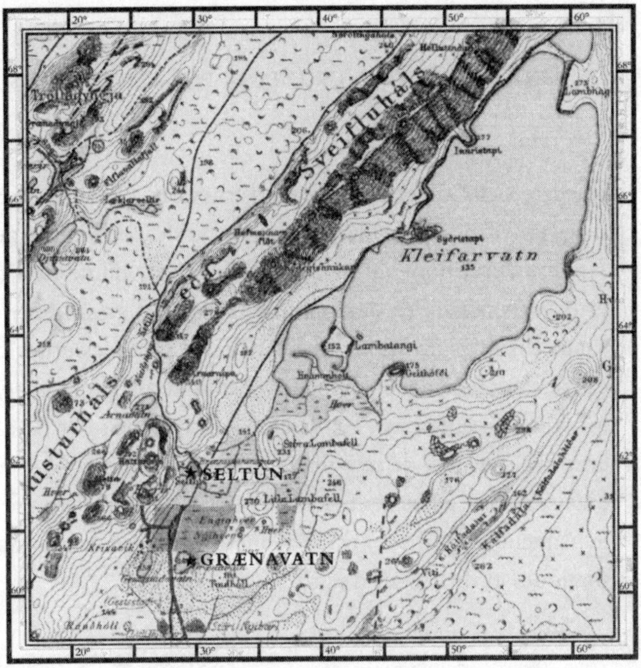

Le système de Krýsuvík, d'une largeur de huit kilomètres sur une longueur d'au minimum cinquante, est constitué de deux bandes éruptives et fissurales qui tirent leurs noms respectifs de la crête de Sveifluháls et du mont Trölladyngja. La troisième zone volcanique, située dans le périmètre géothermique de Krýsuvík, diffère des deux autres quant au type de volcan présent et à l'activité éruptive.

Les essaims de fissures de ce système volcanique, clairement délimités par un ensemble de ravins et de lignes de failles, sont orientés vers le nord-est, en direction de Reykjavík. Certains quartiers résidentiels construits ces dernières années débordent sur cette zone. La capitale et ses banlieues sont alimentées en eau chaude et froide provenant de l'essaim de failles du système de Krýsuvík.

Kristján Sæmundsson
et Magnús Á. Sigurgeirsson,
La Péninsule de Reykjanes. Volcans d'Islande.

UNE PARFAITE PETITE ÉRUPTION POUR TOURISTES

Il existe deux types principaux d'éruptions effusives, nommées en islandais *flæðigos*, éruptions fluides, ou simplement *hraungos*, éruptions de magma. Nous avons d'une part des éruptions fissurales dont la longueur peut atteindre plusieurs dizaines de kilomètres et, d'autre part, des éruptions qui percent le bouclier de roche volcanique ancienne, *dyngjugos*, d'où le magma sort en majeure partie d'une seule bouche éruptive. Les jets de magma en fusion montent à plusieurs dizaines voire à des centaines de mètres depuis le cratère, et le panache éruptif est principalement composé de gaz magmatiques et de vapeur d'eau.

FREYSTEINN SIGMUNDSSON,
MAGNÚS TUMI GUÐMUNDSSON
ET SIGURÐUR STEINÞÓRSSON,
Structure interne des volcans. Risques volcaniques.

L'éruption de Krýsuvík s'annonce en respectant l'ensemble des exigences protocolaires et des délais qui siéent à un diplomate étranger. Le magma se déplace sur plusieurs kilomètres, accompagné d'une forte activité sismique, puis finit par percer la croûte terrestre à proximité du site touristique de Seltún juste avant l'heure du dîner, le jeudi 16 juillet. Une éruption se déclenche, scrupuleusement respectueuse des règles du cérémonial et de la politesse, presque comme si elle s'excusait du dérangement et du fait qu'elle réclame qu'on ferme momentanément l'accès au site affectionné par les voyageurs étrangers.

Nous pourrions pratiquement déclencher un compte à rebours, comme avant le lancement d'un vaisseau spatial, nous assistons au soulèvement du terrain, à la diminution du niveau de l'eau et à l'apparition de nouvelles sources chaudes qui chuintent et feulent autour du centre d'accueil des touristes. Une de ces sources apparaît sous la petite boutique et son jet alimente directement la marmite où chauffent les saucisses à hot-dogs, mais tout le monde parvient à se mettre à l'abri à temps, les chauffeurs de bus dépités ramènent leurs touristes en ville. Les secousses respectent un rythme régulier, puis se calment et sont remplacées par le murmure de l'éruption, la voix de baryton du volcan.

Le spectacle est à la hauteur de nos attentes : d'une beauté majestueuse, on peut le contempler depuis les points de vue environnants, on l'aperçoit même depuis la capitale. Des jets de lave incandescente s'élèvent dans le ciel clair de l'été et la langue de lave noire rampe lentement mais sûrement vers le sud-ouest, en direction de la ville et de la mer, exactement comme l'ont prévu nos modélisations. Tout cela est presque trop beau pour être vrai, la seule structure humaine qui semble menacée est une portion d'une centaine de mètres sur la route de Suðurströnd qui longe la côte sud.

C'est la parfaite petite éruption pour touristes, se réjouit la directrice du Syndicat des professions du tourisme tandis que juchés sur le versant d'une montagne, nous contemplons cette splendeur. Elle est idéale, autant par sa taille que par son emplacement, ajoute-t-elle.

Sigríður María s'est échauffée pendant l'ascension de la montagne, elle a ôté son pull en polaire. Elle croise ses bras musclés et rayonne de bonheur dans son tee-shirt rose fluo. Ce n'est pas difficile d'être fasciné par cette éruption en cette belle journée d'été, les jets de lave rouge sang jaillissent au soleil, l'air tremble, tel un mirage, au-dessus de la coulée noire en perpétuel mouvement, scintillante comme du vif-argent, la vallée alentour est verdoyante et la mer qu'on aperçoit au sud d'un bleu irréel. Le Conseil scientifique reste interloqué face à ce spectacle impressionnant, l'être humain est soufflé par la beauté de la nature, il mesure sa petitesse face à elle, ici, tous les êtres vivants sont égaux, l'*Homo sapiens* et le scarabée rampant sur la mousse, notre existence à tous n'est qu'un instant, une pellicule insignifiante à la surface de notre puissante mère qui s'ouvre sous nos yeux dans toute sa splendeur terrifiante.

L'endroit est idéal pour installer une table d'orientation, souligne Sigríður María, il y a même assez de place pour construire un parking et une boutique de souvenirs.

Non, mais vous perdez la tête, dis-je, consternée. À deux kilomètres de l'éruption ?!

Elle se tourne vers moi et me toise de ses yeux bleu ciel : C'est la folie dans les agences de voyages, elles peinent à suivre le rythme des réservations et les hôtels sont enfin en train de se remplir. Cette éruption arrive à point nommé, c'est exactement ce dont nous avons besoin pour prendre de l'avance sur les autres destinations après la pandémie. Les gens veulent vivre des moments exceptionnels, différents de tout ce qu'ils ont vu jusque-là. Venise et l'Acropole sont devenues ringardes, une éruption à deux pas de Reykjavík, ça, c'est de la nouveauté, et c'est génial ! L'aéroport de Keflavík est ouvert, les compagnies aériennes font la queue à la porte et nos touristes vont en prendre plein les yeux ! Les passagers en provenance ou à destination de l'Amérique peuvent s'offrir une excursion sur le site de l'éruption et un cocktail au Blue Lagoon, voire passer une nuit à l'hôtel. Nous allons redresser d'un coup l'industrie du tourisme grâce à l'éruption de Krýsuvík.

Pour l'instant, nous ne déplorons aucun accident, mais il faut que tu parles à tes troupes, prévient Milan. On nous a signalé un grand nombre de cas de non-respect des consignes interdisant le franchissement des barrages, certains emmènent des touristes jusqu'au front de la coulée.

Ces interdictions sont tout à fait absurdes, rétorque Sigríður María en fronçant ses sourcils épilés. Un rayon de dix kilomètres ?

Cette éruption ne présente aucun danger, c'est juste un beau spectacle à offrir à nos touristes. Et nous devons pouvoir leur proposer mieux que des excursions qui s'arrêtent à dix kilomètres du site. Nous ne pouvons pas leur vendre l'éruption de cette manière. Les gens paient pour sentir la chaleur du magma, pour toucher l'éruption du doigt. Ils veulent la vivre dans leur chair, et pas seulement la voir.

Nous ne sommes pas dans un parc d'attractions ! Les éruptions figurent parmi les phénomènes les plus dangereux et les plus imprévisibles existant sur terre, nous devons les respecter, dis-je.

Ah bon, ce n'est pas un parc d'attractions ? Sauf pour vous, les scientifiques ? Vous ne respectez aucun barrage, vous arrivez par autocars entiers, vous y emmenez vos étudiants naïfs et vos collègues étrangers, vous vous pavanez sur tout le site de l'éruption et vous vous repaissez de l'attention dont vous bénéficiez. Mais quand l'industrie du tourisme veut sa part du gâteau, tout à coup, il n'est plus question d'autre chose que de sécurité et de protection civile.

Nous sommes des professionnels, dis-je. Le comportement de cette éruption peut se modifier d'un instant à l'autre, ce n'est pas à la portée du premier venu d'interpréter les signes qui permettent de prévoir ces changements. Et je ne vois aucune raison d'autoriser la population à s'approcher si près du site.

Les devises étrangères, s'écrie Sigríður María. Nous engrangeons les devises étrangères, nous créons des emplois ! Nous allons faire de l'Islande la destination la plus prisée d'Europe. Nous pouvons multiplier nos revenus en permettant aux touristes d'accéder au site de l'éruption, en leur permettant de la vivre en direct. Excursions en hélicoptère, mariages, restaurants étoilés au Guide Michelin installés au plus près de la coulée, steaks de bœuf ou queues de langoustines cuits sur la lave incandescente, excursions sur le terrain accompagnées par des géologues chevronnés, les possibilités sont innombrables !

C'est un point de vue qui se défend, reconnaît Stefán du ministère de la Justice en descendant la fermeture éclair de sa doudoune et, je n'en crois pas mes yeux, il porte son costume-cravate en dessous. N'oublions pas non plus les habitants des environs pour qui cela signifierait éventuellement la création de milliers d'emplois. L'éruption de Krýsuvík pourrait insuffler une nouvelle vie à l'économie, comme celle de l'Eyjafjallajökull après la crise du système bancaire. Nous ne devons pas limiter les opportunités sans raison. Cette éruption ne durera pas pour l'éternité et la nation doit en tirer profit autant que faire se peut. Ce sont des revenus pour le Trésor public et ce n'est pas du luxe. Je me permets de vous rappeler que l'éruption de Kerlingargos a coûté au moins 30 millions de couronnes islandaises aux caisses de l'État, et la pandémie dix fois plus.

Il nous regarde comme s'il nous tenait personnellement responsables de ces dépenses publiques, comme s'il nous sommait de les rembourser avec les intérêts : Nous devons absolument saisir cette occasion, conclut-il.

Júlíus de la Météo nationale secoue sa tête aux cheveux hirsutes, il porte un pull islandais qui s'effiloche et un blouson aux couleurs délavées, il est le seul à ne pas être époustouflé par le spectacle qu'offre l'éruption.

Oui, qu'importe que quelques touristes périssent en route ? C'est le prix à payer pour ces créations d'emploi et ces rentrées de devises étrangères, n'est-ce pas ?

Mais il n'y a aucun danger, s'écrie Sigríður María. C'est une petite éruption de rien du tout, vous le reconnaissez vous-mêmes !

Pour l'instant, nous ne sommes pas en situation d'urgence, dis-je. Mais cela peut changer. L'éruption peut se déplacer sur un autre site. Des fissures et des failles sont susceptibles de s'ouvrir ailleurs et le sol pourrait alors littéralement engloutir des gens. Le magma risque d'entrer en contact avec la nappe phréatique, ce qui donnerait lieu à des épisodes explosifs et à des nuées ardentes.

Júlíus lève son doigt tremblotant : Vous vous rappelez l'éruption sur l'île de White Island en Nouvelle-Zélande ? Dix-sept morts, des familles entières décimées et des dizaines de personnes admises en soins intensifs, souffrant de graves brûlures, défigurées par la pluie de cendres incandescentes qui s'était abattue sur elles. Tout cela parce que les requins avides de l'industrie du tourisme avaient décidé d'ignorer les conseils des volcanologues et préféré bondir sur l'occasion pour s'enrichir.

Ce ne serait évidemment pas très bon pour les profits à long terme, concède Stefán, pensif. Voilà qui ferait tarir toute possibilité d'engranger des bénéfices. Peut-être que le Cassandre de la Météo a raison.

J'adresse un regard à Júlíus en guise d'avertissement, je ne veux pas qu'il perde son sang-froid et qu'il s'en aille, furieux, en me laissant me débattre toute seule avec les acteurs politiques et économiques.

Le risque principal est cependant lié à d'éventuelles émanations de gaz toxiques, dis-je. Pour l'instant, nous avons de la chance, les valeurs mesurées sont faibles, mais cela peut changer. Nous pourrions même être amenés à évacuer une grande partie de la capitale et de ses environs si les vents dominants venaient à tourner. L'éruption de Holuhraun en 2014 s'est produite littéralement au milieu des terres inhabitées de l'intérieur de l'île, pourtant, nous avons dû ordonner à toute la nation de rester enfermée chez elle pendant un moment. Vous vous souvenez du nuage bleuté qui avait envahi la région de la capitale ? La pollution au soufre à Höfn í Hornafirði avait dépassé le taux de 20 000 microgrammes par mètre cube, c'est le taux le plus élevé jamais mesuré en zone habitée.

L'éruption de Holuhraun était beaucoup plus puissante que celle-ci, modère Milan. Doit-on s'inquiéter d'une pollution aussi importante en l'occurrence ?

Je hausse les épaules : Nous n'en savons rien. Nous n'en avons pas la moindre idée. Mais je ne pense pas que tu aurais envie d'avoir sur les bras un groupe de touristes au plus près du front de la coulée s'il s'y formait une nappe de sulfure d'hydrogène ou de dioxyde de carbone. On ne peut pas vendre grand-chose aux touristes s'ils sont morts.

Le silence s'abat sur le groupe après mon intervention.

Ah, les scientifiques, vous êtes toujours tellement pessimistes, rétorque Sigríður María. La nature islandaise a toujours été dangereuse et imprévisible, c'est ce qui fait tout son intérêt.

Et n'oublions pas la question des emplois, reprend Stefán, pensif. C'est notre devoir moral de profiter de chaque occasion offerte pour créer des emplois. Nous devrions pouvoir nous mettre d'accord pour renforcer le dispositif de veille de manière à pouvoir évacuer le périmètre dans un délai plus resserré.

Il nous regarde tous les trois, Milan, Júlíus et moi.

L'économie fait également partie de la sécurité nationale, de la protection civile. Nous avons tous la responsabilité d'exploiter notre pays pour en tirer profit de manière rationnelle, conclut Stefán.

Et nous finissons par céder, nous autorisons la construction d'une table d'observation et le trafic des autocars jusqu'au site de l'éruption. En échange, nous obtenons un peu plus d'un milliard de couronnes alloué à la surveillance renforcée des sites éruptifs partout sur la péninsule de Reykjanes, une augmentation des subventions accordées à la Météo nationale, à l'Institut des sciences de la Terre et à la protection civile, un plus grand nombre d'instruments de mesure et les employés nécessaires pour les surveiller. C'est le plus raisonnable étant donné la situation, cet accord profite à tout le monde, et pourtant, il y a un je-ne-sais-quoi dans tout ça qui m'alerte, comme une sirène lointaine qui me commande de me mettre à l'abri et de prendre mes jambes à mon cou.

Note explicative VIII
LA DOLÉRITE DE REYKJAVÍK

La dolérite de Reykjavík constitue la majeure partie du socle rocheux sous la région de la capitale islandaise, jusqu'aux îles d'Engey et de Viðey au nord, et jusqu'au cap d'Álftanes au sud. Son origine est inconnue. La plupart des failles présentes dans le sous-sol de la capitale sont connectées à l'essaim de fissures de Krýsuvík, lequel se prolonge vers le nord-est autour des lacs d'Elliðavatn et de Rauðavatn.

Árni Hjartarson,
Un tunnel dans la région de la capitale,
rapport de l'Institut de prospection d'énergie
pour la direction des Ponts et Chaussées – 2005.

Nous étions ensemble au début de l'éruption de Krýsuvík, nous nous tenions la main, nous avons senti la terre gonfler et trembler sous nos pieds, s'ouvrir avec un bruit qui ressemblait à un soupir et envoyer un joli panache éruptif dans le ciel. La lave en fusion sortait de la faille, d'abord timidement, puis elle s'est déchaînée en jaillissements puissants et rouges de pierre jeune et encore fluide. Tómas regardait le spectacle bouche bée comme un enfant, ses yeux brillaient de fascination, et j'étais moi-même touchée, bien que sachant à quoi m'attendre.

Les éruptions peuvent avoir lieu presque n'importe où sur une ceinture volcanique, il s'en produit une tous les trois à cinq ans sur la chaîne de volcans surgis de l'océan et que nous appelons notre pays, pourtant, on dirait que nos sens refusent d'intégrer ce dont ils sont témoins lorsque la terre s'ouvre, lorsque le feu jaillit de ses entrailles. Nous avons l'impression d'assister à un miracle, à une merveille surnaturelle qui transforme notre conception du monde, même si le feu sorti de la terre est le phénomène le plus primordial et le plus normal qui puisse affecter notre planète. En dehors de la naissance, évidemment, cet autre miracle de la nature qui nous laisse suffocants de surprise lorsqu'un nouvel être humain vient au monde. 250 enfants naissent chaque minute sur la planète Terre, 500 volcans entrent en éruption au cours de chaque siècle, pourtant, ces deux merveilles refusent de se plier au joug de la banalité.

Je ne crois pas en Dieu, je crois aux forces de la nature. C'est en elle que j'ai puisé mon énergie quand j'ai mis mes enfants au monde, je m'accrochais à ses lois physiques pour maîtriser le chaos et la douleur que je ressentais pendant les contractions. C'est sur ça que je me concentrais lorsque mon corps s'ouvrait, je calculais la résistance et la viscosité, je pensais à la manière dont l'écorce terrestre se soulève sous une chambre magmatique, à celle dont la pression augmente en faisant s'écarter les plaques tectoniques, au moment où la fréquence et la puissance des secousses telluriques indiquent que l'heure est venue, que l'éruption va commencer, que le magma traverse les couches du sol, monte dans la cheminée éruptive et sort en surface. Je me cramponnais à la main de mon mari, je fermais les yeux et je me concentrais sur l'énergie qui se trouvait sous mon corps, sous le matelas, sous le lit, sous le carrelage de l'hôpital, je descendais mentalement vers la cave et les fondations, je traversais l'épaisse couche de sol meuble, le gravier grossier, et j'atteignais le socle rocheux sous l'hôpital, cette chère dolérite de Reykjavík. Mon esprit dressait la liste des types de roches et de minéraux : olivine, andésite et gabbro, plagioclase, pyroxène et magnétite. Ces noms agissaient comme une incantation magique, comme une prière de rédemption apaisante venue des temps immémoriaux : Anna peperit Mariam, Maria Christum, les noms oubliés de toutes les ancêtres de l'humanité qui avaient laissé ces forces les traverser avant moi. Et sous tout cela, le panache mantellique montait vers moi, puissant et chaud, propulsé par le noyau chauffé à blanc du centre de la Terre, cette masse de fer en fusion que nous avons tous sous les pieds, la pointe de l'aiguille sur laquelle nous dansons tous autant que nous sommes.

Vous avez tout à fait le droit d'exprimer vos sentiments, ma petite, m'a dit la sage-femme, mais je n'en ressentais pas le besoin, pas à l'endroit où j'étais, enveloppée par cette terre brûlante et apaisante. Je n'ai gémi qu'au moment où la tête de mes enfants est sortie, ensuite, ils sont nés, doux, puissants, vivants, sentant aussi bon qu'un pain qui sort du four, j'ai pleuré quand on me les a mis dans les bras.

Je veillerai sur toi, ai-je murmuré en posant mon fils sur ma poitrine.

J'ai caressé la joue de ma fille : Ma chérie, je ne t'abandonnerai jamais, je veillerai sur toi jusque dans la mort.

$C_8H_{11}NO_3$

Ce n'est pas si compliqué, dis-je. Tu es complètement folle, répond Tómas.

Nous sommes assis l'un face à l'autre dans le petit café du port de Grindavík, chacun avec sa tasse de café et sa tranche de pain garnie, la sienne de saumon fumé assaisonné aux fines herbes, la mienne d'œuf et de crevettes. Je pensais que personne ne nous connaîtrait ici, mais le serveur me salue chaleureusement par mon nom. C'est vous qui nous parlez d'éruptions et de tremblements de terre à la télé, c'est rassurant de savoir qu'une personne compétente comme vous ouvre l'œil. Vous veillez bien sur nous.

Je lui adresse un sourire rigide en le remerciant pour sa confiance, je paie les cafés et je les porte jusqu'à la table où m'attend mon amant, mes mains tremblent tellement que je renverse une partie du contenu des tasses dans les soucoupes. Il porte son blouson en cuir, il a posé son casque et ses gants sur la chaise voisine de la sienne, je porte ma veste en gore-tex et mon pantalon de randonnée, j'ai dit à mon mari que je partais sur le terrain, sur le site de l'éruption.

Quelle chance tu as d'aller travailler au grand air par ce beau temps, m'a répondu Kristinn en m'embrassant sur la joue, fais attention sur la route, j'achèterai de quoi faire un barbecue pour ce soir. J'ai marmonné une réponse dans le col de mon pull en polaire, honteuse de l'abuser une fois de plus, mes mensonges sont maintenant si nombreux qu'ils font partie de moi et forment une rangée d'abcès sous ma peau. Et moi qui me croyais incapable de mentir.

Mais cette fois-ci, ce sera différent.

Et il a raison, il fait un temps magnifique, c'est une des rares journées ensoleillées de cet étrange été grisâtre. Les bateaux oscillent joyeusement, amarrés à la jetée, et la plupart des clients du café sont assis dehors avec leur bière, nous avons l'ombre de l'intérieur entièrement pour nous deux. Sur la table repose une pochette remplie de photos de l'éruption, comme un accessoire, une preuve attestant que nous sommes bien en mission professionnelle, et qu'il ne s'agit pas d'une autre tentative de ma part pour mettre fin à ma liaison amoureuse avec Tómas Adler.

Il m'observe, comme s'il se demandait s'il doit rire de moi ou se mettre en colère.

Tu vas me raconter que tu m'as invité ici pour m'informer que tu as découvert la formule chimique de l'amour ? Tu ne serais pas un peu givrée ?

L'amour est un processus biologique assez simple, dis-je. Je me suis documentée sur le phénomène, j'ai lu tout ce que j'ai trouvé. Ce n'est qu'une question d'hormones, de neurotransmetteurs et de durée : combien de temps nos corps mettront-ils à le traiter, combien de temps nous faudra-t-il pour nous en remettre ?

Je souris, mais je garde mes mains sous la table pour qu'il ne voie pas qu'elles tremblent. J'ai envie de le toucher, je ne l'ai pas vu depuis une semaine, toute une ère glaciaire de manque, d'insomnies et de perte d'appétit. Aujourd'hui, je suis optimiste et fermement résolue, j'ai fait des recherches sur ce type de situation, sur l'étrange maladie qui nous affecte, je sais que nous pouvons la vaincre, armés de connaissances et d'arguments, il suffit que nous soyons suffisamment déterminés et patients.

Je mets un peu de poivre sur ma tartine et je repose le moulin sur la table : Vois-tu, dis-je, nous nous aimons, nous nous désirons, mais ce que nous nommons désir est en réalité un feu de paille, ou si tu veux, un amour charnel. De la lubricité. Un phénomène très primaire, parent de la faim et de la peur, un instinct dont sont dotés tous les mammifères, et qui les conduit à se reproduire. Le cerveau injecte dans le sang un cocktail d'hormones sexuelles et d'adrénaline qui suscite le désir de s'accoupler. Il s'agit donc tout bêtement d'un instinct animal.

J'attrape le sucrier sur la table voisine et je le pose à côté du moulin à poivre.

C'est ce même instinct qui nous pousse violemment l'un vers l'autre. La simple idée de toi engendre chez moi des réactions physiques, étourdissements, tremblements, sensation de bien-être, je perds mon bon sens et mon appétit, je perds le sommeil. Ces symptômes sont le signe que je suis amoureuse de toi.

Il sourit tout en douceur et tend sa main vers la mienne, mais je ramène mon bras à moi d'un geste brusque : Non, écoute-moi, il ne s'agit pas d'une déclaration d'amour, mais de l'énonciation d'un fait, d'une réalité. Nos cerveaux sont saturés de dopamine et de noradrénaline, les neurotransmetteurs qui gouvernent le bien-être et le stress, parallèlement, on a une diminution du taux de sérotonine, frein neurologique du cerveau, ce qui explique notre impulsivité et notre comportement incontrôlable. En d'autres termes, nous sommes sous l'emprise totale de nos instincts primaires, comme des animaux en rut ou en chaleur.

Comment peux-tu parler ainsi de l'amour ? De nos sentiments ?

Attends, laisse-moi terminer.

Je soulève la salière de la table.

C'est là que les choses se compliquent. Ces dernières semaines, j'ai pris plusieurs décisions désastreuses et lourdes de conséquences. Ma première erreur a été de ne pas tout faire pour cesser de te croiser lorsque j'ai senti que tu m'attirais. Ensuite, j'ai compris que cette attirance était mutuelle, et malgré ça, je n'ai pas mis fin à toute relation. J'ai perdu le contrôle, je t'ai touché, c'était ma troisième erreur, et enfin, j'ai franchi la ligne rouge, je suis allée chez toi et… nous avons fait l'amour. J'ai trahi mon mari et ma famille, je me suis trahie moi-même et je continuerai à le faire aussi longtemps que je te verrai.

Je repose le sel à côté du poivre et du sucre.

Les sentiments que j'éprouve pour mon mari se classent dans le troisième groupe de neurotransmetteurs qui sont à l'origine de l'amitié, de la tendresse et des liens à long terme. Cet amour-là est gouverné par l'ocytocine, et non par ce cocktail explosif de dopamine et de noradrénaline qui m'attire à toi. Regarde un peu… J'écris sur une serviette en papier :

$C_8H_{11}NO_3$

et je lui tends la formule.

Voilà, dis-je, c'est ça, notre problème.

Anna, commence-t-il, mais je ne le laisse pas m'interrompre.

Tu vois, ce n'est pas notre faute. Certes, nous avons fait de mauvais choix, mais ce n'était qu'une réaction des plus normales due à des processus neurologiques primaires. Nous devons maintenant prendre une décision. Allons-nous placer toute notre confiance dans ces instincts primaires, ces hormones et ces neurotransmetteurs ? Dois-je me séparer de mon mari, dissoudre ma famille et mettre en péril le bonheur de mes enfants, ou dois-je attendre que cette tempête hormonale prenne fin, revenir à mon existence heureuse tout en sécurité, et me fier aux vertus de l'ocytocine ?

Je pointe un doigt vers lui. Et toi ? Comptes-tu prendre le risque de te retrouver avec moi sur les bras, amère, insatisfaite, si cet amour prétendu s'avérait n'être qu'une fluctuation métabolique temporaire ? Est-ce que tu supporteras mes reproches, ma mauvaise conscience, s'il venait à apparaître qu'en fin de compte, tu ne m'aimes pas vraiment ? Nous vivions très bien avant de nous rencontrer, nous étions heureux, nous pouvons choisir de retourner à ce bonheur ou parier sur un avenir incertain, bâti sur un dérèglement des neurotransmetteurs de nos cerveaux.

Anna, tu ne comprends rien.

Tómas baisse les yeux sur la serviette en secouant la tête.

Tu n'es qu'une idiote. Oui, en dépit de tous tes talents, de tes capacités et de tes diplômes. Tu es la personne la plus intelligente que j'aie jamais rencontrée. Et tu as besoin de moi, un crétin qui n'a même pas réussi à décrocher son bac, pour t'expliquer que l'amour ne se résume pas à une formule chimique et que nos sentiments ne se confondent pas avec des hormones. Je ne suis pas amoureux de toi à cause de je ne sais quelle augmentation du taux de dopamine dans mon sang. Je t'aime parce que tu es toi, parce que tu as une fossette sur la joue gauche et que tu passes ton temps à remettre en place cette mèche de cheveux derrière ton oreille quand tu es nerveuse, tiens, exactement comme en ce moment. Je t'aime pour la courbe de tes reins, la petite tache de naissance en forme de cœur que tu as sur la fesse. J'aime ta voix, ta ferveur quand nous faisons l'amour, le rire qui éclate parfois au fond de tes yeux alors que tu essaies de garder ton sérieux. J'aime jusqu'à ta foi inébranlable en la raison, la manière dont tu t'efforces de démontrer par des arguments scientifiques des choses qui n'obéissent à aucune logique, aucune connaissance ni aucune intelligence. Des choses qui simplement existent, qui ont toujours existé et qui sont plus anciennes que nous pouvons l'imaginer, des choses qui se moquent éperdument des formules et de la raison. Je t'aime de tout mon cœur affligé, et ma vie ne vaut rien sans toi.

Mon amour est assis face à moi, le soleil illumine ses yeux verts et la mèche rebelle qui lui tombe sur le front, moi aussi, je l'aime, je l'aime de tout mon être misérable et infortuné.

Ton cœur, dis-je d'une voix brisée, n'est qu'un muscle qui pompe le sang et le fait circuler dans tes veines.

Tout à fait, convient-il en tirant sur le col de son pull-over jusqu'à l'emplacement du cœur, il attrape ma main et la pose sur son torse dénudé.

Voilà, dit-il, tu sens comme il bat ? Il pompe tout ce sang uniquement pour toi.

Je ferme les yeux, puis nous allons à ma voiture, nous roulons jusqu'à un lieu isolé à quelques encablures du volcan Þorbjörn et nous faisons l'amour dans les bruyères, des montagnes de lave sous le dos et le soleil dans les yeux, la cendre fine s'envole et retombe sur nous, je lève les yeux vers le ciel d'un bleu impensable et je sanglote de désespoir : l'amour me brise le cœur.

L'AMOUR EST PIRE QUE LA MORT

> Une éruption plinienne est une éruption explosive d'une puissance titanesque qui détruit tout, y compris le volcan où elle se produit.
>
> SIMON WINCHESTER,
> *Le Krakatoa. 27 août 1883 :*
> *le jour où la Terre explosa.*

À la fin août, j'avoue à mon mari que j'aime un autre homme. Nous allons faire une promenade dans la forêt à côté de chez nous, il pleut, les bruyères et la végétation rase ploient sous le poids de leurs feuilles lourdes de pluie. Il sait qu'il doit s'attendre à une affreuse nouvelle quand je lui demande de m'accompagner dehors, il me regarde d'un air inquisiteur, il me connaît assez pour percevoir le tremblement dans ma voix. Nous avons mangé, débarrassé la table, rincé les assiettes avant de les ranger dans le lave-vaisselle tout en discutant de choses banales et quotidiennes, notre conversation est un murmure confortable et sans le moindre accroc où il est question d'appels téléphoniques, de tâches accomplies pendant la journée, de menus événements survenus au travail, de remarques, de broutilles, et tout le temps qu'elle dure, un fait impitoyable résonne à l'arrière de ma tête : le moment est venu, c'est inévitable, il faut que tu lui dises ce qui se passe.

J'aimerais pouvoir prétendre que c'est ma conscience qui me force à le faire, que mon sens moral et mon sentiment de culpabilité m'accablent et me forcent à tout lui avouer, à mettre un terme à ces mensonges et à cette double vie, mais ce n'est pas le cas. Les deux femmes que je suis désormais devenue cohabitent confortablement en moi : la première continue sa vie comme si de rien n'était, elle lit des histoires à sa fille, fait la cuisine, prépare des sandwichs, tapote les coussins du canapé, embrasse son mari sur la joue, rit avec lui et lui achète un nouveau pull – l'autre invente des excuses pour quitter plus tôt son travail, elle monte en voiture et fonce chez son amant, le cœur battant, les larmes aux yeux, et se jette à son cou, c'est à peine si elle a le temps d'enlever sa veste avant de se retrouver sur cet abominable canapé maculé de taches. Elle passe la main dans les cheveux de cet autre homme, lui caresse les paupières, les pommettes, les lèvres. Il lui mordille le menton et le cou, elle enserre ses jambes autour de sa taille et pleure lorsqu'elle jouit, elle pleure de joie, de tristesse, d'angoisse, chaque étreinte est une fin du monde, un cataclysme qui détruit tout ce qu'elle a de plus cher, pourtant elle est incapable de mettre fin à tout ça. Elle cache les traces de morsures à son cou sous un foulard de soie, se repeigne et remonte en voiture comme si de rien n'était, la femme qu'elle était avant prend le relais. Elle fait quelques courses avant de rentrer chez elle, passe d'une station de radio à l'autre pendant le trajet, se gare devant le garage et personne ne soupçonne quoi que ce soit.

En tout cas, c'est ce que je pense jusqu'au moment où ma collègue Elísabet débarque dans mon bureau. Elle ferme la porte et s'installe sur le fauteuil face à moi.

Quoi de neuf, dis-je. Elle ne répond pas et se contente de m'observer de ses yeux gris pétillants d'intelligence derrière ses lunettes sales.

Qu'est-ce qui se passe ? dis-je en la dévisageant.

Elle soupire.

Je sais évidemment que cette histoire ne me regarde pas, commence-t-elle. Et je ne viendrais pas t'en parler s'il n'y avait pas vingt ans que nous travaillons ensemble, si tu n'étais pas la collègue dont je suis le plus proche. Enfin, bon, ça commence à jaser.

J'ouvre la bouche pour dire quelque chose, mais rien ne sort. Mes lèvres et ma langue se sont changées en pierre, tout mon visage est comme anesthésié, j'ai les mains gelées.

On vous a vus. En train de vous tenir par la main à Krýsuvík et de vous embrasser dans la voiture. Et nous vous entendons – tu sais à quel point les cloisons sont fines, nous entendons tout de vos conversations. Enfin, Anna, tu sais que la cafétéria est juste à côté de ton bureau, comment peux-tu avoir l'idée de le faire venir ici ? Une personne raisonnable comme toi ? Nous faisons de notre mieux pour nous éloigner, personne n'a envie d'être témoin de ce genre de choses.

Je garde le silence, Elísabet baisse les yeux.

C'est ta vie, c'est à toi d'en décider toi-même, nous ne te jugeons pas. Nous sommes tes amis et nous ne voulons que ton bien. Mais nous subissons tous une importante pression en ce moment, nous avons fort à faire, et il y a des jalousies, des gens qui considèrent qu'ils auraient leur place dans le Conseil scientifique, qui souhaiteraient nous y représenter. Et là, tu leur offres une faiblesse qu'ils peuvent exploiter, ils prétendent que tu n'es pas concentrée sur ton travail, que tu négliges tes devoirs, que tu n'es plus fiable.

J'inspire profondément pour lui répondre, elle lève la main : Je ne suis pas d'accord avec eux, tu as toute ma confiance, tu le sais. Mais je m'inquiète pour toi, je perçois le poids qui repose sur tes épaules, tu es en train de t'épuiser. Tu subis déjà assez de pression comme ça au boulot étant donné la situation, inutile d'en rajouter.

Elle m'adresse un regard suppliant : Et j'apprécie beaucoup ton mari, Anna, n'oublie pas que c'est aussi pour moi un ami. Il faut que tu lui parles.

J'ouvre à nouveau la bouche, cette fois, je parviens à articuler, on dirait qu'une digue cède sur mon visage, libérant mes mots et mes larmes : J'aime Tómas Adler, je suis amoureuse pour la première de ma vie, et l'amour est la pire chose qui me soit arrivée. L'amour est pire que la mort, pire que l'apocalypse. Je ne contrôle rien, on ne peut plus se fier à moi dans aucun domaine. Je néglige mon travail, je trahis ma famille, je mens sans vergogne à mon mari. Il ne mérite pas un tel traitement, mon adorable mari, mon meilleur ami, personne n'a été aussi bon que lui avec moi. Mais il ne me suffit pas, ma famille ne me suffit pas, ce bonheur ne me suffit pas, je sacrifie tout ça pour cet abominable virus qui m'est entré dans le cœur, cette addiction inextinguible, ce maudit amour a planté ses griffes dans mon corps et refuse de me lâcher.

Je sanglote, Elísabet se lève, s'approche, m'étreint en me serrant bien fort.

Ma pauvre chérie, murmure-t-elle, ma pauvre petite chérie, console-t-elle.

Je pleure à chaudes larmes dans ses bras, cela me soulage, c'est la dernière chose à laquelle je m'attends au moment où mon horrible secret éclate au grand jour. Je m'attends à essuyer du mépris et des reproches, pas à recevoir des marques de compassion et de tendresse, pas à ce qu'Elísabet me serre dans ses bras doux et compréhensifs, pas à pleurer sur son vieux pull-over rose.

Tu sais ce que tu dois faire, me dit-elle. Tu sais que tu ne peux pas continuer ainsi. Il faut que tu parles à ton mari, que tu lui expliques tout. Tu lui dois au moins ça.

Je renifle et je hoche la tête, je le sais, je l'ai toujours su. Puis je rentre chez moi et je demande à Kristinn de venir faire une promenade avec moi après dîner.

Il m'adresse un regard d'abord interrogateur, puis inquiet, il acquiesce, oui, oui, allons faire un tour. Nous enfilons nos pulls en polaire et nos vestes Arc'teryx à triple couche de Goretex, la sienne est bleu turquoise, la mienne orange, mes mains tremblent quand je remonte la fermeture éclair avant de lacer mes chaussures de randonnée. Nous allons faire une petite promenade, lance-t-il vers l'intérieur de la maison. Je peux venir ? demande Salka, assise au piano. Non, répondons-nous en chœur, continue à faire tes gammes, nous n'en avons pas pour longtemps.

L'angoisse m'étreint tellement que j'ai la nausée, même si j'éprouve aussi un étrange soulagement, comme celui qu'on ressent lorsqu'on est suspendu au bord d'une falaise et qu'on s'autorise enfin à lâcher prise, qu'on accepte l'inéluctable et qu'on plonge dans l'abîme pour aller à la rencontre de son destin.

IL PLEUT, LE CŒUR DE MON MARI SE BRISE

Il existe toutes sortes d'éruptions. Il n'y en a pas deux qui soient semblables, certaines expulsent de la roche felsique, visqueuse et dégoûtante, elles vomissent leurs nuages incandescents et dévastateurs qui n'épargnent rien – d'autres sont plus calmes, les éruptions effusives constituées de roche mafique lors desquelles la lave s'écoule paisiblement. Tout cela dépend de la composition chimique du magma, de sa quantité, du trajet qu'il effectue sous l'écorce terrestre, de l'environnement qu'il traverse avant d'atteindre la surface, de la manière dont il sort, concentré sur l'unique cratère d'un stratovolcan ou le long d'un essaim hésitant de fissures, dans un désert inhabité ou une ville florissante, s'il a dû se frayer un chemin à travers un glacier ou s'il a surgi sous l'océan, armé de toutes les ténèbres et de toute la puissance qui ont fait naître les plus gros volcans de la planète dans les profondeurs de la mer sans qu'ils se manifestent à la surface.

À quoi dois-je m'attendre lorsque mon mari comprendra que c'en est fini de notre couple ? Va-t-il entrer dans une colère noire et me mettre à la porte, ou vais-je me retrouver face à un mur de silence glacial ? Risque-t-il de perdre son sang-froid, de verser des larmes, de devenir violent ? Je ne connais personne mieux que lui, nous avons partagé le même quotidien, le même lit et les mêmes conversations pendant plus de vingt ans, pourtant, je n'ai pas la moindre idée de la manière dont il réagira à ma trahison. Elísabet est inquiète, elle me propose son canapé au cas où il me jetterait dehors.

J'attendrai dans la voiture, je resterai à portée de voix quand tu lui avoueras ça.

Je secoue la tête.

Allons, c'est seulement par acquit de conscience, plaide-t-elle.

Il n'est pas violent. C'est un homme bon et bienveillant qui va apprendre de mauvaises nouvelles, mais il est solide.

Pourtant, rien ne saurait me préparer à sa réaction le moment venu, à la manière dont il accuse le coup, comme si je l'avais frappé au lieu de lui dire :

Je suis amoureuse d'un autre homme. Je ne sais pas si je peux encore être ta femme.

Il s'arrête de marcher, ne me regarde pas, pas tout de suite, il reste immobile, les yeux baissés sur les gravillons du chemin, puis lentement, il s'accroupit, passe ses bras autour de ses genoux, y cache son visage, met en boule son grand corps svelte et longiligne, comme pour se protéger d'une onde de choc. Il a le souffle court, sa respiration est saccadée et lorsqu'il relève la tête, son visage grimace de douleur. Il ne dit rien, il se contente de me regarder, il ravale un sanglot, ses yeux sont secs et implorants.

Je suis tellement désolée, dis-je, prenant subitement conscience que je pleure. Un étrange silence règne dans la pénombre qui nous enveloppe, la bruine forcit et se change en pluie, le ciel d'un bleu sombre nous surplombe, les alentours sont calmes et paisibles. Les bruyères retiennent leur souffle, le monde entier se tait, puis on entend le cri du plongeon huard, sa plainte douloureuse traverse le lac, où es-tu, mon amour ?

Mon mari ne dit rien, j'essaie de continuer à lui expliquer, d'organiser en phrases compréhensibles mes pensées convulsives : Je ne peux même pas te demander de me pardonner. Ce que j'ai fait est inexcusable. Tu ne mérites pas ça, tu as toujours été pour moi un merveilleux mari.

Anna, murmure-t-il, ma chère Anna.

Ce sont là ses seuls mots. Il se relève doucement, déplie ses jambes, son dos et s'éloigne de la maison en longeant le sentier pédestre, entrant dans la forêt ruisselante de pluie, le pas lent, la démarche raide, comme s'il devait réapprendre à marcher. Je le suis, j'ai l'impression que mes jambes se dérobent sous mon corps.

Kristinn, dis-je en pleurant. Ne pars pas. Qu'est-ce que je vais faire ?

Il secoue la tête sans se retourner, sans me répondre.

Tu veux bien me parler ? Tu ne veux pas savoir qui c'est ?

Tómas Adler, répond-il à voix basse. Je sais qui c'est.

Tu étais au courant ? Tu le sais depuis tout ce temps et tu n'as rien dit ?

Il se retourne, hausse ses jolis sourcils, la pluie ruisselle sur la pâleur de son visage.

Je crois que j'ai compris ce qui se passait dès la première fois où je vous ai vus ensemble. Et quand vous avez dansé tous les deux. Je ne t'avais jamais vue comme ça, tu avais l'air d'être une autre femme.

Sa tête est inclinée, comme si son cou ne parvenait plus à en supporter le poids, il a les yeux sombres de peine.

Vous avez couché ensemble ?

Oui.

Combien de fois ?

Je ne sais pas.

Comme ça, tu dirais combien ?

Disons dix, peut-être douze.

À quel moment votre liaison a-t-elle débuté ?

À la fin juin. Juste avant l'éruption de Krýsuvík.

Tu le vois où ?

Chez lui. Et dans mon bureau.

Dans ton bureau ? Est-ce à dire que tous tes collègues sont au courant ?

Je ne sais pas, il y en a sans doute quelques-uns.

Lesquels ?

Elísabet. Jóhannes Rúriksson, je ne sais pas.

Pourquoi m'annoncer ça maintenant ?

C'est Elísabet qui me l'a conseillé, avant que tu ne l'apprennes par d'autres.

Je réponds sans hésiter, malgré le poids qui me comprime la poitrine et m'empêche presque de respirer. Debout l'un face à l'autre, nous nous regardons dans les yeux, il m'interroge et je lui réponds, le procureur et l'accusée, la victime et le coupable. Chacune de ses questions est une gifle, chacune de mes réponses lui lacère le ventre.

Est-il meilleur amant que moi ?

Mon cher Kristinn, ne fais pas ça.

Il baisse les yeux et fixe le bout de ses chaussures de randonnée, les bras ballant le long du corps. Il semble brusquement gris et voûté, comme si plusieurs décennies s'étaient écoulées en quelques instants, comme si mes réponses avaient écourté sa vie de moitié. La pluie tombe en rideaux gris autour de nous, elle se perd dans les ténèbres de la forêt et dans l'herbe au bord du chemin, elle forme de petites flaques dans les plis de nos vestes et entre les gravillons à nos pieds.

Il y a longtemps que je le pressens, dit-il. Je ne sais pas comment décrire ce sentiment. Je percevais un changement dans ton odeur, dans le ton de ta voix. Tu étais plus enjouée, pourtant j'avais l'impression que tu n'étais jamais complètement présente. Comme si la chaleur et le poids de ta personne étaient ailleurs, comme s'il ne restait plus de toi ici qu'une version endimanchée. Une version factice. J'ai sans doute tout fait pour l'ignorer, je me suis enfermé dans le déni. J'espérais au fond de moi que si j'agissais comme si de rien n'était, cela s'arrêterait. Que tu reviendrais vers moi et que tout serait comme avant.

Il hausse la voix.

Et pendant que j'attendais en espérant que tu me reviennes, vous avez copulé comme deux animaux en vous moquant de moi. Tournant en dérision mon amour fidèle et naïf. Tu m'as menti, tu m'as trompé, tu m'as tourné en ridicule. Et tu es ma femme, ma meilleure amie, celle qui m'accompagne à travers la vie, la chose la plus authentique et la plus belle de mon existence. Tu as détruit tout ça, tu l'as transformé en un champ de ruines, tu l'as piétiné de tes chaussures souillées. Comment suis-je censé répondre, Anna ? Et maintenant, que vais-je faire ?

Il pleure, je pleure aussi, je lui dis pardon, pardonne-moi, je n'ai jamais voulu te blesser comme ça. Je voudrais que ce ne soit jamais arrivé, mais je ne peux pas rebrousser chemin.

Qu'est-ce que tu comptes faire ? Que va-t-il se passer maintenant ?

Je ne sais pas. Je peux m'en aller si tu préfères.

Non, ne pars pas. S'il te plaît.

Il se prend le visage dans les mains, il pense, il réfléchit, puis inspire profondément, lève les yeux et m'adresse un regard aussi déterminé qu'angoissé.

Nous avons besoin de temps. Nous devons être raisonnables et réfléchir au problème, décider comment nous allons le gérer. Nous ne devons ni nous précipiter ni faire des choix irrationnels. Il y a trop de choses en jeu, notre mariage, nos enfants, notre famille. Nous devons réfléchir.

Il s'approche, pose ses mains sur mes épaules et plonge ses yeux dans les miens.

Nous avons vécu un beau mariage pendant vingt ans. Je ne veux pas le voir détruit en un instant, et d'une manière si abominable. Nous devons au minimum discuter des solutions envisageables pour sortir de cette situation, voir s'il y a une possibilité de sauver notre couple. Tu as commis une affreuse erreur, causé de terribles dégâts, mais nous pouvons peut-être la réparer. Nous pouvons peut-être arranger tout ça.

Tu crois ?

Je ne sais pas. Mais ce serait stupide de ne pas essayer. Tu ne trouves pas ?

Et bien sûr, je devrais lui dire que non, mon cher Kristinn, je crains que ce ne soit sans espoir, je ne t'aime pas, j'ai pour toi une immense affection, c'est immensément douloureux de te faire tant de mal, de te quitter de cette manière, mais c'est la seule solution étant donné la situation, je le sais, chaque cellule, chaque terminaison nerveuse de mon corps le crie et le proclame. Mais je ne lui dis pas ça, trop contente de pouvoir me blottir au creux de son étreinte chaleureuse et familière, d'imaginer que je peux faire machine arrière, que tout peut redevenir presque comme avant, tellement solide, tellement confortable et prévisible, que je pourrai cesser d'aimer Tómas Adler et redevenir l'ancienne Anna, l'épouse légitime de Kristinn Fjalar Ævarsson. Peut-être est-ce seulement mon manque de courage qui me pousse à lui dire : Si, je suis d'accord. Ce serait stupide de ne pas essayer.

Il me regarde, à la fois triste, furieux et soulagé. Il reprend malgré tout ça son rôle passé : celui de me consoler, de me sauver de moi-même et de faire le ménage derrière moi.

Note explicative IX
DES CYGNES EN ROUTE VERS LEUR RÉSIDENCE D'ÉTÉ

En Islande, le volcan typique consiste en une longue fissure qui n'entre en général pas en éruption de manière répétée. D'autres fissures s'ouvrent dans la croûte terrestre sur un périmètre assez large, bien que délimité. Il convient de prendre en compte ce paramètre lorsqu'on étudie le fonctionnement du volcanisme dans notre pays.

PÁLL IMSLAND,
Risques liés aux éruptions.
Réflexions sur les risques volcaniques.

Je ne comprenais pas l'expression *essaim de fissures*. Un essaim ne décrit pas un phénomène statique, des objets clairement localisés comme le sol et les roches, mais une myriade d'insectes volants en mouvement, des abeilles ou des guêpes. Je trouvais étrange de recourir à ce terme pour décrire l'ensemble des fissures qui constituent un système volcanique, cela me semblait prêter à confusion, il y avait là-dedans quelque chose d'illogique. Les fissures ne volent pas comme les oiseaux et les insectes, ai-je un jour dit à mon père.

Il était assis à la table de la cuisine avec sa tasse de café et son exemplaire de l'*Alþýðublaðið*, le journal social-démocrate, la radio en sourdine annonçait de la bruine et un vent léger, j'étais face à lui, devant mon lait caillé et mes corn-flakes, plongée dans la lecture de l'ouvrage *Éruptions au nord*. J'avais quinze ans, je brûlais d'un tout nouvel esprit de contradiction et me passionnais pour la pensée critique, un outil flambant neuf et parfaitement adapté pour examiner le monde. Mon père me semblait subitement très conservateur et confortablement installé dans ses connaissances, je sautais sur chaque occasion de le défier en exigeant qu'il apporte des réponses à mes questions. Il les accueillait toujours avec bienveillance, sans jamais perdre patience, sauf la fois où je lui ai parlé des théories postmodernes de Thomas Kuhn avançant que les sciences naturelles étaient fondées sur des valeurs subjectives. Cette idée l'avait tellement mis en colère qu'il avait fait tomber sa casserole pleine de pommes de terre, il s'était retourné brusquement et m'avait fusillée du regard : Laisse-moi te dire, Anna Arnardóttir, qu'il n'y a absolument rien de subjectif dans les faits scientifiques !

En revanche, il s'était fait une joie de m'expliquer ce qu'est un essaim de fissures.

Je vais te montrer, ma petite, avait-il annoncé en se levant de sa chaise pour aller dans le salon chercher un gros classeur jauni dans la bibliothèque. Il avait poussé les tasses, l'avait posé sur la table, avant de l'ouvrir avec précaution et de caresser tout en douceur une carte en noir et blanc du Nord-Est de l'Islande. Le classeur contenait neuf cartes couvrant l'ensemble des régions du pays, où apparaissaient des zones zébrées de lignes serrées et parallèles. Ces lignes étaient orientées dans plusieurs directions, horizontales sur le désert intérieur de notre île, verticales dans l'est, en biais sur la péninsule de Reykjanes, du nord-ouest au sud-est, elles étaient entourées d'autres lignes qui semblaient matérialiser comme des ondulations.

Qu'est-ce que c'est ? avais-je demandé.

Ce sont les cartes magnétiques de Þorbjörn, ma chérie.

Mon père avait pris un air solennel, Þorbjörn avait été son ami et mentor, tous deux étaient venus à la géologie par des chemins détournés, papa était passé par l'astronomie et Þorbjörn par la physique nucléaire. Þorbjörn était inventeur dans l'âme et faisait preuve d'une certaine témérité lorsqu'il allait sur le terrain. Un des centres d'intérêt de son esprit fertile et entreprenant avait été le champ magnétique de la Terre, il avait donc inventé un instrument pour mesurer le champ magnétique de la roche depuis les airs, il avait appris à piloter un avion et s'en était acheté un à la queue duquel il avait fixé son appareil.

Puis il avait simplement parcouru le pays en le survolant, allant et venant le long de ces lignes pour mesurer les déviations dans le champ magnétique, m'a expliqué papa. Il a autorisé ceux qu'il appelait ses petits chiots, c'est-à-dire moi et ceux de ma génération, à l'accompagner deux par deux, pour essayer de situer la position de l'avion par rapport à la carte. C'était avant l'apparition du système de radionavigation Loran, Þorbjörn s'était procuré une lunette astronomique qu'une scientifique russe avait laissée derrière elle en Islande. L'un des deux étudiants observait le ciel dans cette lunette et, grâce à un orifice percé dans la carlingue, l'autre regardait le sol en quête de points de repère : rivières, montagnes, carrefours, bâtiments aisément reconnaissables, pour savoir où nous étions exactement. Þorbjörn s'affairait çà et là dans l'avion, tellement enthousiasmé par les résultats des mesures qu'il trouvait à peine le temps de le piloter. Il nous arrivait d'être rudement secoués pendant ces voyages. Ça nous donnait le mal de l'air, mon Dieu, ce que nous avons pu dégueuler, à chaque vol, on dégobillait tripes et boyaux, et tout cela était enregistré sur bande magnétique, les coordonnées, les points de repère, nos vomissements et les jacassements de Þorbjörn.

Mon père était secoué par les rires à la fin de son récit, mais Þorbjörn avait mené à bien son projet, il avait dressé une carte du champ magnétique de l'Islande. Ses travaux avaient contribué à valider la théorie de Wegener sur la dérive des continents, démontré que le processus d'écartement des plaques tectoniques était à l'origine de la formation de la dorsale médio-atlantique – et que l'Islande était née à la limite entre deux plaques.

Qu'est-ce que tout ça a à voir avec les essaims de fissures ? avais-je demandé. Mon père m'avait alors montré la carte de la péninsule de Reykjanes.

Tu vois ces ondulations ? Regarde comme elles grandissent au niveau de la faille décrochante, tu vois, elles suivent la séparation entre les plaques tectoniques à travers tout le pays. On dirait un groupe d'oiseaux qui volent en V. Notre pays est en mouvement, les plaques le déchirent en deux, le panache mantellique se trouve juste en dessous et ce mouvement le traverse en suivant une diagonale sud-ouest nord-est, comme un vol d'oiseaux migrateurs, comme des cygnes en route vers leur résidence d'été. Ce mouvement est simplement si lent que nous ne le percevons pas.

Mon père avait regardé les cartes magnétiques, puis il avait levé vers moi ses yeux qui scintillaient : Ma petite Anna, le monde est tellement beau. Il obéit à des lois simples et parfaites, et c'est le rôle des scientifiques de les connaître et de comprendre leurs implications sur l'univers physique. C'est la plus grande mission que l'être humain puisse accomplir. Sans la science, nous ne serions que des animaux ignorants à la merci des puissances naturelles.

J'avais roulé des yeux : Ohé, papa, tu racontes n'importe quoi. Tu parles comme un poète. D'animaux ignorants et de cygnes en route vers leur résidence d'été – je trouve quand même étrange l'expression essaim de fissures. Je préfère utiliser un autre terme, tiens, par exemple, rangée ou alignement.

Ces mots-là ne rendent absolument pas compte de la réalité du phénomène, avait-il rétorqué. Tu as l'impression que ces fissures sont fixes et stables, mais elles ne le sont pas. Elles bougent à toute vitesse, comme des étourneaux formant un immense groupe, ou si tu veux, un essaim, toi, tu évolues dans une autre dimension temporelle et tu es incapable de percevoir ces mouvements. C'est toi qui es le problème, pas le déplacement de ces fissures.

Je n'ai réellement compris ses explications que pendant l'éruption de Holuhraun en 2014. En réalité, cette éruption se produisait ailleurs, la lave provenait de la chambre magmatique du Bárðarbunga, l'énorme volcan tapi sous les glaces du Vatnajökull, le flux s'était frayé un chemin grâce à un essaim de fissures puis il était sorti à Holuhraun, à 40 kilomètres de sa source.

Un essaim de fissures n'est pas un lieu, mais un moyen de transport.

Si seulement je m'étais souvenue de cette conversation, des vérités simples que mon père a tenté de m'inculquer sur ces lois naturelles et ces mouvements, sur la migration des cygnes vers leur résidence d'été. Si je m'étais rappelé qu'un essaim de fissures n'est pas un endroit, un lieu fixe et immuable, mais un chemin que le magma emprunte pour atteindre la surface. Et que tout cela demeure invisible à l'œil nu parce que les déplacements du sol se déroulent dans une autre temporalité que celle où vivent les hommes, la Terre a d'autres types de préoccupations et d'autres desseins que nous, qui gratouillons vaguement sa surface, l'espace d'un instant. Pour elle, un jour est un millénaire et un millénaire un jour, comme le dit notre hymne national.

Tandis que nous virevoltons autour de la jolie petite éruption pour touristes de Krýsuvík, que nous réfléchissons à la progression de la coulée de lave et au risque de pollution au soufre, que nous conseillons de mettre en place des barrages et de procéder à un plus grand nombre d'analyses des gaz éruptifs, que nous autorisons l'installation d'une plateforme d'observation et le survol du site en hélicoptère, que nous comparons les coûts aux rentrées attendues de devises étrangères, le cœur de feu qui bat dans les profondeurs envisage un autre voyage, bien plus dévastateur.

Un kilomètre cube de lave ne semble peut-être pas gigantesque, on imagine une distance d'un kilomètre qu'un bon coureur peut couvrir en cinq minutes. Mais dès lors que ce kilomètre passe au carré, dès lors qu'il devient un km^2, cela fait une belle petite parcelle, et lorsque la troisième dimension s'en mêle pour le faire passer en km^3, mille mètres de hauteur, nous avons sur les bras toute une montagne. Or c'est cette montagne, et plus encore, qui attend dans les entrailles de la terre, à plus de 15 kilomètres de profondeur, juste sous nos pieds, 1 200 degrés Celsius de destruction constructive, ou de construction destructrice selon le point de vue adopté. Elle cherche son chemin à tâtons sous l'écorce terrestre, elle cherche une fissure, un point faible qu'elle pourra utiliser pour se frayer un passage, elle montera ensuite de plus en plus haut dans la cheminée éruptive qui s'ouvrira à elle à travers le socle rocheux, jusqu'à ce qu'elle trouve un moyen de locomotion confortable, un train à grande vitesse, un essaim de fissures. Cet essaim pourra la transporter à des dizaines de kilomètres, presque à l'horizontale à travers le pays jusqu'à ce qu'elle décide qu'on a assez rigolé, que ce petit voyage d'agrément souterrain doit s'achever et qu'elle a du travail en surface : une terre à faire naître, un ravin à combler, des maisons, des rues et des jardins à dévaster en une coulée de lave incandescente.

Et c'est là que je faillis à ma tâche, moi, qui suis censée être la meilleure experte de la nation s'agissant d'éruptions fissurales, j'échoue à l'examen pour lequel j'ai étudié et je me suis préparée par un travail assidu pendant plus de quatre décennies, depuis que j'étais la petite fille tenant une pierre de lave rugueuse entre mes mains, regarde un peu, ma petite, ce morceau de notre terre, il est flambant neuf. Je fixe les données des sismomètres, je me fie à nos modélisations et à la méthode scientifique. J'écarte soigneusement les scénarios glaçants qui vont bon train dans ma tête, je fais abstraction de mes souvenirs et du bourdonnement des messages d'alerte surgis des profondeurs de ma conscience.

La vue d'ensemble m'échappe.

MÉCANISMES AU FOYER

La majorité des *mécanismes au foyer* – synthèses géométriques des données associées à un phénomène producteur d'ondes sismiques, et décrivant la déformation dans la région de production de ces ondes (appelée *foyer*) – pratiqués sur les dorsales océaniques révèlent des plans de failles normaux qui tendent à indiquer un glissement des axes des crêtes.

Páll Einarsson,
Activité sismique à la lisière orientale de la plaque nord-américaine. Géologie de l'Amérique du Nord, 1986.

La capitale tremble comme un animal qui convulse dans les affres de l'agonie, je suis réveillée en sursaut par un cauchemar pénible, tout en ténèbres, le lit conjugal ondule sous mon corps comme un marais spongieux.

Je marmonne : En voilà un sacré... Mais ils ont été si nombreux depuis le printemps, je repose ma tête sur l'oreiller et j'attends que les battements de mon cœur ralentissent. La secousse a également réveillé mon mari qui se met à parler avant même d'ouvrir les yeux.

Tu sais que tu as enfreint la loi ? annonce-t-il. Dès l'article deux des textes régissant le mariage et datant de 1993, il est précisé que les deux individus constituant le couple se doivent fidélité, soutien mutuel et qu'il leur incombe de veiller en commun sur les intérêts du foyer et de la famille. Tu as enfreint cette clause.

Je reste immobile à ses côtés, les yeux fermés, j'essaie de respirer calmement, peut-être me croira-t-il rendormie, peut-être s'arrêtera-t-il de parler.

De nos jours, je peux demander le divorce pour infidélité, reprend-il, mais au XVIIIe siècle, la justice t'aurait sans doute condamnée à périr noyée.

Je n'en peux plus, je me lève d'un bond et je me retrouve au milieu de la chambre, tremblante de colère.

Mais n'hésite pas, porte plainte, demande le divorce ! Je n'exige rien de toi, tu peux me jeter dehors si ça te chante. Nous avons décidé d'essayer de régler notre problème, de trouver une solution raisonnable. Cela ne te donne pas le droit de me faire subir cette violence. En revanche, ça te donne le devoir d'essayer de tenir parole et d'essayer de trouver la solution que tu réclames.

Mais il n'y en a aucune, n'est-ce pas ? C'est sans espoir. Je ne me suis jamais senti aussi seul et abandonné de toute ma vie.

Il est toujours immobile, je me rends compte qu'il pleure. Ses larmes coulent le long de ses tempes et mouillent son oreiller, son corps est secoué par les sanglots sous la couette. Désemparée, je me couche par terre à côté de lui, je lui prends la main, je l'embrasse, je la pose sur ma joue : mon cœur, tu n'es pas seul, je suis là. Nous allons essayer de trouver une solution pour sortir de cette mauvaise passe.

Une solution, oui.

Nous devons seulement être raisonnables.

Nous devons continuer à parler.

On frappe à la porte : Maman, tu as oublié ton téléphone dans la cuisine, il y a quelqu'un de la Météo nationale qui veut te poser des questions sur l'éruption.

Nous arrivons, crions-nous à Salka en nous essuyant le visage à la hâte et en nous regardant dans les yeux. Nous devons nous ressaisir, arrêter de nous comporter comme deux enfants tristes et terrifiés, nous redresser et afficher une expression posée, figée, reprendre notre attitude de parents tout-puissants.

Je t'aime, dit-il.

Je baisse les yeux. Je sais.

Cinq appels manqués sur mon portable, où ai-je la tête, comment ai-je pu me séparer de mon téléphone presque déchargé pendant toute la nuit tandis que le magma continue à s'échapper de la faille de Seltún à Krýsuvík et que les analyses montrent une augmentation des concentrations de gaz toxiques. Nous avons repéré une activité sismique inhabituelle dans le système de Krýsuvík, m'annonce Júlíus, viens nous rejoindre dès que tu pourras.

Assise sur la cuvette des toilettes, Salka fait pipi et me regarde de ses grands yeux en balançant les jambes dans le vide : Maman, est-ce qu'on pourra aller voir l'éruption aujourd'hui ?

Je soupire, elle est obsédée par cette idée. Il lui est arrivé de m'accompagner, elle reste comme hypnotisée à côté de la coulée et la fixe comme si ses yeux voulaient percer la croûte noire pour pénétrer dans les profondeurs du magma en fusion, elle suit mes collègues en plein travail comme une petite ombre questionneuse sous un casque beaucoup trop grand pour elle.

Ma chérie, on verra ça plus tard. Il se passe beaucoup de choses en ce moment sur le site de l'éruption, la terre tremble très souvent, nous ferions mieux de choisir un autre jour où la situation sera plus calme.

Mais maman, tu m'avais promis !

Je sais, mais nous devons être sûrs qu'il n'y a pas de danger. Il vaut mieux choisir un autre jour.

Dans ce cas, si c'est dangereux, tu ne dois pas y aller non plus.

Je lui caresse les cheveux : Ma chérie, c'est mon travail, je ne veux pas que tu t'inquiètes, je serai prudente. Ce ne sera pas drôle d'être là avec nous si tout le monde a trop de travail pour s'occuper de toi.

Mais alors quand ?

On verra, tu pourras peut-être me rejoindre plus tard dans la journée. Pour l'instant, je dois aller à une réunion au centre de coordination de la protection civile et discuter avec les autres, ensuite, on verra si tu peux venir. Dans ce cas, je passerai te chercher à l'école, sinon, nous trouverons un autre jour.

Il est 7 h 02, nous sommes le mardi 4 septembre, et j'ai revêtu mon équipement d'éruption, mon pantalon de randonnée et mon pull en polaire, j'ai simplement besoin d'un café avant de partir. Je mets une capsule dans la machine, Fortissio Lungo, et tandis que le liquide noir coule dans la tasse, je me rends compte que je n'ai jamais supporté cet appareil, ces détestables capsules en plastique qui coûtent les yeux de la tête et produisent un breuvage standardisé dénué de tout caractère. Une irrationnelle déception m'envahit subitement, j'ai envie d'un vrai café, torréfié et moulu, préparé sur un bon vieux réchaud Primus par une tempête déchaînée au sommet d'une montagne, un café saignant abondamment de tous ses fluides aromatiques.

J'inspire profondément et je me reprends, j'avale une gorgée de cette lavasse, puis je prépare une autre tasse pour mon mari.

Il est sorti de la chambre et arrivé dans la cuisine en pyjama rayé et en peignoir, il baisse les yeux sur la table. Il a changé, il a l'air émacié et grisâtre, sa silhouette est plus sombre et plus anguleuse, on dirait un couteau usé. Il lève les yeux quand je pose la tasse devant lui.

J'ai compris une chose, dit-il. Personne ne nous appartient. Ni notre conjoint, ni nos enfants. Personne ne nous appartient jamais en dehors de nous-mêmes.

Mon cher Kristinn, je dois aller travailler.

Il baisse les yeux sur sa tasse.

Tu pars quand tu veux. Tu ne m'as jamais appartenu, même si je l'ai souhaité. Même si je m'en suis persuadé. Je crois qu'au fond, je t'ai toujours sue capable de ce genre de chose. De cet égoïsme. Capable de changer brusquement d'avis et de tout envoyer balader. J'ai toujours été préparé à ce que tu le fasses, quelque part dans ma tête. C'est pour ça que je suis si calme.

Tu ne l'es absolument pas, dis-je.

Tu t'attendais à quoi ? demande-t-il. J'ai vécu heureux dans notre mariage pendant plus de vingt ans, je suis un époux fiable et aimant, je considérais faire partie des chanceux qui avaient trouvé leur âme sœur dans la vie, leur meilleur ami, une personne qui les accompagne à travers l'existence, et qui vivent heureux jusqu'à la fin, puis un beau jour, voilà que je reçois la nouvelle en pleine figure : ma femme aime un autre homme. Notre avenir doit céder la place à cet amour magnifique qui balaie tout ce que tu avais de plus sacré, ton couple, tes enfants, ton travail.

Ne parle pas si fort, Salka va t'entendre.

Et alors ? Je n'ai pas l'impression que tu te sois beaucoup souciée des enfants ces derniers temps. Tu n'as fait que penser à toi. Tu nous as tous pris pour des imbéciles.

Je me prends le visage dans les mains, il baisse d'un ton.

Pardon, je ne voulais pas perdre mon sang-froid.

Je dois y aller. Il se passe des choses à Krýsuvík. Tu déposes Salka à l'école, d'accord ?

Mais je n'arrive pas à le laisser comme ça, abattu, accablé, voûté, penché sur sa tasse de café. Je m'accroupis devant lui, je passe mes bras autour de ses genoux, je pose ma tête sur ses cuisses. Il me caresse les cheveux.

Je t'aime, dit-il. Je n'y peux rien, qu'importe ce que tu m'as fait. Je suis incapable d'arrêter de t'aimer. Mais je ne suis pas certain de pouvoir te pardonner.

D'ailleurs, je ne le mérite pas, dis-je en pleurant sur son pyjama. Je n'arrive pas non plus à me pardonner la manière dont je t'ai traité.

Tu n'as pas besoin de le faire, répond-il. Tu ne fonctionnes pas comme ça. Tu es capable de continuer ta vie sans te soucier du passé.

Tu crois que je n'ai aucun sens moral ?

Oh si, tu en as un. Tu sais tout à fait discerner le bien du mal, tu as toujours jugé les autres sans la moindre pitié. Et tu t'es jugée toi-même le plus durement. Puis voilà tout à coup qu'en fin de compte, tu es capable de te passer de tout jugement, de tout laisser derrière toi et de continuer à vivre ta vie comme si de rien n'était. Après toutes ces années, il apparaît en fin de compte que tu ressembles à ta mère trait pour trait.

Ne me dis pas ça ! Mon cher Kristinn, je t'en prie, ne me compare pas à ma mère, dis-je en sanglotant et en me prenant le visage dans les mains.

Au moins, elle avait une excuse, elle souffrait de problèmes mentaux. Elle n'a pas mené tout le monde en bateau pendant des années en jouant la comédie de la parfaite épouse et mère.

Il faut que j'y aille. J'enfile mes chaussures et ma veste, puis je cours vers la voiture. Les larmes me brouillent la vue, mais je l'aperçois dans le rétroviseur en m'en allant, pieds nus et en peignoir dans l'allée du garage, il crie mon nom, lui aussi pleure.

Et je dois bien reconnaître que lorsque j'arrive au centre de coordination de la protection civile rue Skógarhlíð en ce mardi matin, je ne suis pas tout à fait moi-même. J'appelle Tómas sur le trajet, il ne répond pas à mes deux premiers coups de fil et lorsque j'arrive enfin à le joindre, je fonds pratiquement en larmes : Oh, mon amour, ce que ça fait du bien d'entendre ta voix.

Qu'est-ce qui se passe, demande-t-il, la voix rauque de sommeil. Tu pleures ? Serait-il en train de te rendre dingue ?

Non, mais c'est tellement difficile. Il n'arrête pas de parler. Il est tellement blessé et j'éprouve tant de compassion pour lui, je l'apprécie tellement.

Voyant que Tómas garde le silence, je m'empresse d'ajouter : Je ne l'aime pas comme je t'aime toi, mais je l'aime quand même, à ma manière. Il a toujours été si gentil avec moi. Et voilà comment je le récompense.

Tu peux encore retourner auprès de lui. S'il est si gentil avec toi, si tu l'aimes malgré tout.

Tómas, mon amour, ne me dis pas ça. Comment pourrais-je revenir en arrière ? Je t'aime.

Oui, tu m'aimes, mais à t'entendre, on a l'impression que tu le regrettes, s'agace-t-il, tandis que je perçois le bruit lointain d'une chasse d'eau.

Il y a quelqu'un chez toi ?

Quelle idée ! Je viens de me réveiller, j'ai passé une bonne partie de la nuit debout. C'est ton coup de fil qui m'a sorti du sommeil.

Pardon, je ne voulais pas te réveiller, essaie de te rendormir.

Il raccroche, je ne pleure plus, je fixe la route devant moi. Ma tristesse tout en larmes et en convulsions a laissé place à une sorte de froideur au creux de ma poitrine, j'ai la gorge tenaillée par la peur. Tómas me semble tellement distant et indifférent, pourquoi s'est-il couché si tard ? Qui a tiré cette chasse d'eau ?

Je me gare devant le centre de coordination de Skógarhlíð, j'attends un moment dans la voiture que ma respiration redevienne normale. Elle est haletante et chaotique, cramponnée au volant je suffoque tandis que la terreur, la tristesse et la colère dansent en une ronde diabolique dans ma tête : il ne m'aime plus, il me tourne le dos, il m'abandonne au moment où j'ai le plus besoin de lui.

J'ouvre la portière et je vomis sur le parking, une partie du jet atterrit dans l'habitacle, ma bile couleur café est presque belle sur les sièges en cuir beige. Tout se disloque, ma vie se transforme en une sauce ratée. Je sanglote, je crache, j'attrape un mouchoir en papier dans la boîte à gants, je me nettoie le visage et j'essuie le siège, puis j'empoigne mon intelligence défaillante et je l'emmène dans le centre de coordination pour prendre des décisions destinées à garantir le bien-être et la sécurité de la nation.

FATIGUE DU COMBAT, JE CROIS QUE C'EST L'EXPRESSION QU'ON EMPLOIE

Et qu'est-ce que vous proposez, s'écrie le chef de la police nationale. Que nous déclarions l'alerte rouge dans presque toute la province du Suðvesturland ? Vous n'auriez pas perdu la tête ? Vous avez l'intention de faire mourir de peur la moitié de la nation ?

Júlíus projette une carte sur l'écran au moment où j'entre dans la salle de réunion : la péninsule de Reykjanes y apparaît, criblée d'étoiles vertes qui partent de l'îlot d'Eldey et remontent vers l'est, jusqu'à Þingvellir, deux mille secousses sismiques ont été enregistrées cette nuit, dont quinze supérieures à une magnitude de 4, explique-t-il. Je crois que nous serons tous d'accord pour dire qu'il s'agit d'un comportement anormal. Nous avons le devoir de mettre en garde la population.

Stefán, le représentant du ministère de la Justice, hoche la tête, nous déplorons quelques maisons endommagées sur les hauteurs de la ville, et les Ponts et Chaussées signalent l'ouverture d'importantes fissures dans la structure du boulevard de Vesturlandsvegur, la route n° 1 qui fait le tour de l'île, à l'endroit où elle enjambe la rivière Elliðaá, c'est à se demander si la ville n'est pas en train de se déchiqueter.

Mais contre quoi voulez-vous mettre en garde la population ? demande Sigríður María en rongeant l'ongle de son pouce dont elle gratte le vernis rose avec ses incisives. Je veux dire, il y a une éruption en cours juste à côté, le fait qu'elle s'accompagne d'un certain nombre de secousses n'a peut-être rien d'étrange.

Milan me regarde en fronçant les sourcils : Anna, tout va bien ?

Oui, tout va bien, dis-je en essayant d'oublier ma migraine et mes nausées, et de me débarrasser du brouillard qui m'emplit la tête.

Quel est ton pronostic à la vue de ces nouvelles secousses ? Est-ce qu'elles indiquent une modification du comportement de l'éruption de Krýsuvík ?

C'est très inhabituel, dis-je, la plupart du temps, la terre cesse de trembler dès que l'éruption se déclenche. Les secousses ont d'ailleurs diminué au début de celle de Krýsuvík, mais voilà maintenant qu'elles reprennent et augmentent en fréquence comme en intensité. Cela pourrait indiquer une nouvelle intrusion de roche magmatique, une migration du magma. Le problème, c'est que nous ignorons vers où. Les secousses se déplacent le long de la péninsule, elles ne sont pas attachées à un périmètre ou à un système volcanique précis. C'est extrêmement singulier, et je ne saurais dire ce que ça implique.

Je propose donc qu'on décrète l'état d'urgence sur l'ensemble de la péninsule de Reykjanes, suggère Júlíus. Afin de prévenir les risques d'éruptions et de séismes de forte magnitude.

L'état d'alerte est déjà en place sur un rayon de dix kilomètres autour de Krýsuvík, répond Stefán. Nous devons nous garder d'effrayer inutilement la population. N'oublions pas que la région abrite les deux tiers de la nation islandaise.

Si nous décrétons l'état d'urgence, nous prenons le risque de semer la pagaille, ajoute le chef de la police en avalant tout rond un gâteau sec fourré à la crème. Ce sera le chaos sur les routes, il y aura des vols et des pillages. Or pour l'instant, il n'y a pas de motif évident de prendre cette décision. On va nous rire au nez si nous le faisons sans raison valable.

Je le regarde, étonnée : Des vols et des pillages ? Tu es sérieux ? Est-ce qu'il y a des précédents, est-ce qu'on a déjà vu ça ailleurs que dans les films catastrophes américains ? J'ai l'impression qu'au contraire, les gens accueillent les recommandations de la protection civile dans le calme et la sérénité.

Nous n'avons jamais non plus été conduits à décréter l'état d'urgence pour une éruption dans une zone aussi peuplée que celle-là, répond le chef de la police.

Le principal danger ne provient pas forcément de l'éruption elle-même, souligne Júlíus, mais aussi des mouvements de terrain. Nous pourrions avoir des séismes dépassant une magnitude de 6, des failles et des gouffres risquent de s'ouvrir sous nos pieds, des maisons et d'autres bâtiments de s'effondrer.

Nous accueillons en ce moment 23 000 touristes sur la péninsule, précise Sigríður María. L'éruption de Krýsuvík les attire comme des mouches. La mise en place de l'état d'urgence risque de les effrayer, ils craignent d'être bloqués ici. Cela nuirait énormément à la réputation du pays comme destination touristique, voilà qui détruirait tout le travail de redressement que nous avons accompli cet été.

Milan continue à me regarder : Anna, je dois m'appuyer sur ton évaluation de la situation. Sur ton expertise professionnelle.

Je m'efforce de fendre le brouillard qui m'encombre la tête, je fixe l'écran sur le mur, je jette une fois encore un œil aux tableaux et aux cartes posés sur la table, je scrute consciencieusement les données GPS, l'âge des couches de lave, la position des failles. Je regarde Júlíus : Tu veux bien remettre sur l'écran les courbes de fréquences, juste pour être sûre.

Il hoche la tête d'un air grave, attrape le clavier et entre son mot de passe dans le système de surveillance des risques géologiques de l'Institut de météorologie. Des images aux couleurs fluos et en perpétuel mouvement apparaissent sur l'écran, enregistrées par le maillage serré des sismomètres en temps réel. Tout cela semble normal, du vert et du jaune, les mesures enregistrées à proximité de l'éruption sont orange. L'activité éruptive se cantonne à Krýsuvík, elle se manifeste à l'image par une tache rouge vif.

Voilà ce qui nous inquiète, précise Júlíus en désignant les traits qui matérialisent les toutes dernières secousses sur la péninsule. Elles ne sont pas beaucoup plus fortes, la plupart sont en dessous de 4, mais elles se sont multipliées. Elles semblent également se rapprocher de la surface, ce qui pourrait indiquer une remontée de magma.

Ces inquiétudes justifient-elles de mettre la société en émoi ? interroge Stefán. Une éruption bat son plein à vingt kilomètres, nous avons mis en place l'état d'alerte dans le périmètre. Aux yeux du ministère, ce serait irresponsable de prendre le risque de perturber la société et l'économie sans motif capital.

Nous sommes tous les six assis autour de la table en losange avec nos cafés trop légers dans nos tasses ébréchées et cette étrange responsabilité sur les épaules : choisir la meilleure option pour la population. Deux policiers, un représentant de l'administration publique, une autre des groupes d'intérêts économiques, deux géologues. Nous scrutons sur nos écrans les cartes, les graphiques et les tableaux, nous faisons de notre mieux pour nous rendre utiles, chacun de son point de vue. Plus tard dans la journée, je me repasserai mentalement d'innombrables fois le fil des événements, je me demanderai ce que j'aurais pu faire d'une autre manière, sur quelle autre conclusion mes calculs auraient pu déboucher. Je me demanderai pourquoi je n'ai pas écouté cette vague intuition, pourquoi je n'ai pas même essayé de lui prêter attention. Pourquoi je ne l'ai pas confrontée à nos modélisations. La réponse à ces questions obsédantes est toujours la même : je ne peux pas me dédouaner de la responsabilité de ce qui nous attend.

Mais à ce moment précis, dans la salle de réunion du centre de coordination de la protection civile, je crois savoir exactement ce que je fais.

Les secousses sismiques liées à l'activité volcanique sont en général plutôt faibles, dis-je. Je ne crois pas que nous courions le risque d'un tremblement de terre de forte magnitude. Pour ce qui est des éruptions, une des caractéristiques des essaims de failles de la péninsule de Reykjanes, c'est que l'activité volcanique a lieu principalement en son milieu et que plus on s'éloigne de la zone où les deux plaques tectoniques se séparent, plus elle diminue. Le volcan le plus au nord du système de Krýsuvík est le Búrfell, aucune éruption n'est jamais survenue plus loin vers le nord. La seule zone de l'agglomération de Reykjavík qui soit potentiellement menacée par une éruption est le quartier de Vallahverfi à Hafnarfjörður, il est construit sur les champs de lave d'Undirhlíðar, mais nous disposerions de plusieurs jours pour l'évacuer avant que la coulée de lave ne l'atteigne.

Je regarde Milan et j'énonce mon verdict : Nous devons attendre de voir et nous tenir prêts au moindre changement. Nous allons publier un communiqué de presse pour répéter que le système de Krýsuvík est toujours placé sous haute surveillance, qu'il existe un risque sismique important sur la péninsule de Reykjanes, mais que nous considérons qu'il n'y a pas de raison de passer de l'état d'alerte à l'état d'urgence pour l'instant.

Milan hoche la tête : D'accord, mais nous devons être parés à toute éventualité. Nous vous convoquerons à nouveau au moindre changement.

Tout le monde se lève, des points noirs se mettent à danser devant mes yeux quand je me mets debout, je dois m'agripper à la table pour ne pas perdre l'équilibre. Milan me demande de rester un moment après le départ des autres membres du conseil.

Tu es certaine que tout va bien ? insiste-t-il.

Oui, bien sûr.

Il me toise d'un regard inquisiteur.

Anna, nous subissons tous une importante pression depuis plusieurs mois, tu me rappelles certains de mes collègues dans la police militaire avant que je ne la quitte. Je ne parle pas des nouvelles recrues, mais justement des plus expérimentés, des plus endurcis. Ils étaient capables de travailler sans limites, de se battre comme des lions pendant des mois et des mois, puis tout à coup, quelque chose en eux se brisait. Ils étaient désorientés, ils perdaient la vue d'ensemble sans même s'en rendre compte, ils commettaient des horreurs gratuites. Fatigue du combat, je crois que c'est l'expression qu'on emploie.

Dis donc, Milan Petrovic, on se calme. La fatigue du combat ? Tu plaisantes ? Si tu penses ne pas pouvoir te fier à mon jugement, tu n'as qu'à trouver quelqu'un d'autre !

Ne te mets pas en colère, j'ai entièrement confiance en toi, répond Milan. Je suis simplement inquiet pour toi, tu es une amie.

Je suis titulaire d'un doctorat en volcanologie et en géologie, j'ai dirigé les recherches sur toutes les éruptions qui se sont produites ici au cours des quinze dernières années. Permets-moi d'affirmer qu'aucun géologue islandais ne peut se prévaloir d'une expérience aussi solide, une formation aussi complète ou une vue d'ensemble aussi claire que la mienne et que personne n'est aussi apte que moi à prendre des décisions raisonnables quant à la réaction que nous devons adopter face à cette éruption.

Milan passe une main sur ses cheveux taillés en brosse, il a les yeux tristes, gris et injectés de sang à cause du manque de sommeil, comme moi.

Anna, tu sais quoi ? Tu es la personne la plus intelligente que je connaisse, mais il arrive que l'intelligence fasse preuve de stupidité et d'arrogance. Elle nous donne parfois une assurance illusoire. Elle conduit parfois les gens à penser qu'ils contrôlent des choses qu'il est impossible de contrôler. Parfois, la raison n'est qu'une illusion, il faut aussi prendre en compte d'autres paramètres comme l'intuition ou les sentiments et impressions.

Je te préviendrai le jour où les catastrophes naturelles relèveront des sentiments et impressions. Disons, le jour où il gèlera en enfer. Elles obéissent à des lois simples, à la physique et aux calculs. Nos connaissances et notre logique sont les outils dont nous disposons pour les comprendre. Ne t'inquiète ni pour moi ni pour le stress que je subis. Je n'ai jamais entendu pareilles bêtises. Je fonce à Krýsuvík pour évaluer la situation, on se rappelle plus tard dans la journée. Au revoir !

Puis je quitte la pièce comme une bourrasque, la tête haute, le dos droit, sûre de moi, armée de toute l'arrogance de ma raison, comme si j'avais parfaitement la situation sous contrôle, comme si je connaissais tout, comme si je pouvais me fier à mon jugement qui ne m'a jamais trahi et à mes connaissances, en dépit de la tempête qui se déchaîne dans ma tête.

Et bien sûr, tout semble parfaitement normal, les modélisations sont finement calibrées, les scénarios plausibles sont précis. Les formules de calcul fonctionnent, chaque constante, chaque variable est à sa place, mais quelque part dans les profondeurs de ma conscience, dans les méandres du passé, mon père tapote sa pipe en fermant un œil :

Regarde un peu, ma petite. Un essaim de fissures n'est pas un endroit, mais un moyen de transport. Comme les cygnes, tu te rappelles, les cygnes en route vers leur résidence d'été.

Mais je n'entends pas sa voix, je lui ferme la porte.

NUÉE ARDENTE

> Une nuée ardente (ou nuage pyroclastique) est un nuage de vapeurs, de cendres et d'éjectas volcaniques qui dévale à très grande vitesse (jusqu'à 500 kilomètres à l'heure) les pentes d'un volcan.
>
> SIGURÐUR STEINÞÓRSSON,
> *Qu'est-ce qu'une nuée ardente ?*
> (Vísindavefurinn, site internet islandais consacré à la science.)

Je commets une série d'erreurs au fil de la matinée qui n'est qu'une succession de résolutions, de souvenirs et de promesses oubliées, un des éléments qui me sort de la tête, c'est ma conversation avec Salka au réveil, lorsque je lui ai plus ou moins promis de passer la chercher à l'école pour l'emmener voir l'éruption. La question m'effleure pendant la réunion, est-il raisonnable dans cette situation d'emmener une enfant de huit ans sur le front de la coulée ? Puis l'interrogation s'évapore sans que je lui apporte de réponse, l'idée disparaît de ma tête et ma promesse est oubliée.

Plus tard, j'essaierai de résoudre cette équation, de déterminer à quel endroit nous nous serions trouvées à 10 h 14 ce matin-là si j'étais passée la chercher à l'école. Aurions-nous atteint le site de l'éruption avec Jóhannes, Halldóra et mes autres collègues, lui auraient-ils gentiment tapoté l'épaule en l'encourageant dans la voie de la géologie, en lui disant qu'elle tenait de sa mère et de son grand-père et qu'elle marchait déjà sur leurs traces ? Ou bien aurions-nous été retardées à l'école, forcées de passer à la maison pour prendre des chaussures plus adaptées et une doudoune plus chaude ? Mille événements et décisions auraient pu modifier le cours de cette matinée, un pneu crevé, un accident, un coup de fil important, une série de feux rouges sur le trajet, mais cela ne change rien à une réalité aussi terrible qu'inaltérable :

J'oublie Salka.

En fait, contrairement à ce que j'ai dit à Milan, je ne fonce pas directement à Krýsuvík. Si j'avais fait ça, je me serais rappelé la promesse faite à ma fille, je serais passée par notre quartier pour aller la chercher. Je roule pourtant dans cette direction en glissant le long du boulevard rectiligne de Kringlumýrarbraut, la jeep couleur champagne suit sa route habituelle, puis se retrouve tout à coup sur la mauvaise file et sans même m'en rendre compte, je traverse le pont qui m'emmène vers la zone artisanale de Kópavogur et l'atelier de Tómas Adler. En me garant devant le bâtiment, un doute m'étreint pendant un instant. Qu'est-ce que ça va m'apporter de débarquer ici à l'improviste, ivre de jalousie et de colère ? Qu'est-ce que je cherche, la confirmation de son amour ou la preuve de je ne sais quelle affreuse trahison ? J'hésite, puis je finis par franchir la porte qui n'est pas fermée à clef sans sonner, j'ouvre celle de son atelier et je crie :

Ohé, il y a quelqu'un ?

Je tends l'oreille en quête de halètements, d'agitation, de craquements du canapé, mais je n'entends que de la musique, *Wild Horses*, et une légère odeur d'herbe flotte dans l'air. Assis devant son ordinateur, il passe en revue ses photos, scrute des détails en noir et blanc, puis m'adresse un regard étonné par-dessus son épaule en m'entendant arriver, un sourire lui monte au visage : Pas possible, tu es là ? Génial, qu'est-ce qui se passe ?

Je suis prise de vertige tant je me sens soulagée, j'ai honte de ma jalousie.

J'avais simplement envie de te voir. Tu me manquais, ce début de matinée a été difficile.

Mon amour, répond-il en se levant de sa chaise. Moi aussi, tu me manquais. Ce que ça fait du bien de te voir. Pardonne-moi, j'ai été un peu brusque quand tu m'as appelé, j'ai un caractère de chien au réveil.

Il me prend dans ses bras, m'étreint, je tremble de soulagement et de joie, de voir qu'il est heureux de me voir. En réalité, tout le reste m'indiffère, le chaos qui règne dans son atelier et dans ma tête, la conscience que j'ai de ma banalité de quadragénaire avec mon pull en polaire et mes cheveux noués en queue de cheval plus ou moins hirsute.

Pourquoi ne pas m'avoir dit que tu allais passer ? demande-t-il en m'embrassant, j'aurais fait un peu de rangement, je t'aurais préparé un café.

Je décèle un changement de ton dans sa voix, je le regarde droit dans les yeux. Brusquement, je lui trouve le regard fuyant, j'inspecte la pièce, le canapé en désordre, la table basse où j'aperçois le mégot d'une cigarette roulée, deux verres à vin parmi la vaisselle sale entassée à côté de l'évier, je distingue des traces de rouge à lèvres sur l'un d'eux.

Tu as eu de la visite hier soir ? Je prononce ces mots d'un ton détaché, comme si je parlais du temps qu'il fait.

Pourquoi cette question, répond-il, éveillant ma suspicion : Ah bon, je n'ai pas le droit de te la poser ?

Une vieille connaissance est passée me voir pour travailler avec moi sur une série de photos de l'éruption de Krýsuvík pour *Iceland Review* ou un magazine du même genre. Il est même question de publier un livre.

Pourquoi tu ne me l'as pas dit ?

Parce que je n'en ai pas eu l'occasion et que tu ne m'as pas posé la question. Je vois tellement de gens.

Tu vois une autre femme ?

La question m'échappe sans que je puisse me retenir, dévoilant mes pitoyables peurs. Il sursaute, écarquille les yeux, blessé : Anna ! Mon amour, comment peux-tu imaginer une chose pareille ? Tu me connais si mal que ça ?!

Je ne te connais pas aussi bien que je le croyais. Par exemple, j'ignorais que tu fumais de l'herbe.

Il roule des yeux : Kristín a eu envie d'un petit joint, ça ne me dérange pas.

Ah, tout à coup, cette vieille connaissance s'appelle Kristín ?

Oui, elle s'appelle Kristín, c'est une amie journaliste freelance, il nous est arrivé plusieurs fois de travailler ensemble. Pour ma part, je ne touche pratiquement jamais à ces trucs-là.

Il prend mon visage dans ses mains, il n'est pas rasé, il a les cheveux en bataille et mauvaise haleine, il porte un vieux tee-shirt de hard-rock et un pantalon de jogging : Ma chère, ma douce, ma belle amante, je sais que tu es fatiguée, que tu portes le poids du monde sur tes épaules, que tu vis chez toi une situation pénible, mais tu dois me faire confiance. Je t'aime et tu m'aimes, c'est la seule chose qui compte. Tu es ma lumière, je mets ma vie entre tes mains.

Mon amant dit de si jolies choses, il est mignon avec ses airs de petit garçon, et tellement détendu dans sa tenue moelleuse et douce, dépenaillée. Il parle comme il bouge, tout en douceur, tout en puissance et en agilité, il marche comme un danseur et s'exprime comme un poète, il lui est si facile de m'apaiser, de déclencher mes rires, de couper court à mes questions gênantes. Je le connais si peu, je ne sais de lui que ce qu'il veut que je sache, j'ignore tout des femmes qu'il a aimées et qui l'ont aimé en retour, et voici que tout à coup apparaît une amie qui fume de l'herbe, boit du vin rouge et prépare un projet avec lui. La jalousie monte en moi comme une coulée incandescente, mais les mots qui sortent de ma bouche ne sont que glace : Tómas Adler, dis-je, parfois, j'ai du mal à te suivre. Parfois, j'ai l'impression que toutes les choses que tu dis ne sont que de belles paroles poétiques, des mots que tu assembles pour me séduire, mais qu'il n'y a rien derrière.

Il éclate de rire : Madame la scientifique, tu veux des faits solides, des preuves en béton que je suis amoureux de toi. Tu veux que je pose l'équation algébrique de notre amour et que je la résolve pour te plaire ? Ce n'est pas ainsi que les choses fonctionnent, tu dois avoir confiance en moi. Et croire en l'amour.

Tu me demandes d'avoir confiance en toi et de croire en l'amour, et tu me ris au nez ? Tu me trouves peut-être risible, trop facilement blessée et tellement vulnérable ? Tómas Adler, j'ai tout sacrifié pour toi et pour notre histoire. Mon mariage, le bonheur de mes enfants, le respect de mes collègues. Qu'est-ce que Tómas Adler a donc sacrifié pour moi ?

Je viens de réussir à le mettre en colère, ses yeux jettent des éclairs : Je ne t'ai jamais forcée à quoi que ce soit. C'est toi qui as fait le premier pas. C'était aussi ta décision de parler à Kristinn de ton infidélité, de lui avouer que tu étais amoureuse de moi. C'est toi qui es à l'initiative de tout cela et tu dois être responsable de tes actes.

Je n'en crois pas mes oreilles : Mon infidélité ?! Ah, voilà maintenant tu appelles ça de l'infidélité ? Toi qui as toujours décrit ce qui nous arrive comme une histoire d'amour, comme la plus grande aventure de ta vie, toi qui m'as suppliée de le quitter pour être avec toi, et maintenant, tu oses appeler ça de l'infidélité ?! Et me sommer d'endosser la responsabilité de mes actes ?

Mon sang hurle sa fureur dans mes tympans, je donne un coup de pied dans la table basse, le cendrier atterrit sur le sol : Je t'interdis de me traiter comme ça, tu m'entends ?! Tu tailles ma vie en pièces et ensuite, tu m'ordonnes de ramasser les morceaux ! Tu me dis d'être responsable ? Tu peux parler !

Anna ! hurle-t-il, lui aussi. Mais nom de Dieu, qu'est-ce qui t'arrive ? Qu'est-ce que j'ai fait ?

Tu n'as rien fait, c'est bien là le problème ! Tu parles, tu parles, de l'amour, de la beauté et en réalité, derrière tous ces mots, il n'y a rien. Rien d'autre que du vide ! Je m'en vais !

Je quitte le bâtiment comme une bourrasque, je l'entends qui me crie quelque chose au moment où la porte claque violemment derrière moi. Je monte en voiture, je démarre en trombe, les yeux débordants de larmes, je quitte aussi vite que je le peux le deuxième homme de ma vie en cette maudite matinée. Je roule à tombeau ouvert jusqu'au boulevard de Reykjanesbraut, puis je m'engage sur la route de Krýsuvík, vers la jolie petite éruption qui ronronne à l'endroit idéal et se pare de ses plus beaux atours pour les deux cars remplis de touristes et les treize géologues qui s'affairent avec leurs instruments de mesure, leurs pics, leurs pelles, leurs caméras thermiques infrarouges, leurs tubes à essais et leurs mètres à ruban : ces armes scientifiques d'une ridicule futilité face aux puissances naturelles.

J'essuie mes larmes d'un revers de manche, tellement furieuse que j'en ai des vertiges et l'estomac retourné, j'ai du mal à maîtriser la voiture et à tenir la route. J'abaisse ma vitre pour avoir un peu d'air frais et je ne comprends que trop tard que la vague qui m'agite n'est pas uniquement intérieure. Je ne le comprends que lorsque la petite forêt de sapins s'évanouit subitement à côté de moi, elle disparaît d'un coup, comme par magie, la route reste comme suspendue dans le vide, une bande d'asphalte qui mène vers le néant, comme un isthme, le paysage alentour a disparu. La voiture plane dans les airs, une flèche couleur champagne fend le nuage de poussière, on n'entend plus rien que le hurlement de l'abîme au moment où la terre ondule et se brise.

Puis ce bruit s'évanouit lui aussi, et c'est le noir total.

NOIR
DÉFINITION :
RISQUE EXTRÊME – ÉTAT D'URGENCE NATIONAL

Les événements classés dans cette catégorie exigent des mesures immédiates. Il s'agit de circonstances susceptibles d'entraîner un grand nombre de décès, de terribles pertes économiques et d'avoir un impact désastreux sur la société ou d'affecter l'environnement de manière durable voire irrévocable. Il est capital de réserver à ce type d'événement un traitement sans délai et d'en faire la priorité absolue. Des plans d'action doivent d'urgence être mis en place pour diminuer les risques.

Évaluation des risques par la protection civile : principales conclusions.
Sous la direction éditoriale de GUÐRÚN JÓHANNESDÓTTIR.
Rapport collaboratif entre le chef de la police nationale et les services de la protection civile, Reykjavík, 2011.

C'est ainsi que cela s'achève. Je suis morte, engloutie par le sol.

Je reprends conscience, enveloppée par la terre. Je suis en son pouvoir, elle me retient prisonnière comme un insecte au creux de sa paume moelleuse et sombre.

J'essaie de remuer la tête, mais elle ne bouge pas, j'ouvre les yeux, je les referme, ils sont emplis de ténèbres. Mieux vaut les garder fermés, se concentrer sur cette activité.

Ne pas penser.

Ne pas me dire que je suis morte, que c'est donc comme ça quand on est mort.

En réalité, il n'y a rien d'affreux à partir ainsi. On replie ses ailes et on s'enfonce dans le sol comme une abeille en automne. C'est là que nous finirons tous par disparaître, au fond d'une obscurité compacte et douce, nous nous décomposerons et retournerons à notre commencement, insectes et savants, justes et injustes, la terre ne fera aucune différence entre nous. Pour elle, nous ne sommes rien de plus que des empilements de carbone pétris de sentiments.

Je pourrais presque en rire, mais dans ce cas, ma bouche s'emplirait de terre et j'étoufferais. Je ne veux pas étouffer. Pas tout de suite. Je dois chasser cette idée de mon esprit, oublier que là où je suis, il n'y a en réalité pas d'oxygène. Qu'il ne me reste sans doute que quelques secondes avant que ces ténèbres ne noircissent encore, avant que je ne meure réellement, avant que je ne me transforme en un de ces amas organiques que la terre abrite dans le secret de ses profondeurs. Je préfère essayer de me concentrer pour ménager un peu plus d'espace autour de mon corps, griffer le sol et les pierres de mes doigts abîmés, serrer les orteils dans mes chaussures, les déplier et tenter de m'arc-bouter en utilisant la force de mes jambes et de mes bras pour pousser

… et sortir.

Mon bras gauche a atteint l'air libre, jusqu'au coude.

Je reste un instant immobile, cherchant dans ma cervelle la réaction à adopter face à cette situation inattendue, mais mon corps n'en peut plus. Il prend les commandes, mon instinct de survie se réveille, il gigote, il donne des coups de pied et se débat de toutes ses forces primitives. Un courant frais filtre dans l'espace exigu qui sépare mon corps du sol, il franchit mes lèvres craquelées, mes dents serrées et entre dans mes poumons hurlants, un sublime mélange d'oxygène à raison de 22 % et d'azote à 78 %, les proportions idéales, quelle merveille, quel miracle qu'un composé chimique pareil existe dans ce monde et rende notre vie possible sur terre. Je concentre toutes mes forces sur ma respiration, j'entends tout à coup des appels et des cris, une main empoigne la mienne et la tire, on gratte la terre, on creuse, au-dessus de moi, sous moi, à côté de moi, et me voici tout à coup revenue à l'air libre, des mains m'attrapent les bras, me hissent à la surface, je suffoque, j'emplis d'air délicieux mes poumons en flammes. Mes yeux s'habituent à la lumière du jour, mais ne voient rien, je me prends le visage dans les mains : aurais-je perdu la vue ?

Non, ce sont bien mes mains, elles sont là toutes les deux, tout comme mes dix doigts douloureux, sales, mais intacts. Il fait sombre, je peine à distinguer les visages de ceux qui m'ont sauvée. Des yeux sombres apparaissent au-dessus de masques grisâtres, quelqu'un me tend une bouteille d'eau en prononçant des mots que je ne comprends pas, je bois à grandes gorgées, mes yeux s'habituent peu à peu à cette pénombre. Nous sommes au fond d'un ravin, d'un effondrement de terrain qui vient de se produire. On aperçoit l'arrière d'un minibus qui dépasse de l'arête en surplomb, les voyageurs sont sortis en rampant par le coffre, puis m'ont sortie à mains nues des éboulis. La terre nous a littéralement engloutis.

Où sommes-nous ? Que s'est-il passé ? dis-je.

Mes sauveurs secouent la tête, ils ne me comprennent pas. Ce sont des étrangers, peut-être des Chinois. Ils discutent tout bas, en susurrant, la petite dame aux cheveux gris vêtue d'un anorak rouge et assise à mon côté pose les mains sur mes épaules, me nettoie le visage et me parle d'une voix rassurante. Elle chantonne doucement, *yao, yao, yao*, des mots qui sont peut-être ceux d'une berceuse chinoise. C'est alors que je remarque que je pleure. Que je tremble comme une feuille, que j'ai le corps trempé et couvert de terre, que j'ai perdu ma veste. Nous sommes cernés par une pénombre glaciale et au grain grossier, du sable noir pleut sur nous et je comprends subitement que les grondements qui m'emplissent les oreilles ne viennent pas de la douleur insoutenable qui m'étreint l'avant du crâne : c'est le vacarme aisément reconnaissable d'une éruption phréatique qui s'est déclenchée à proximité.

Mon esprit embrouillé sort de sa torpeur et essaie de rassembler ses idées éparpillées en quelque chose qui ressemble à un projet rationnel. Peu à peu, les voyants s'allument dans ma tête comme sur le tableau de bord d'une vieille machine revenant à la vie après un court-circuit. J'ai mal, j'ai froid, je suis toute mouillée et totalement épuisée, mais il y a une chose dont je suis sûre : il n'y a pas pire endroit que celui où s'est produit un effondrement de terrain à proximité d'une éruption. Nous devons quitter ce trou avant que les gaz toxiques ne l'envahissent en rampant et ne plongent leurs doigts assassins dans nos narines pour nous endormir.

Follow me, suivez-moi, dis-je aux malheureux touristes. Je m'apprête à marcher jusqu'à la base de l'éboulis le plus proche, mais mes jambes refusent de me porter. Une douleur violente me broie la cheville gauche. Deux hommes me passent leurs bras sous les aisselles pour m'aider à monter jusqu'à l'arête. Le premier, svelte et les yeux écarquillés par la peur, n'a pas plus de vingt ans, le second, les cheveux clairsemés, l'expression concentrée et calme, pourrait être son père. Ils redescendent chercher leurs valises, les autres gravissent l'éboulis en file indienne avec leurs bagages. J'attends, comme pétrifiée, sur le bord du trou, d'où je contemple les vestiges du monde que j'ai connu.

Un mur de feu coupe le paysage en deux aussi loin que porte le regard, des gerbes de lave incandescentes jaillissent de la terre calcinée comme autant de dents acérées et rougeoyantes. La terre montre son vrai visage, l'ogresse s'est débarrassée de son masque de beauté, elle a ouvert des failles sur toute la longueur de la péninsule : l'ombre noire d'un prodigieux panache éruptif jette sa nuit sur les lieux, une tempête déchaînée de cendres s'abat sur nous. Je suis totalement désorientée, j'essaie de repérer où nous sommes, à quel moment de la journée, mais le monde est méconnaissable, anthracite et carbonisé, j'ai mal au pied et à la tête, et le soleil a disparu dans la nuit. Un son aigu me perce les tympans comme le bip d'un appareil électrique déréglé, il traverse les grondements menaçants de l'éruption, mais j'ignore sa provenance.

Les Chinois ont ouvert leurs valises, ils posent une doudoune fluo par-dessus mes vêtements en loques et maculés de terre, je gémis lorsqu'ils soulèvent mon pied blessé pour m'enfiler un pantalon imperméable. Ils me parlent, leurs voix sont douces et musicales, ils me couvrent la bouche et le nez d'un masque antipoussière et me mettent sur la tête un ridicule bonnet orné de macareux brodés et d'un pompon, puis m'aident prudemment à me mettre debout.

Nous sommes sur la route, elle est zébrée de fissures, elle s'émiette, partout autour de nous, les champs de lave ancienne sont disloqués, parcourus de nouvelles failles et d'effondrements, on voit encore de la terre et des pierres tomber des bords. Des secousses titanesques ont déchiré le sol, mais je ne me souviens de rien, je ne sais plus où j'étais, ni ce que je faisais au moment où la terre m'a engloutie.

Le son aigu croît en intensité, cette insupportable sirène vous casse les oreilles, je baisse les yeux à mes pieds, éreintée, et je distingue un mouvement dans la cendre noire : le bruit provient d'un petit mulot, il court en décrivant des cercles, il pleure son nid douillet, sa maison, son univers tel qu'il était, fou d'angoisse dans ce monde méconnaissable, envahi par les ténèbres.

Pauvre petit, me dis-je, mais à nouveau, la terre se met à trembler, la secousse est violente, mes bienfaiteurs poussent un grand cri, puis prennent leurs jambes à leur cou dans je ne sais quelle direction, traînant derrière eux leurs bagages et une géologue islandaise. Le père et son fils continuent à me soutenir, je m'agrippe de toutes mes forces à leurs épaules, je cours malgré ma patte folle et je pleure en silence, parce que j'ai enfin compris où nous sommes et à quel moment, j'ai enfin compris ce qui vient de se passer. Nous courons pour nous éloigner de ce qui était il y a peu la plateforme d'observation de la jolie petite éruption de Krýsuvík, sauf que Krýsuvík a disparu, mes collègues sont perdus dans cette obscurité. Le seul endroit dont ce panache anthracite pourrait s'échapper est le paisible lac d'Elliðavatn, dont les vaguelettes léchaient jadis amicalement le rivage, juste à côté de ma maison, dans la grande banlieue de Reykjavík.

L'essaim de fissures et son voyage, te souviens-tu, papa ? Les cygnes en route vers leur résidence d'été.

•••

Les retombées de cendres et les ténèbres engendrées par l'éruption vous ôtent toute volonté de vivre. J'ai vu des groupes entiers d'ambitieux étudiants en géologie sombrer dans la torpeur et la mélancolie au bout de quelques heures plongés dans ce type d'obscurité, ils s'allongeaient et remontaient leur sac de couchage pour se couvrir la tête. C'est là une réaction primaire dont la raison est simple : nous sommes des enfants de la lumière et nous perdons notre sens de l'orientation dans la nuit palpable et compacte sortie de la terre. Cet abattement m'affecte tout autant que mes sauveurs, mais j'ai de l'entraînement, je suis préparée et poussée en avant par une angoisse différente de celle qui les étreint. Ils ne tardent pas à renoncer à courir, c'est d'ailleurs compliqué d'avancer sur cette route criblée de fissures à tâtons dans cette noirceur où nous voyons à peine à un mètre.

Keep moving, our lives depend on it, continuez à avancer, nos vies en dépendent ! J'ai beau crier, ils ne comprennent pas l'anglais et ne sauraient donc m'obéir, ils ralentissent constamment. Ils abandonnent leurs valises derrière eux sur la route, ils errent, voûtés, traînant les pieds dans les cendres, la vieille dame aux cheveux gris étouffe un sanglot à chaque pas. Puis elle finit par s'asseoir, un homme et une femme qui pourraient être son fils et sa belle-fille la remettent debout et l'emmènent, mais au bout de quelques minutes, elle abandonne à nouveau et s'effondre sur la route. Ils essaient de la relever, elle secoue la tête, elle refuse de continuer. Ils s'attardent quelques instants à côté d'elle, puis sa belle-fille se remet à marcher, laissant le fils derrière elle. Peu à peu, l'espace entre nous augmente, je perds de vue ceux qui sont tombés. Le père et son fils ne me soutiennent qu'à la force de leur volonté, ils sont épuisés, le fils me regarde d'un air désolé, me lâche, s'immobilise un instant puis disparaît dans la tempête noirâtre.

Please don't give up, we have to keep moving, s'il vous plaît, n'abandonnez pas, nous devons continuer à avancer. Je crie ces paroles dans les oreilles du père, mais il ne semble pas m'entendre, ne pas me comprendre, il avance résolument, sa capuche sur la tête, il continue à marcher comme s'il ne savait rien faire d'autre, comme un bœuf qui aurait tiré la même charrue toute sa vie durant. Il finit cependant par renoncer lui aussi, il me lâche et reste les bras ballants à côté de moi. Je lui prends la main pour essayer de le faire avancer, je l'implore : *Please !* Mais il se contente de me regarder de ses yeux emplis de tristesse et rougis par-dessus son masque sale, puis il s'assoit dans la cendre dont le vent a formé des monticules sur la route.

Je continue, je parviens à avancer de quelques mètres sur mon pied blessé, puis je renonce moi aussi, je tombe à genoux, je marche à quatre pattes le long de la route, je rampe, je pleure et je me perds en imprécations. Peu à peu, le chaos qui m'agite l'esprit ralentit, mes pensées s'anesthésient, mon existence consciente s'évanouit sur cette route. Tout est englouti par cette noirceur, mon travail et ma réputation, mon arrogance et mes rêves, mon ambition, ma vanité, mes parents et mon foyer, mon mari, mon amant, mes enfants. Pour finir, il ne me reste plus rien à part les ténèbres et l'amour, le désir de tout ce qui vit dans la lumière, et quelques bribes d'une berceuse qui résonne dans ma tête maintenant que les ténèbres ont happé tout le reste,

Sommeille le pissenlit
dans le jardin joli
le mulot sous la mousse

Puis il n'y a plus que le silence.

Note explicative X
L'ÎLOT DE GRÓTTA

… n'a en réalité aucun rapport avec tout cela, j'ignore pourquoi, plongée dans ces ténèbres, je pense tout à coup à cet îlot. Cette petite portion de terre située à l'extrémité de la pointe de Seltjarnarnes, à l'ouest de Reykjavík, est en réalité sous le niveau de la mer, de gros blocs de pierre protègent son rivage de l'océan qui l'assaille de tous côtés. Jadis, cet endroit était une belle et vaste campagne florissante, mais les vagues ont grignoté la terre de leurs attaques continuelles, n'épargnant que cette cuvette en forme de larme cernée par les eaux. On ne peut même pas considérer qu'il s'agisse d'une île au sens propre puisqu'elle est reliée à la terre ferme par un isthme, un cordon ombilical : disons que c'est plutôt une base avancée, un espace revêche qui refuse obstinément de sombrer sous les eaux.

J'ai passé les douze premières années de ma vie à Vesturbær, le quartier ouest de Reykjavík sans jamais aller à Grótta. Jusqu'au jour où Guðrún Olga m'y emmène à bord de sa petite voiture noir et bordeaux, elle dépasse la rangée de belles villas qui bordent la route et se gare devant un atelier de réparation automobile tout au bout de la pointe. Elle attrape un gros sac à dos et un panier à provisions sur la banquette arrière, me tend le panier, le sac à dos est tellement lourd qu'elle a du mal à l'installer sur ses épaules. Puis elle se met en route, je lui emboîte le pas, je brûle de peur autant que de curiosité.

Je n'ose pas lui demander ce que nous venons faire ici. D'habitude, maman ne remarque même pas que j'existe et nous voilà tout à coup parties toutes les deux en excursion. Je ne savais même pas qu'elle avait une voiture. Ce jour-là, lorsque j'arrive chez elle, il est évident qu'elle m'attend, joyeuse et impatiente, une lueur étrange au fond des yeux. Ce soir, c'est la Saint-Jean et c'est le moment de vivre de grandes aventures, annonce-t-elle.

Est-ce que papa est au courant ? dis-je hésitante.

Oui, mais il a voulu te réserver la surprise, c'est pour cela qu'il ne t'a rien dit.

Et bien sûr, je sais qu'elle ment, papa n'a jamais essayé de me faire aucune surprise. S'il avait su que je partais pour cette petite excursion, il m'aurait d'abord gratifiée d'un bref cours sur la géologie du lieu, il m'aurait prêté son marteau et préparé au moins trois tartines au pâté de foie et au concombre qu'il aurait mises dans ma boîte à pique-nique. Mais je ne réponds rien à ma mère, trop surprise et heureuse qu'elle ait envie d'être avec moi.

Nous marchons un bon moment, je me fatigue assez vite, je fais passer le panier d'un bras à l'autre. Nous avançons sur le chemin de gravillons qui longe le rivage, en direction du phare. Puis le chemin s'évanouit dans les herbes et les boutons-d'or bientôt remplacés par les oyats et le varech, enfin, nous atteignons la mer qui commence à lécher l'étroite rangée de rochers permettant d'accéder à l'îlot.

Allons, dépêche-toi, m'ordonne Guðrún Olga, nous devons traverser avant la marée haute.

Je proteste en un soupir : Mais, nous allons nous retrouver coincées là-bas !

Pas pour longtemps. Ce n'est pas grave, c'est là toute l'aventure.

Elle chancelle en posant le pied sur la première pierre, mais parvient à reprendre l'équilibre, puis avance sur les gros blocs, son énorme sac sur le dos. Je la suis après un instant de réflexion. Elle n'est pas beaucoup plus grande que moi, aussi fine qu'un brin d'herbe, ses bottes en cuir lacées à l'avant glissent sur les pierres mouillées, elle porte une robe rouge sous son manteau noir. Le vent ébouriffe ses longs cheveux bruns dans tous les sens, j'ai peur que les bourrasques la projettent dans la mer et qu'elle ne parvienne pas à regagner le rivage. Ce n'est pas facile non plus de sauter entre ces gros rochers chargée du lourd panier à provisions, la peur me serre le ventre, mais ce n'est pas si grave, me dis-je. Il n'y a rien de bizarre à aller se promener sur la plage avec sa mère, les autres mamans le font sans doute souvent avec leurs enfants. Je n'ai aucune raison de m'inquiéter.

Le soleil brille, mais le vent est froid. L'îlot n'abrite rien d'autre qu'un phare, trois vieilles maisons aux fenêtres condamnées par des planches, quelques huîtriers pie anxieux et une nuée d'environ dix mille sternes arctiques furibardes. Elles nous attaquent constamment, descendant en vol piqué depuis le bleu du ciel et poussant leurs cris stridents, l'une d'elles me frôle les cheveux de son aile et j'ai juste le temps d'enfiler mon bonnet avant qu'une autre me pique le crâne de son bec acéré.

Je crie à Guðrún Olga : Elles sont complètement folles ! Debout dans cette tempête de sternes, ma mère semble ne pas s'en soucier plus qu'elle ne se soucie de moi. Elle va jusqu'au phare et pose son chargement contre le mur.

C'est ici que nous camperons, annonce-t-elle en ouvrant le sac.

Est-ce qu'on a le droit ? dis-je en regardant les alentours. L'herbe est couverte de guano et de petits amoncellements frétillants, des oiseaux nouveau-nés. Blottis les uns contre les autres, ils essaient de passer inaperçus tandis que leurs parents préparent une nouvelle attaque aérienne.

Ma mère lève les yeux, l'air furieux : Tu es trop sage, ma petite Anna. Il faut parfois savoir enfreindre les règles et braver les interdits. Les filles doivent apprendre à se rebeller.

D'accord, dis-je, fatiguée.

Arrête ! s'écrie-t-elle, plus furieuse encore. Tu dois apprendre à ne pas dire d'accord ! Tu n'es pas censée obéir, passer ton temps à t'excuser ou à t'adapter aux exigences des autres. Tu dois au contraire savoir protester et demander pourquoi, te montrer exigeante avec le monde qui t'entoure.

Pourquoi ?

Parce que ce monde essaie de te faire taire afin de pouvoir se servir de toi. Il veut t'utiliser pour faire le ménage, la cuisine, mettre au monde des enfants, les torcher, faire la lessive, et occuper des emplois d'un ennui insupportable où tu ne fais que servir autrui. Tu dois te libérer des exigences de ton environnement, ma petite Anna, tu dois apprendre à servir tes intérêts plutôt que ceux des autres. Tu as le devoir de te rebeller, sinon, tu finiras écrasée comme un insecte.

Mais, dis-je, en vain, puisqu'elle a cessé de m'écouter. Elle sort de son sac à dos une vieille tente aux couleurs passées, quelques couvertures poussiéreuses et une pile de livres. Je l'aide à planter la toile avec les trois piquets rouillés, nous finissons par la maintenir en posant de grosses pierres aux angles.

Voilà, se réjouit-elle en tapotant la poussière de ses mains. La tente sent mauvais, comme lorsque papa oublie de sortir la lessive du lave-linge, mais l'odeur ne tardera pas à se dissiper, assure-t-elle en allumant une cigarette dont elle rejette la fumée à l'intérieur de la toile.

Elle s'assoit sur le parapet qui fait le tour du phare, ôte ses bottes et ses chaussettes puis étend ses jambes maigres et fines. J'essaie de faire abstraction de ses pieds, mais je n'arrive pas à m'empêcher de les regarder, les ongles de ses orteils sont longs, épais et jaunes comme les serres d'un oiseau de proie. Je suis brusquement effrayée, rien de tout cela n'est normal.

La mer nous entoure, pour le reste, il est d'une étonnante banalité. Les monts Esja et Akrafjall au nord, au sud, mes montagnes et celles de papa, Trölladyngja, Fagradalsfjall, le mont Keilir et sa forme pyramidale, les larmes me montent aux yeux quand je les regarde. Il sera tellement inquiet si je ne suis pas rentrée à la maison pour dîner. Je ne passe jamais plus de trois heures en compagnie de Guðrún Olga, à raison de deux fois par mois. Je ne crois pas que ce soit elle qui ait souhaité ces visites. À mon avis, c'est plutôt papa qui a décidé que j'avais besoin de la voir de temps en temps.

Je regarde vers le rivage, vers la ville. La mer a submergé le petit isthme qui nous relie à la terre ferme, me voici prisonnière de l'aventure de maman.

Elle est assise, les yeux fermés. Viens là, dit-elle, viens à côté de moi, puis elle me demande de poser la tête sur ses genoux. Elle me caresse doucement les cheveux et se met à chanter, tout bas et d'une voix légèrement fausse, une étrange berceuse :

Sommeille le pissenlit
dans le jardin joli
le mulot sous la mousse
la mouette sur les flots
la feuille sur le frêne
le soleil dans le ciel
le cerf sur la sente
et tous les poissons de l'océan.
Dors donc doucement
dors victorieusement.
Dors, mon petit amour.

Puis elle se tait, un long moment, en continuant à me caresser les cheveux. Je ferme les yeux, je n'ose pas bouger.

Est-ce que tu as faim ? me demande-t-elle tout à coup. Je m'assois et je hoche la tête. Elle tend le bras vers le panier à provisions, en sort une nappe immaculée et deux assiettes dont le liseré doré commence à s'effacer, un sachet de poisson séché, une boîte de sardines et un paquet de gâteaux secs Ritz. Elle a enveloppé deux verres dans un torchon, elle ouvre une bouteille de vin rouge et les remplit. Je fouille le panier du regard en quête d'une bouteille d'eau, je n'ose pas lui demander si elle a emporté à boire pour moi. Elle me tend l'un des verres et lève le sien : *Za vashé zdorovié !* Cela signifie "à ta santé" en russe.

Je demande : Je suis censée boire ça ? Elle hausse les épaules : Si tu veux. Je renifle le vin, je le goûte, il est affreusement âcre, il sent aussi mauvais que du jus de pomme périmé, mais j'ai tellement soif que je l'avale, que je le vide d'un trait. Elle me ressert sans dire un mot, puis ouvre le sachet de poisson séché et me le tend. Je n'aime pas le poisson séché, mais j'en prends quand même un morceau, je mange quelques gâteaux secs Ritz et me voilà à nouveau assoiffée. Je suis prise au piège : j'ai affreusement faim, mais dès que j'avale quelque chose, j'ai encore plus soif. Le vin me monte à la tête, me brûle l'estomac, j'ai surtout envie de pleurer, mais je me retiens. Guðrún Olga me scrute, elle me dévisage comme si elle me voyait pour la première fois.

Est-ce que tu as tes règles ? demande-t-elle sans préambule. Je secoue la tête, je sens mon visage s'empourprer. Je ne lui dis pas que mes seins n'ont même pas encore commencé à pousser, qu'ils sont plus petits que tous ceux des filles de ma classe et que je suis soulagée d'avoir du retard dans ce domaine. Je veux continuer à être une petite fille.

Tu devras faire attention quand tu commenceras à avoir tes règles, prévient-elle. Tu risqueras alors de tomber enceinte. Et si cela t'arrive, tu devras faire un choix. Tu seras forcée de prendre une décision.

Je baisse les yeux, gênée. Je ne comprends pas pourquoi elle me dit des choses pareilles. Je n'ai pas envie de parler de ça, pas maintenant, et tout simplement jamais.

Tu dois toujours savoir quelle personne tu as envie de devenir, reprend-elle. Si tu as envie d'être celle que les autres veulent que tu sois, ou si tu préfères être toi-même. Si tu as envie d'être obéissante et gentille, ou si tu préfères être forte et indépendante. Et si tu as un enfant, cela compliquera la situation. Tu ne pourras plus être toi-même si tu as un bébé. Tu seras forcée de devenir une mère. Tu seras obligée de donner tellement de ta personne qu'il n'en restera plus rien. Et tu arrêteras d'exister en tant qu'être humain.

Elle baisse les yeux, ses longs cheveux bruns retombent sur ses joues.

Je n'ai jamais voulu te faire de mal, murmure-t-elle. Qu'importe ce qu'on peut te raconter. C'est juste que j'étais tellement perdue, et tu pleurais constamment. Tu ne dormais pas, tu ne voulais pas que je te touche. Il y avait comme du feu dans tes yeux. Nous étions en train de mourir. J'ai simplement tenté de nous sauver toutes les deux.

Elle lève les yeux, ils brillent comme deux étoiles noires.

Ils ont voulu t'arracher à moi. Je n'aurais pas dû faire confiance à ce géologue. Il était de leur côté, depuis le début. Il s'est simplement servi de moi, il a toujours eu l'intention de me priver de toi. C'est pour ça que je suis descendue vers la mer avec ton landau, pour partir en t'emmenant avec moi. Je n'ai jamais voulu te faire de mal, qu'importe ce qu'ils disent.

Où voulais-tu m'emmener ? Pourquoi es-tu descendue jusqu'à la mer avec mon landau ? dis-je, désarçonnée.

Elle secoue la tête, agacée : Je ne m'en souviens pas, j'étais tellement perdue. Et tu passais ton temps à pleurer. J'avais l'impression de voir comme du feu dans tes yeux et je me disais que pour nous sauver toutes les deux, je devais l'éteindre.

Elle tend la main et me caresse la joue du bout des doigts.

L'amour, murmure-t-elle. L'amour est la chose la plus dangereuse qui puisse t'arriver. Il te cloue au sol, il te transforme, il t'efface. Tu dois choisir, ma petite Anna. Tu dois choisir entre toi et l'amour.

Je la regarde sans comprendre, je ne vois pas où elle veut en venir. Je suis fatiguée, j'ai faim, je suis morte de soif et de peur, légèrement ivre, et lorsque la police vient nous récupérer à bord d'une chaloupe de sauvetage plus tard ce soir-là, j'ai l'impression qu'elle me sauve la vie, je suis tellement heureuse de retrouver les bras de mon père que je pleure à chaudes larmes. Il m'attend sur le rivage, les mains dans les poches de son anorak, les traits tirés par l'inquiétude, il me serre contre lui dans la voiture de police qui nous ramène chez nous, allons, ma petite, tout va bien. Il me fait chauffer une soupe à la viande puis m'emmène dans ma chambre, voyant que je tombe de sommeil à table, il reste longtemps assis sur le bord du lit en me tenant la main jusqu'à ce que je sombre dans un sommeil agité.

Je n'ai revu Guðrún Olga que beaucoup plus tard, je n'étais alors plus une enfant. Peu à peu, l'îlot de Grótta se transforme en un souvenir flou et gênant, une de ces petites cicatrices du passé : je l'enfouis profondément dans les recoins obscurs de mon esprit. Je m'interdis d'y repenser, de l'analyser avec mon cerveau d'adulte mature, de voir que l'aventure de la Saint-Jean sur l'îlot était peut-être en fin de compte une tentative maladroite et désespérée entreprise par ma mère pour m'apporter des explications, me demander pardon et m'avouer son amour.

J'enfouis tout ça au fond d'un abîme de ténèbres étouffantes.

LA BRIGADE DE SAUVETEURS SIGURVON

… une sacrée chance que nous vous ayons repérée. Nous aurions passé notre chemin si vous n'aviez pas porté une doudoune aussi voyante étant donné la visibilité. Et on connaît votre visage pour l'avoir vu à la télé, dès qu'il est question d'éruption, vous arrivez sur le plateau pour expliquer ce qui se passe.

Les contours flous de la silhouette devant moi se précisent peu à peu, dévoilant une femme robuste assise au volant, sa voix est assez forte pour couvrir les grésillements permanents du Tetra et les appels radio qu'il reçoit. La jeep des sauveteurs est secouée par les cahots de la route, elle est remplie de passagers à l'air sombre, vêtus de doudounes rouge et bleu, équipés de casques blancs. La pénombre extérieure est compacte, palpable, les essuie-glaces balaient sans relâche la saleté grise qui tombe sur le pare-brise. L'homme assis à côté de moi me tend un gobelet en plastique contenant un fond de café, tenez, ma petite, essayez de boire ça. Vous étiez drôlement mal en point quand on vous a trouvée.

J'ouvre la bouche pour dire quelque chose, mais rien ne sort, comme si la cendre m'obstruait les voies respiratoires. J'ai affreusement mal aux yeux, mes paupières les rayent à chaque clignement, mieux vaut les garder fermer. Je déglutis, je me racle la gorge, j'essaie de me débarrasser de ce bouchon qui me bloque la gorge, mais il ne cède que lorsque je vomis sur le plancher de la jeep une flaque noirâtre.

Bon sang, s'exclame l'homme à mes côtés. Allons, ma petite, essayez de vous calmer. Tout ira bien.

Je parviens enfin à articuler : Les autres gens sur la route de Krýsuvík. Il faut que vous alliez les chercher !

D'autres brigades sont en route. Elles doivent aller secourir des touristes partout sur les champs de lave. Cela prend du temps par une visibilité si mauvaise, répond la conductrice.

Je sanglote : Mais ils vont mourir ! Ce sont eux qui m'ont sauvé la vie !

Elle secoue la tête : Hélas, ma chère, il n'y a plus de place pour personne dans la jeep. En outre, nous avons l'ordre de vous conduire immédiatement à Skógarhlíð.

Au centre de coordination ?

Évidemment, c'est là-bas que nous allons. Je sursaute, il faut d'abord que je retrouve Salka et Örn, que j'appelle Kristinn, que j'appelle Tómas, les angoisses pleuvent sur moi comme des déferlantes, où sont les miens ? Est-ce que quelqu'un peut me prêter son téléphone ?

Le sauveteur assis face à moi me soulève doucement le pied et le pose sur son genou, il ôte ma chaussure de randonnée et palpe ma cheville enflée, puis me demande de bouger les orteils et le pied. Ses mains sont chaudes et prudentes, ce qui ne m'empêche pas de gémir de douleur lorsqu'il les pose sur moi.

Il n'y a pas de fracture, mais vous avez une belle entorse. Ils regarderont ça de plus près au centre de coordination de Skógarhlíð, ils pourront vous faire une petite anesthésie locale et un bandage. Le système de communications par téléphone est hors d'usage, ça ne sert à rien d'essayer de passer des coups de fil.

Vous voulez bien passer par le Tetra pour demander des nouvelles des habitants du quartier de Vatnsendi, à côté du lac d'Elliðavatn ? Vous pourriez me rendre ce service ?

La conductrice secoue la tête : Vous ne voyez donc pas ce panache de fumée ? Le quartier de Vatnsendi n'existe plus. Les habitants n'ont disposé que de quelques petites minutes pour l'évacuer avant cette dévastation. Elle me regarde dans son rétroviseur et hausse la voix : Les gens ont été assez stupides pour vous écouter, vous, les experts, personne ne s'attendait à ça. Puis voilà que brusquement, tout a sauté !

Nína, tais-toi, ordonne l'homme assis sur le siège passager, il se retourne vers moi. Ma pauvre, pour l'instant, la situation est confuse, personne ne sait rien. Nous sommes la brigade de sauveteurs Sigurvon, Espoir de Victoire. Nous avons répondu à l'alerte dès que nous l'avons entendue, nous venons de Sandgerði. C'est le chaos absolu dans la capitale, il y a environ une heure et demie que tout ça a débuté. Tous les émetteurs sont morts, il n'y a plus d'électricité, la seule chose qui fonctionne encore, c'est le Tetra et les grandes ondes que plus personne n'utilise. Les gens essaient de fuir, mais se retrouvent bloqués dans leurs véhicules, et nous nous demandons combien de temps la police parviendra à maîtriser la situation. Ça ne sent pas bon.

La jeep bringuebale et nous secoue, elle transporte sept visages inquiets surmontés de casques blancs, la huitième tête à bord va et vient sur mes épaules, hébétée, maculée de terre, tuméfiée, éraflée, emplie de terreur, de noirceur et de regrets. Je scrute la zone du pare-brise que les essuie-glaces parviennent à débarrasser de la saleté grise qui tombe en pluie sur la voiture, accablée par l'évidence : la conductrice a raison, je suis responsable de ce qui se passe. Les gens ont été assez stupides pour m'écouter. Pourquoi n'ai-je rien vu venir ? Le chaos qu'est devenue mon existence me saute aux yeux : j'ai tout saccagé, j'ai trahi mon mari et j'ai chassé l'amour à coups de dents, par ma faute, tous ceux que j'aime sont en danger. Je me suis fiée aux modélisations en décrétant qu'elles avaient valeur de faits scientifiques, je me suis laissée aveugler par ma suffisance, par un excès de foi stupide en mon intelligence. Je n'ai pas écouté les voix qui ont tenté de m'avertir, pendant les réunions, dans ma tête, les voix venues du passé : on m'a confié une responsabilité et j'ai failli, j'ai failli, j'ai failli, je me prends le visage dans les mains et je sanglote tout bas de désespoir.

Allons, me dit le sauveteur assis à côté de moi en me tapotant l'épaule. Tout ira bien, essayez de vous reposer.

C'est un tout jeune homme aux yeux clairs, pourtant, il y a en lui quelque chose de profond, de doux et de paternel, je me laisse convaincre. Je sens que je me détends, les vagues de désespoir s'apaisent peu à peu et se transforment en bruit de fond dans mon cerveau. Je pose la tête sur son épaule, je ferme mes yeux irrités, vaincue par les secousses de la voiture et la fatigue. Sur le tableau de bord, le Tetra grésille et crachote, les voix déformées du système de la sécurité civile résonnent dans l'habitacle :

Centre de coordination de Skógarhlíð, alerte maximale. Noir. Alerte maximale, noir.

Appel général. Toutes les brigades doivent contacter le centre de Skógarhlíð, noir.

Je répète : Noir. Alerte maximale. Noir.

•••

Je sors de ma torpeur devant le centre de coordination, je n'ai pas la moindre idée du temps que nous avons mis pour nous frayer un chemin à travers la pénombre engendrée par les retombées de cendres et les embouteillages qui patinent, les visages apeurés et furieux des passagers des autres véhicules qui m'apparaissent furtivement dans ma torpeur. La police nous accompagne pour contourner les bouchons et franchir les barrages, les agents ont l'air austère et le regard angoissé. Les phares projettent leurs faisceaux pâlichons dans la pénombre, il n'y a plus d'électricité en ville.

Les sauveteurs m'aident à marcher jusqu'à l'entrée du centre de coordination, ils me confient aux soins d'une infirmière énergique qui me fait une injection dans le pied avant de le bander. Puis elle lave et désinfecte les éraflures qui me parsèment le visage et les mains. Elle me tend une canette de boisson énergisante et m'ordonne de la boire en entier.

Ça vous retapera, précise-t-elle. S'il y a quelqu'un qui a besoin d'avoir les idées claires en ce moment, c'est bien vous.

La salle de coordination des opérations est un capharnaüm, un chaos de gens qui vont et viennent en parlant à mi-voix, qui scrutent les écrans d'ordinateur et les équipements de communication, qui essaient d'appréhender des circonstances qu'aucun esprit humain ne peut maîtriser, qui se débattent dans tous les sens pour préserver des vies, pour sauver ce qui peut l'être. Les seules informations arrivent par le biais du système radio de la police, les brigades de sauveteurs et les pompiers font de leur mieux pour se frayer un chemin à travers la foule qui fuit les quartiers situés sur les hauteurs de la ville pour échapper au lac qui s'est transformé en cratère de feu bouillonnant et hurlant.

Anna ! Dieu soit loué !

Elísabet, Ebba, est la seule à remarquer mon arrivée, elle se lève d'un bond lorsqu'elle me voit entrer en titubant dans la salle, elle court vers moi et m'étreint de toutes ses forces. Je tremble entre ses bras et je me dis que cette femme intelligente et discrète, vêtue de son pull élimé, est sans doute ma seule véritable amie.

Je constate qu'elle a les larmes aux yeux lorsqu'elle relâche son étreinte.

Seigneur Dieu, quel soulagement de te voir, dit-elle. Ils sont tellement nombreux à être partis, j'ai cru que nous t'avions perdue toi aussi. Jóhannes, Eiríkur, Halldóra, Jean et Mogens, un grand nombre d'ingénieurs de l'Institut de prospection d'énergie et de la Météo nationale, et Dieu sait qui encore. Les touristes. Et tous ces pauvres gens qui vivent dans les banlieues sur les hauteurs. C'est abominable.

Ebba, il faut que j'aille chez moi.

Personne ne peut monter au lac d'Elliðavatn en ce moment sauf les pompiers et les sauveteurs. Il vaut mieux que tu restes ici, c'est ici que tu auras tous les renseignements qu'on peut obtenir. Et Milan t'attend.

Le chef de la police est dans l'œil du cyclone, assis devant le tableau de bord de la protection civile, les cheveux en brosse, pondéré, concentré, son casque équipé d'un micro sur les oreilles. Il prend le temps de lever les yeux et de me décocher un petit sourire, il tend la main et prend la mienne, comme pour s'assurer que je suis bien réelle.

C'est une bonne chose que tu sois là, un instant, dit-il, puis il continue à parler dans son micro : Il faut poursuivre l'évacuation des quartiers situés à l'ouest du boulevard de Vesturlandsvegur et au sud de celui de Reykjanesbraut, aller de porte en porte, vérifier les caves et les garages. Cherchez méthodiquement et soyez prudents, ne prenez pas de risques inutiles.

Milan, ma famille est là-haut. Il faut que j'y aille.

Il lève vers moi ses yeux gris et tristes, je ne peux pas te perdre, il y a tellement de scientifiques qui sont morts. Nous sommes en état d'urgence nationale. Nous avons tous des familles qui ont besoin de nous, mais nous ne pouvons pas les faire passer avant les autres.

Il pointe son index vers un coin de la grande pièce, la Croix-Rouge a commencé à constituer des listes de ceux qu'on a retrouvés, qui se sont manifestés ou qu'on a transférés à l'hôpital ou… tu devrais aller les voir. Ensuite, nous allons avoir besoin de ton aide.

La Croix-Rouge est chargée de consigner les noms des personnes introuvables, les comparer avec ceux de celles qui se sont manifestées, réunir les familles et les mettre à l'abri. Mais l'employé auquel j'ai affaire lève les bras au ciel, le système informatique ne marche plus, il n'y a plus d'internet, les enregistrements n'ont pas encore commencé. Je m'effondre sur une chaise et je laisse se reposer mes jambes tremblantes, Ebba me tend un sandwich accompagné d'une tasse de café léger et brûlant, elle me tient le bras comme si elle craignait de me perdre.

Combien y a-t-il de morts ?

Nous l'ignorons, répond-elle en s'essuyant le nez. Personne ne sait rien. Nous n'avons pas de vue d'ensemble, mais elle m'expose les fragments dont elle dispose. Les secousses ont débuté sur l'îlot d'Eldey la nuit dernière, elles se sont propagées vers l'est le long de la péninsule au moment où je me suis disputée avec Tómas et ont atteint leur point culminant à proximité des champs de lave d'Undirhlíðar, avec des séismes d'une magnitude allant jusqu'à 7 juste avant 10 heures. Ces séismes ont déchiré le sol, ouvert des crevasses, endommagé le réseau routier, détruits des habitations et d'autres constructions de la capitale et des environs : elles ont provoqué sous la route de Krýsuvík un affaissement de terrain qui a emporté ma voiture et un minibus transportant des touristes chinois. Peu après, de nouvelles failles éruptives se sont ouvertes, une éruption phréatique s'est déclenchée dans le lac de Kleifarvatn, une autre en mer, à proximité de la crique de Kerlingarbás, puis un afflux de lave beaucoup plus nourri s'est frayé un chemin vers l'est de l'essaim de failles qui s'est ouvert à la pointe sud du lac d'Elliðavatn, à la lisière de l'agglomération.

Nous avons reçu des messages du groupe de scientifiques qui travaillaient sur le terrain à Krýsuvík après la secousse la plus puissante. Ils étaient piégés, cernés par ces fissures éruptives. Nous… nous étions certains que tu étais avec eux. Tout le monde t'a crue morte toi aussi. Tu ne peux pas imaginer notre soulagement quand les secouristes de Sandgerði nous ont dit qu'ils venaient de te trouver sur le boulevard de Reykjanesbraut. C'est la seule lueur dans toutes ces ténèbres.

Vous n'avez vraiment rien pu faire ? Pourquoi n'a-t-on pas essayé d'aller les chercher ? Que font donc les hélicoptères ?

Ma pauvre Anna, tout s'est passé tellement vite. Les retombées de cendres étaient si importantes, elles arrivaient de toutes les directions, rien ni personne ne pouvait passer à travers. C'est abominable, mais nous n'avons rien pu faire. Tout à coup, le contact avec eux a été coupé.

Ebba me prend dans ses bras tandis que je pleure mes collègues, je m'efforce de ne pas les imaginer, le visage intelligent de Halldóra, les yeux myopes d'Eiríkur et Jóhannes, mon amical ennemi, ce cow-boy volcanique chaleureux et rugueux avec son tatouage du Hekla en éruption sur l'avant-bras, je fais de mon mieux pour ne pas les voir affronter cette lave en fusion, serrés les uns contre les autres, se prenant dans les bras dans l'attente d'une mort affreuse qui rampe lentement vers eux, inéluctable. J'espère de toute mon âme que les gaz les ont atteints avant la coulée.

Pardonne-moi, murmure Ebba. J'aurais dû t'écouter, j'aurais dû te croire. T'encourager à creuser l'idée dont tu m'as fait part l'autre jour concernant cette immense chambre magmatique. Mais c'est tellement en conflit avec toutes nos données, nos études et nos modélisations. Ce n'était pas censé se produire. Il n'y a jamais eu aucune éruption si loin au nord du système de Krýsuvík.

Je les ai trahis, dis-je en essuyant mes larmes avec ma manche. Je vous ai tous trahis. Nous aurions dû décréter l'état d'urgence et boucler tout le périmètre.

Comment aurais-tu pu prévoir une telle catastrophe ? Rien ne laissait présager que cette éruption puisse être si dévastatrice. Et le bruit de celle de Krýsuvík était si puissant qu'il couvrait tous les signes qu'une autre se préparait plus loin vers le nord.

Tu te souviens de l'éruption de Holuhraun, dis-je, mortifiée. Et de celle de Krafla ? Un essaim de fissures est un moyen de transport, pas un endroit fixe. Nous aurions dû être mieux préparés. J'aurais dû faire preuve d'un peu plus de jugeote.

Le dernier message de Jóhannes, reçu sur le Tetra : Puisse Dieu prendre nos âmes en pitié. Nous entendons maintenant les battements du cœur de feu.

Je sais que Milan a besoin de moi, mais je dois essayer de retrouver les miens et Tómas Adler.

Ma pauvre chérie, je ne sais pas où est ta famille, répond Ebba, mais Tómas est ici.

Mon amour, mon amant – le monde brûle, mes collègues sont morts et je ne sais pas où est ma famille, pourtant, je me réjouis de ton mon cœur égoïste en le voyant. Il est assis dans une pièce à l'étage avec quelques journalistes, dans un chaos d'ordinateurs, de trépieds et d'appareils photo, il me tourne le dos, je reconnaîtrais cette nuque et ces cheveux en bataille quels que soient le lieu et les circonstances. Je prononce son nom, il se lève d'un bond, son visage est marqué par toute l'affreuse pénombre qui nous cerne, je tends mes bras vers lui comme si j'étais en train de me noyer.

Nous nous étreignons, je le serre de toutes mes forces, les tremblements de terre secouent la ville, les radios grésillent, les sirènes hurlent, les tableaux de contrôle clignotent, mais rien de tout cela ne nous importe. L'espace d'un instant, nous sommes seuls au monde, il n'y a que lui et moi, et je tressaille de joie à la simple idée qu'il existe, qu'il a été épargné et que la Providence nous a réunis, ici et maintenant.

Notre étreinte est brève, nous nous détachons prudemment l'un de l'autre, mon Dieu, mon amour, dans quel état tu es, dit-il en caressant les bleus sur ma joue enflée. Mais que je suis heureux de te voir, heureux qu'on t'ait arrachée à la mort. On pensait que tu t'étais retrouvée piégée avec Jóhannes et tes collègues, que tu avais été engloutie par la coulée de lave. Mais je refusais d'y croire, tu ne pouvais pas disparaître comme ça. Puis nous avons appris que tu étais en route, saine et sauve. Je n'ai jamais reçu une aussi heureuse nouvelle.

Je pleure et je souris, comme une idiote, comme si on venait de me soulager de tous les chagrins et inquiétudes du monde. Comme si cela libérait quelque chose en moi de retrouver Tómas ici, sa beauté, ses yeux verts, ses cheveux en bataille, et de l'aimer de manière tellement incontrôlable. Il me parle doucement, comme il parlerait à un animal blessé, tout en caressant mes cheveux sales. Il me raconte le moment où le séisme a secoué son atelier, il avait l'impression d'entendre mille voitures freiner à fond, la secousse a fait exploser le béton des bâtiments. Puis il y a eu un grand silence, on aurait dit que le monde retenait son souffle et, tu vois, Anna, j'ai pressenti qu'il allait y avoir une réplique. Je savais que quelque chose s'était brisé dans les profondeurs de la terre. J'ai perçu avant qu'il ne percute mes tympans le hurlement venu du lac d'Elliðavatn. Et quand il s'est produit, tu es la première personne à qui j'ai pensé, je me suis demandé tout de suite où tu étais et si tu étais en sécurité.

Il est ensuite venu au centre de coordination, il a évité les embouteillages sur sa moto et présenté sa carte de la sécurité civile pour pouvoir entrer dans l'espoir de m'y retrouver.

Et c'est ici que j'ai appris les nouvelles, précise-t-il. On m'a dit que le comportement de l'éruption de Krýsuvík avait brutalement changé. Que de nouvelles fissures s'étaient ouvertes autour des premières, et que d'autres avaient atteint la capitale, beaucoup plus loin que quiconque l'avait prévu. Pour couronner le tout, une autre éruption s'était déclenchée en mer, près de la crique de Kerlingarbás. La situation est incontrôlable, personne n'a de vue globale, même pas Milan.

Nous descendons dans la salle des opérations, une carte de la péninsule de Reykjanes est projetée sur le mur en surplomb du tableau de bord de la sécurité civile. Elle est criblée de larges cercles rouges indiquant les secousses, une étoile noire symbolise l'éruption sous-marine au large de la pointe de Reykjanestá. Les failles éruptives sont matérialisées par des stries noires qui forment deux branches distinctes partant de Trölladyngja et de Krýsuvík jusqu'au lac de Kleifarvatn, elles se rejoignent sous les champs de lave d'Undirhlíðar avant de disparaître sous le mont Búrfell, puis de réapparaître sur les pentes de Vatnsendahlíð et d'atteindre le lac d'Elliðavatn telle une flèche de feu fusant vers le nord-est et vers la capitale. Comme des cygnes qui volent en V en route vers leur résidence d'été.

L'essaim de fissures, dis-je d'un ton plein d'amertume. En fin de compte, nous avions effectivement une chambre magmatique sous les pieds. Krýsuvík est en réalité un véritable volcan principal. Et ces systèmes sont reliés entre eux.

Je suis tellement abasourdie que je dois m'asseoir, tout ça, c'est ma faute. Je le savais. J'ai refusé d'écouter mon intuition, je l'ai fait taire. Je n'ai même pas demandé qu'on fasse une modélisation de mon hypothèse, je l'ai exclue de tous les scénarios.

Anna, est-ce que ça va ? demande Milan. Tu es en état de nous aider ?

J'ignore si je saurai me rendre utile, dis-je. Tous les conseils que j'ai donnés jusque-là ont mené droit à la catastrophe. Il y a longtemps que nous aurions dû fermer tout le périmètre. Comprendre que les choses risquaient d'empirer. Nous aurions dû prévenir les gens qui habitent sur les hauteurs de la ville. C'était notre rôle. Quant au mien, il consistait à exposer clairement les risques à la sécurité civile. À vous forcer de les prendre au sérieux.

Milan secoue la tête, ça ne sert à rien de ressasser tout ça maintenant. Nous n'avons pas le temps de nous perdre en reproches ou en accusations. Cela viendra plus tard. Pour l'instant, nous devons essayer de nous faire une image globale de la situation et sauver ce qui peut l'être.

Personne ne pouvait prévoir un truc pareil, complète Ebba. Tu crois que Halldóra, Jóhannes et tous ces scientifiques chevronnés seraient allés là-bas s'il y avait eu le moindre risque ? Il s'agit d'un accident, d'une catastrophe imprévisible. Ce sont des choses qui arrivent. Nous pouvons essayer, mais nous ne pouvons jamais être complètement certains de contrôler la situation. Tu le sais depuis toujours.

Je hoche la tête, mon père bourre sa pipe et se recule dans son fauteuil, il tapote les quelques brins de tabac tombés sur son pull à losanges : Nous ne devons pas oublier qu'une éruption peut survenir sur les fissures éruptives qui traversent notre pays n'importe où, n'importe quand et de toutes sortes de manières.

Je proteste : Mais cela revient à trop simplifier les choses ! Une éruption ne peut pas se déclencher n'importe où !

Il craque une allumette, tire sur sa pipe d'un air concentré pour embraser le tabac dont l'odeur chaude se répand dans le salon.

Vois-tu, ma petite, il existe en effet des endroits où le risque qu'elles apparaissent est plus important. La science nous permet de calculer ces probabilités. Mais ça ne nous apporte aucune assurance, nous ne pouvons jamais être certains de quoi que ce soit.

J'étais pourtant tellement sûre de moi.

•••

Il semble que Milan m'accorde encore sa confiance. Il me reste des tâches à accomplir pour la protection civile de la nation. Nous devons tenter de cartographier le désastre et de sauver ce qui peut l'être en attendant qu'arrive l'assistance de l'étranger. Des militaires des autres pays nordiques sont en route, mais leurs avions sont forcés d'atterrir à Akureyri et les premiers navires ne seront pas là avant vingt-quatre heures. C'est très long étant donné les circonstances. J'appelle la Météo nationale pour essayer de reconstituer le puzzle éparpillé de l'éruption, nous calculons et nous traçons les trajets possibles de la coulée de lave, les types de gaz et de cendres qui s'en dégagent : je dessine les grandes lignes de la carte pour la direction de la sécurité civile, elle les compare aux données qui remontent du terrain et essaie d'orienter les secouristes, la police et les pompiers. Peu à peu, la carte se densifie et l'image devient plus nette, les fissures éruptives noires s'étendent jusque sous le lac, la dévastation envahit les quartiers, matérialisée par une ligne rouge qui brûle les maisons et tapisse les rues de scories et de lapilli. Les brigades de secouristes forment sur la carte des points bleus clignotants qui avancent en hésitant vers la ligne rouge, ils fouillent les maisons, puis reculent, mis en déroute par les matériaux pyroclastiques incandescents, par la chaleur et la coulée de lave qui a commencé sa campagne militaire lente et impitoyable en suivant les pentes vers la côte.

Je me décarcasse, mais je dois me forcer à me concentrer sur ma tâche, assise parmi tous ces voyants qui clignotent, ces émetteurs-récepteurs qui grésillent et ces signaux d'alerte permanents. J'essaie de ne pas penser à ma famille, je livre une course contre la montre, j'ai le souffle court, je tremble. La volcanologue hautaine a disparu, elle est remplacée par une épave d'être humain épuisé et apeuré souffrant d'une affreuse migraine, les cheveux pleins de grains de sable qui tombent sur le tableau de bord. Peut-être ne suis-je plus vivante, peut-être ai-je trouvé la mort lorsque j'étais bloquée sous la terre, peut-être est-ce une autre femme que les touristes ont sauvée et que la brigade de secouristes Sigurvon a ramassée sur le bord de la route. Ma survie a quelque chose d'irrationnel, je ne mérite pas d'être encore de ce monde. Mes collègues ont péri dans l'éruption, les gens qui m'ont sauvée sont restés, épuisés, dans cet enfer de cendres, et ma famille est introuvable, mes enfants sont peut-être en danger. Quant à moi, assise au tableau de bord de la protection civile, je feins de savoir ce que je fais, les mains tremblantes, aussi impuissante qu'un fantôme.

Milan, dis-je après lui avoir montré la dernière projection du trajet de la coulée de lave, il faut que j'aille maintenant chercher ma famille.

Il hoche la tête. Je sais, je comprends. Vas-y, tu nous as bien aidés. Ebba va te relayer, nous sommes en contact avec Júlíus et ses collègues de la Météo nationale. Des centres d'accueil ont été mis en place, la Croix-Rouge a sans doute commencé à publier les listes, tu peux aller les voir pour leur demander de t'aider à chercher les tiens.

Je me lève, je m'agrippe à la table, j'ai du mal à tenir debout à cause de mon entorse.

Milan, dis-je, je suis tellement désolée. Je suis tellement navrée de mes erreurs de calcul, tellement désespérée de ne pas avoir pu prévenir la population.

Il me regarde avec un sourire triste : Ma chère Anna, tu n'as pas à être désolée de quoi que ce soit. Tu as fait de ton mieux. Tu n'as pas prévu ce qui allait arriver, mais tu n'es pas omnisciente. Tu as envers toi-même des exigences injustes.

Tu as rempli ta mission avec honnêteté, sans servir les intérêts de quiconque en dehors de ceux de la science et de la protection civile. Et tu es venue ici pour nous aider, pour essayer de te rendre utile comme nous tous. Ce n'est pas rien. Tout le monde n'en aurait pas fait autant.

Il me tend la main et serre la mienne avec fermeté, bon courage, conclut-il simplement avant de retourner au tableau de bord pour continuer à répondre aux appels d'urgence, à guider la police, les pompiers et les secouristes dans d'autres rues dont les maisons se sont à demi effondrées pour y chercher des survivants.

Je m'avance à cloche-pied vers le représentant de la Croix-Rouge qui tourne sur lui-même comme s'il n'avait aucune idée du rôle qu'il doit jouer au centre de coordination. Les bénévoles commencent tout juste à enregistrer les noms des gens qui se manifestent dans les centres d'accueil, mais les listes de ceux qui demeurent introuvables s'allongent rapidement.

C'est de la pure folie, me confie une femme d'une voix angoissée. On a envoyé tous les bus de la ville sur les hauteurs pour vider les écoles et les maisons de retraite, mais certains refusent d'écouter. Ils sautent dans leurs voitures pour aller chercher leurs enfants et leurs parents âgés, leurs chiens et toutes sortes de conneries, ils bloquent les rues de la ville pour aller récupérer des ordinateurs, des tableaux, des écrans plats ou des caravanes ! La police est impuissante face à ce chaos, les autobus n'avancent pas, les chauffeurs découragés finissent par les abandonner dans les rues. La situation est désespérée.

Enfin, pas tout à fait. Je la presse, je la supplie jusqu'à ce qu'elle cède et accepte de se servir de son Tetra pour se renseigner sur ma famille, bien que ce soit strictement interdit puisque cela encombre pendant deux longues minutes le seul et unique moyen de communication encore utilisable.

Bonne nouvelle, annonce une voix dans l'appareil. J'ai ici deux personnes enregistrées sous le nom de Kristinn Fjalar Ævarsson.

Je suis tellement soulagée que mes jambes se dérobent et que je dois agripper le bord de la table pour ne pas tomber à genoux. Kristinn et Örn se sont manifestés tous les deux au centre de secours installé dans le centre commercial de Smáralind, Salka est sans doute avec eux.

Une adulte de la famille figure sur la liste des disparus, ajoute la voix dans le Tetra, il s'agit d'Anna Arnardóttir.

C'est moi, dis-je si bas que la personne à l'autre bout de la ligne ne m'entend pas, je suffoque de soulagement, je remercie la Providence, Dieu ou quoi que ce soit de savoir que ma famille a été épargnée.

Et aussi une enfant.

Pardon ?

Une fillette de huit ans, Salka Snæfríður Kristinsdóttir, elle est aussi sur la liste des personnes recherchées.

Note explicative XI
KATLA 1311

Cette débâcle glaciaire baptisée en islandais *jökulhlaup* et engendrée par l'éruption d'un volcan situé sous un glacier a débuté le dimanche après Noël et duré jusqu'à la Chandeleur, la quantité d'eau et de matières rejetées par le glacier était titanesque. L'inondation a détruit l'ensemble des fermes qui se trouvaient sur la plaine alluvionnaire sableuse de Mýrdalssandur.

MARKÚS LOFTSSON,
Essai sur les éruptions volcaniques en Islande, 1930.

... j'imagine cet homme au moment où la vague se précipite, rapide comme l'éclair sur la plaine sablonneuse, telle une faucheuse anthracite qui s'apprête à emporter les fermes et exterminer tout ce qui respire et vit sur ces sables : sa première, son unique pensée à cet instant est de courir vers sa maison et d'attraper l'enfant qui dort dans son berceau à côté du lit conjugal. Confiez vos vies aux mains du Seigneur, hurle-t-il avant de ressortir, laissant derrière lui sa femme et ses domestiques qui périssent dans la crue. L'enfant dans les bras, il bondit sur un pan de mur puis, de là, sur un gros bloc de glace que les eaux emportent avec elles loin de la ferme, loin vers la pleine mer.

À quoi pense-t-il durant les longues journées qu'il passe sur le bloc de glace, tremblant et affamé, dans les ténèbres de l'hiver, sous cette pluie de cendres que le ciel déverse sans relâche ? Regrette-t-il d'avoir pris la fuite plutôt que d'avoir péri avec les siens, envisage-t-il de se lever du bloc pour plonger dans la mer ? Il a senti son enfant se calmer, la faim et le froid ayant eu raison de ses pleurs, et il a vu ses yeux s'éteindre. Il l'a blotti contre lui, sous ses vêtements, pour le réchauffer, priant Dieu de les épargner tous les deux, d'avoir pitié de leurs âmes, il s'est reproché d'avoir défié le volcan Katla pour survivre. Il sort son couteau de son étui, les doigts raides et bleus de froid. Dans son désespoir, il envisage de trancher la jugulaire de l'enfant pour abréger ses souffrances en douceur comme on le fait pour un agneau, mais sa petite fille est réveillée et frotte son visage contre son torse, sa bouche cherche un sein, elle suce son téton sec avec insistance avant de le lâcher, pleurant de désespoir.

Lui aussi, il pleure, les larmes ruissellent sur sa barbe et ses joues battues par les vents. Il approche le couteau de sa poitrine, se pince le téton, ferme les yeux, serre les dents et l'entaille. Puis il plaque l'enfant contre sa poitrine. La petite fille boit, elle tressaute en sentant ce goût étrange et salé, elle lâche prise et se met à protester par des hurlements, mais sa faim est plus forte que sa colère et elle se remet à téter goulûment. Par moments, elle lève le visage vers son père et hurle, la bouche maculée de sang, l'homme lui aussi lève le visage vers le ciel en hurlant également, il hurle de toutes ses forces : ils sont totalement démunis, chacun n'a que l'autre, le sang et cet entêtement à vivre qu'ils partagent sous le ciel noir et dément. Le vent qui vient de l'ouest pousse le nuage de cendres du Katla qui les suit vers l'est le long de la côte comme une malédiction.

Cet homme et sa petite fille ont eu la vie sauve, dis-je à mon père. Il secoue la tête : Ne perds pas ton temps à lire ces sottises, ma petite, ce n'est qu'un conte populaire. Tout ça, ce ne sont que des sornettes.

Je ne lui réponds pas, je referme le livre et je le repose dans la bibliothèque, mais je n'oublie pas cette histoire, je la garde dans un coin de ma tête. En réalité, je pense qu'elle est vraie, l'histoire de cet homme qui a donné le sein à sa petite fille, je l'imagine la serrant dans ses bras sur le bloc de glace noire, loin en haute mer, je l'imagine hurlant dans la nuit : Tu n'auras pas ma fille, tu m'entends ?! Je vais la sauver, quoi qu'il puisse m'en coûter.

Cet homme s'appelait Sturla Arngrímsson. Sept cents ans ont passé depuis cette catastrophe ensuite baptisée *Sturluhlaup*, la crue de Sturla.

ELLE EST ENTRÉE DANS LE SYSTÈME

> Smáralind : le centre commercial du quartier de Smárahverfi à Kópavogur dispose d'une importante capacité d'accueil. Il peut donc abriter un grand nombre de gens sans que les autorités se voient forcées de mettre en place un dispositif de services de trop grande ampleur.
>
> *Plan d'évacuation de la capitale et de sa région.*

Le visage plaqué contre sa veste en cuir, je me cramponne de toutes mes forces à Tómas. Il roule comme un fou à travers la cohue, longeant les terre-pleins des boulevards et empruntant les sentiers pour piétons, sa moto zigzague entre les voitures immobiles. Confrontés au chaos routier, leurs propriétaires les ont abandonnées aux ténèbres et errent sur les trottoirs, suivis par leurs enfants, la bouche et le nez recouverts de foulards, les yeux figés dans la peur. Quelques automobilistes nous klaxonnent sur le trajet, ils ouvrent leurs portières en nous invectivant, mais je m'en balance. Je m'accroche à Tómas comme pour ne pas me noyer, je me blottis contre lui, l'angoisse s'accumule au creux de mon ventre où elle forme une tumeur compacte et douloureuse. Son corps se balance de gauche à droite, je perçois la manière dont ses épaules, son dos, son ventre, chacun de ses muscles se concentrent sur la conduite, pour nous emmener le plus vite possible au centre commercial. Je m'efforce d'accompagner ses mouvements, d'apporter ma petite contribution pour que nous allions plus vite, tout en espérant que mes larmes n'endommageront pas mon masque. Avec le capteur de gaz, c'est la dernière chose que Milan m'a donnée après avoir tenté de me dissuader d'aller chercher ma fille.

C'est inutile, m'a-t-il dit. Le mieux est de laisser les brigades de secouristes et la police s'en charger. La Croix-Rouge est en train de réunir les familles, il faut simplement du temps.

Je la trouverai, ai-je répondu, les dents serrées, même si cela doit être la dernière chose que je ferai dans la vie.

Tu risques d'être bloquée dans les rues, a-t-il ajouté d'un air grave. Dans ce cas, tu ne seras d'aucun secours à qui que ce soit, ni à nous ni à ta fille. Ce serait bien plus simple de la chercher en restant ici plutôt que de sortir affronter ce chaos. Sois un peu raisonnable.

Il a fini par renoncer à me convaincre, voyant que c'était sans espoir, y compris en faisant appel à ma conscience professionnelle. Je suis devenue une machine obsédée par une idée fixe : trouver Salka. Je ne serai d'aucun secours à personne tant qu'elle ne sera pas en lieu sûr.

Les écoles des quartiers bâtis sur les hauteurs ont été évacuées rapidement et sans le moindre problème, m'a assuré la bénévole de la Croix-Rouge. Tous les enfants devraient être au centre commercial de Smáralind. Je suppose que Salka ne va plus tarder à retrouver son père là-bas, il l'a sans doute fait porter sur la liste des personnes manquantes pour que les systèmes informatiques puissent les rassembler plus facilement. Ce n'est qu'une question d'inscription, de paperasse.

Je reviens dès que je les aurai tous retrouvés, c'est promis, ai-je dit à Milan. Ebba me remplace, de toute manière, elle est bien plus compétente que moi.

Peut-être en ce qui concerne notre bonne vieille Katla, mais pas sur la monstruosité à laquelle nous avons affaire, a-t-elle dit en me serrant dans ses bras avant mon départ. Ne t'inquiète pas pour nous, courage ! Si j'avais disparu, je voudrais que ce soit toi qu'on envoie me chercher.

Mes bras et mes genoux serrent Tómas comme si nous ne formions qu'un seul corps incliné sur la moto, un corps qui tressaute quand nous roulons sur les trottoirs ou les terre-pleins, qui frôle la couche de cendre dans les virages, le moteur rugit de stress. Il devrait faire grand jour, mais d'épais rideaux de nuit se déversent sur nous. Les gens de la province de Skaftafell, située au sud du glacier Vatnajökull qui abrite plusieurs volcans, ont un mot pour décrire les flocons de scories provenant des éruptions qui se déclenchent régulièrement au nord de chez eux : *morbálkar* – cloisons de cendres. Ils effacent le paysage, le transforment en une pénombre fantomatique qui s'illumine d'éclairs par intermittence tandis que les coups de tonnerre se noient dans les grondements permanents de l'éruption. Mon amant roule en se fiant à sa mémoire le long des accotements rendus flous par le déluge noirâtre, il fait tout ce qu'il peut pour me ramener à mon mari, le chaos de ma vie atteint là son point culminant, mais qu'importe. Ce n'est pas ce qui compte le plus en ce moment. La seule priorité est de retrouver Salka, d'achever cet interminable trajet vers ce centre commercial sans âme qui nous apparaît enfin, comme une libération, tel un phare dans la nuit, avec ses lumières alimentées par des groupes électrogènes, mais elles sont quand même là, elles brillent, faiblardes, traversant la tempête de scories. Je pose pied à terre, j'entre en claudiquant par la grande porte derrière laquelle je suis accueillie par une cohorte de gens crasseux et apeurés, une cohue de cris et de pleurs d'enfants.

Tómas me prend la main, je la serre fort dans la mienne tandis que nous jouons des coudes pour avancer à travers la foule du centre commercial plongé dans la pénombre. Je demande où se trouve l'accueil de la Croix-Rouge, on me montre un endroit vers le fond, à côté de l'escalator, me dit quelqu'un, puis j'aperçois une tête brune et une combinaison de travail bleu et rouge, je le reconnaîtrais entre mille, je pousse un cri de joie et je me fraye un chemin à travers la foule pour aller me jeter dans les bras de mon fils adoré.

Il souffre de brûlures. Je pleure en voyant les cloques sur ses mains et ses avant-bras, mais il n'a rien de grave, ses blessures ne sont pas sérieuses au point de le rendre prioritaire dans l'un des points de secours installés à l'étage supérieur du centre.

Tout va bien, maman, ce n'est rien du tout.

Örn essaie de me rassurer, je le serre plus fort encore, tellement soulagée de le voir, de le sentir vivant entre mes bras.

Il était rentré de sa nuit de travail à la fonderie et endormi au moment de la secousse la plus puissante, puis j'ai entendu des explosions et ensuite, c'était le noir complet, dit-il. Les vitres du salon ont explosé et en regardant dehors, j'ai vu le lac en flammes. Papa a tout de suite su comment réagir. Il m'a fait enfiler ma combinaison de travail, est allé chercher les casques de ski et s'est jeté une couverture ignifugée sur les épaules. Nous avons d'abord pris la voiture, mais la circulation était déjà presque à l'arrêt, on n'avançait pas. Nous avons abandonné le véhicule et couru jusqu'à l'école pour aller chercher Salka, les mômes étaient déjà partis. Alors nous avons continué à courir pour fuir l'éruption. Maman, c'était un cauchemar, j'avais l'impression d'être sous une neige de feu. Des maisons étaient en flammes, on ne voyait rien tellement il y avait de cendres, et les grondements de l'éruption nous perçaient les tympans. Nous avons couru encore et encore, les gens hurlaient autour de nous. Il y a tellement de blessés et de brûlés, c'est absolument affreux.

Il me regarde de ses grands yeux noirs, il me ressemble tant, il ressemble tant à son grand-père. Il est triste, apeuré, bouleversé comme un petit garçon, mon petit chéri, je le serre contre moi, tellement heureuse de le savoir sain et sauf.

Maman, nous ne trouvons pas Salka. On nous dit là-haut de ne pas nous inquiéter, que tous les enfants ont été évacués, mais tous les élèves de son école sont ici et les enseignants ne sont pas certains qu'elle était avec eux. C'est un sacré bordel. Papa est absolument furieux. Il est là-bas, avec les gens de la Croix-Rouge, en train de leur passer un sacré savon.

Il faut que j'aille lui prêter main-forte.

Nous devons nous frayer un chemin vers le centre d'information de la Croix-Rouge, nous nous faufilons entre les personnes apeurées et en colère, cernés par les enfants en larmes. Le centre commercial grouille de gens qui portent des couvertures de survie sur les épaules, ils sont assis par terre, le dos appuyé aux murs, certains se réfugient dans les boutiques où les vendeurs tentent de les rassurer quand ils ne les ignorent pas tout bonnement, comme si cette journée était un banal mardi de septembre, certains employés font de leur mieux pour ne pas voir ces spectres crasseux. Le grand magasin de vêtements de plein air est occupé par les pensionnaires de la maison de retraite, on leur a fait enfiler des pulls et des vestes colorés pour les réchauffer, le sol multicolore ressemble à un champ de bataille.

J'aperçois mon mari, debout, les bras croisés, à la table d'accueil de la Croix-Rouge, il baisse les yeux sur un jeune homme assis, vêtu d'un pull en polaire rouge qui fixe son écran d'un air affligé. Il ne dit rien en me voyant, il se contente de m'adresser un regard angoissé et de me tendre les bras, je cours me blottir contre lui, j'enfonce mon visage dans son pull-over et je pleure. Mon adorable mari me serre de toutes ses forces, comme si j'étais la solution à tous les problèmes du monde.

Elle a disparu, dit-il en un sanglot. Ils ne la trouvent pas. Mais mon Dieu, que je suis soulagé de te voir. Nous avons cru… même si nous espérions… je suis content de te voir, saine et sauve.

Moi aussi, je suis contente de le retrouver, de respirer son parfum familier, cèdre et bois de santal, malgré l'odeur de sueur et de brûlé. Sa présence m'emplit d'un confortable sentiment de sécurité qui me persuade que tout ira bien, exactement comme avant. Mais ça ne dure pas longtemps, je sens son corps qui se raidit, ses bras qui se desserrent.

Qu'est-ce qu'il fout ici ?

Je tourne la tête, Tómas Adler nous observe à distance, ses yeux me fixent.

C'est lui qui m'a emmenée à moto. Mon cher Kristinn, je lui prends les mains, ces grandes mains chaudes capables de réparer les choses, de caresser la tête d'un enfant, de remettre presque tout en état, ces mains que j'ai échoué à aimer : Nous devons régler ça ensemble, trouver Salka. Tout le reste n'a aucune importance. Il faut que nous le mettions de côté.

Kristinn hoche la tête, doucement, à contrecœur, il prend une profonde inspiration, il a beau être furieux et épuisé, il reste toujours et avant tout raisonnable.

Alors, vas-y, va parler aux gens de son école. Ils sont au troisième étage, à côté du cinéma. Ramène son instituteur avec toi, je reste ici, j'attends des nouvelles.

À nouveau, Tómas et moi traversons la foule, voisins, collègues, visages croisés dans les magasins d'alimentation, en voiture, en train de promener leurs chiens ou pendant les matchs de foot en train d'encourager leurs enfants, ici, tous sont semblables, méconnaissables, les cheveux pleins de cendres, tremblant sous les couvertures de survie que la Croix-Rouge leur a distribuées pour qu'ils n'aient pas froid. On dirait que la nuit tombe, un amoncellement noir recouvre la verrière du centre commercial, l'éclairage vacille. On entend au loin les grondements sourds de l'éruption, mais les coups de tonnerre sont proches, le centre commercial tremble chaque fois qu'ils retentissent.

Le cinéma montre un dessin animé pour distraire les enfants fatigués et apeurés, les enseignants sont devant la salle et essaient de réguler les allées et venues aux toilettes tout en s'assurant que le comptoir à bonbons ne soit pas vidé. Je repère la directrice de l'école de Salka, elle m'aide à trouver son enseignant qui secoue la tête d'un air misérable. Il ne comprend pas comment une chose pareille a pu arriver. Il aurait pu jurer l'avoir vue monter dans le bus, il a fait l'appel, il était certain d'avoir tous ses élèves. Je suis tellement désolé, dit-il, mais je n'ai pas le temps d'écouter ses excuses.

Où est Máni ? dis-je. L'enseignant m'emmène dans la salle plongée dans le noir. Des bestioles jaunes idiotes exécutent une danse endiablée sur l'écran, l'enseignant demande au meilleur ami de ma fille de venir nous parler.

Je ne sais pas, répond Máni en me regardant d'un air buté derrière ses épaisses lunettes. Je ne sais pas où elle est.

Je lui ai déjà posé la question, dit l'enseignant, découragé.

Je me mets à genoux devant le petit en lui parlant d'une voix douce et claire : Tu es son meilleur ami, personne ne la connaît aussi bien que toi. Tu as tellement bonne mémoire, est-ce que tu te souviendrais d'une chose qu'elle t'aurait dite ?

Il se tait et secoue la tête en pinçant les lèvres.

Mon petit Máni, s'il te plaît, tu veux bien essayer ? Rien de tout ça n'est ta faute, je ne me mettrai pas en colère, c'est promis, personne ne va te disputer. Mais peut-être que Salka a des problèmes, il faut que je la trouve pour essayer de l'aider.

Il baisse les yeux, je ne sais pas. Elle est peut-être rentrée chez elle. Peut-être pour retrouver son père, ou pour aller chercher Amande et Raisin.

Ses rats ?

Évidemment ! N'est-ce pas moi qui ai passé mon temps à lui rappeler qu'elle ne devait pas oublier de s'en occuper, qu'elle devait veiller consciencieusement sur son père et sur son frère ? Être responsable et raisonnable, exactement comme sa mère ?

Malgré ma cheville foulée, je me relève et je détale sans dire au revoir au petit ni à son enseignant, je retrouve Örn et Tómas devant l'entrée.

À la maison, dis-je, le souffle coupé par l'affolement, elle est à la maison.

Nous traversons le centre commercial dans l'autre sens, nous retrouvons Kristinn à l'accueil de la Croix-Rouge. La gravité cède place à une terreur sans fond sur son visage.

Vous avez entendu, grommelle-t-il au bénévole, elle est rentrée à la maison, au numéro 8, rue Elliðahvammsvegur. Transmettez aux brigades d'intervention, il faut qu'ils aillent la chercher.

Le jeune homme entre les données dans le système informatique, puis lève les yeux, désemparé, et secoue la tête. Toutes les maisons du quartier ont été fouillées. Les pompiers et les sauveteurs ont reçu l'ordre de quitter la zone, elle est devenue trop dangereuse.

Mais notre fille n'a que huit ans, dis-je en faisant de mon mieux pour maîtriser ma voix. Il faut qu'ils aillent la chercher.

Le bénévole hausse les épaules, je suis désolé, dit-il. Elle est entrée dans le système, elle est prioritaire, c'est tout ce que je peux faire. Ils la chercheront s'ils le peuvent. Je dois vous demander de vous asseoir et d'être patients. Vous n'êtes pas les seuls à avoir besoin d'aide.

Nous sommes pétrifiés, submergés par le découragement. Le visage engourdi par la stupeur, je regarde tour à tour les trois hommes de ma vie. Mon fils porte sa main à sa bouche, au bord des larmes, son père grince des dents, il bouillonne d'une colère impuissante, je me demande s'il ne va pas renverser la table de la Croix-Rouge, Tómas me regarde d'un air inquiet, les bras croisés, comme s'il attendait ma décision. J'essaie de retrouver mon souffle, il faut que je prenne le contrôle de situation, que je réfléchisse aux options qui s'offrent à nous.

Il n'y en a en réalité que trois. Nous pouvons rester ici à nous tordre d'angoisse en attendant des nouvelles et nous en remettre aux brigades de secouristes qui ont arrêté de fouiller le quartier. Cette solution est absolument exclue. Je peux retourner au centre de coordination et tenter de convaincre Milan d'envoyer une équipe dans notre quartier pour y chercher ma fille, mais je sais qu'il y a peu d'espoir qu'il accepte. Que cette demande émane de moi ou du jeune bénévole de la Croix-Rouge, ce n'est pas le genre de Milan de me faire passer avant tout le monde. La troisième solution est donc la seule qui soit envisageable.

Je vais y aller, dis-je. Je vais monter là-bas la chercher.

Je t'accompagne, répond immédiatement Örn, mais je secoue la tête. Non, mon chéri, ne compte pas que je t'y autorise. Tu restes ici avec ton père, j'y vais à moto avec Tómas. C'est le seul moyen.

Kristinn me regarde comme s'il n'en croyait pas ses oreilles : Tu vas partir avec lui chercher Salka ?

C'est sa moto, c'est le seul moyen que nous ayons d'aller là-bas.

Mais Salka est ma fille.

Je sais, dis-je en lui prenant les mains et en plongeant dans son regard sombre d'angoisse. Mon cher Kristinn, il faut que l'un de nous reste ici pour l'accueillir si on la retrouve. Si les brigades de secouristes la retrouvent avant moi.

Dans ce cas, je pars avec lui et c'est toi qui nous attends ici.

Non, c'est moi qui dois y aller. Tómas et moi, nous avons toutes les autorisations nécessaires pour franchir les éventuels barrages. La police sera forcée de nous laisser passer. Et je connais les éruptions. Je suis experte en la matière. Si quelqu'un peut aller là-haut, c'est bien moi.

Mais il va te laisser tomber, prévient Kristinn d'une voix tremblante. Ce n'est pas le genre d'homme capable de te suivre jusqu'au bout.

J'attrape la main de Tómas, je suis entre ces deux hommes et je serre leurs mains dans les miennes. Tómas baisse les yeux, comme s'il avait honte, Kristinn le fixe, à la fois triste et furieux, le regard assassin. Je serre leurs deux mains à tous les deux en les toisant tour à tour.

Nous devons réfléchir froidement et de manière méthodique. Mettre tout le reste de côté. Nous devons faire ce qu'il faut pour trouver Salka. Nous n'avons pas le choix.

Kristinn garde le silence et ferme les yeux, il respire lourdement, il déglutit. Il regarde Örn : Déshabille-toi !

Quoi ?

Enlève ta combinaison et donne-la à ta mère. Elle est ignifugée.

Je leur dis au revoir, je serre mon grand garçon dans mes bras, il tremble, en caleçon et en tee-shirt. J'étreins également son père, il tremble d'une colère rentrée, mais m'étreint malgré tout lui aussi.

Sois prudente, dit-il. Que Dieu et tous les esprits tutélaires te protègent, trouve notre fille, et ramène-la, saine et sauve. Vous venez me retrouver ici, toutes les deux, tu m'entends ?

UNE PLUIE DE FEU

Jusqu'où êtes-vous prêt à aller par amour ? Que consentiriez-vous à sacrifier ? Votre foyer, votre travail, votre réputation, votre sécurité financière ? Êtes-vous disposé à aller jusqu'au bout, à offrir votre vie et tranquillité d'esprit, à partir, joyeux, vers les enfers, traversant les flammes et le soufre pour sauver votre amour ? À moins qu'il ne s'agisse là que d'une façon de parler, que ce ne soit trop vous demander.

Et comment prépare-t-on un voyage vers l'enfer ? Tómas et moi misons sur de l'eau en bonne quantité, un peu de chocolat, des capteurs de gaz, des masques et des couvertures ignifuges pour affronter cette noire tempête. La visibilité s'est très légèrement améliorée, mais la clarté reste sale et grise, nous ne voyons qu'à quelques mètres. J'essaie de distinguer le visage de Tómas derrière la visière de son casque, je n'aperçois que ses yeux.

Merci, mon amour, dis-je en le prenant dans mes bras, merci de venir avec moi, de m'aider à aller chercher ma petite fille. Merci d'être à mon côté dans cette épreuve, merci de ne pas me décevoir.

Il ne répond pas, il se contente d'approcher sa tête de la mienne pour que les sommets de nos casques se touchent et tapote légèrement le mien. Nous nous installons sur sa moto, il est entièrement vêtu de cuir, je porte la combinaison de travail d'Örn, elle est beaucoup trop grande pour moi, l'entrejambe me descend jusqu'aux genoux. Tómas fait vrombir le moteur, la moto vibre sous nos cuisses, des gerbes de cendre et de scories jaillissent sous les pneus. Nous roulons vers le nord-est, vers le noir, fonçant entre les voitures immobiles, longeant terre-pleins et trottoirs.

Nous ne nous arrêtons qu'arrivés au premier barrage routier, une agente de police svelte équipée d'un casque et d'un capteur de gaz nous fait signe de poser pied à terre. Je sors ma carte de la protection civile qui m'autorise un accès illimité aux sites de catastrophes naturelles, elle la scrute en détail et me regarde, ahurie.

Vous comptez monter jusqu'au lac ? Vous êtes au courant de ce qui se passe là-haut ? C'est une pluie de feu et il n'y a plus personne.

Je lève les yeux vers les hauteurs de la ville où j'habite depuis un moment, je me rends compte que j'ai évité de regarder dans cette direction, inconsciemment j'ai détourné les yeux et refusé de voir en face l'horreur qui nous attend sur les bords du lac. La cendre tombe en rideaux noirs, mais là-haut, au fond de ces ténèbres, il y a une éruption, on en aperçoit les lueurs à travers la pluie de scories, les maisons bâties sur les hauteurs se détachent sur les flamboiements du ciel comme les dents d'une gueule gigantesque et rougeoyante. Les éclairs se déchaînent dans le panache de l'éruption, les grondements de tonnerre sont aussi puissants que le seraient ceux d'un affrontement entre deux montagnes. Seuls des gens qui ont perdu la tête exigeraient d'aller plonger dans un tel cataclysme.

Je suis membre du Conseil scientifique, nous sommes envoyés par la protection civile, dis-je d'un ton autoritaire, je la fixe pour qu'elle comprenne que c'est moi qui commande, j'espère de tout mon cœur qu'elle ne va pas attraper son Tetra pour demander au centre de coordination ce que nous venons faire ici.

Elle regarde une fois encore ma carte, hausse les épaules, me la rend et tend la main pour que Tómas lui montre la sienne. Il plonge les mains dans ses poches, abaisse la fermeture éclair de son blouson, tapote ses poches intérieures puis nous regarde tour à tour, l'agente et moi.

Bon sang, j'ai dû la perdre en route, je ne l'ai pas sur moi.

Un frisson glacial me parcourt.

Tu veux bien chercher encore une fois. Retourne toutes tes poches, fouille l'intérieur de tes vêtements, nous devons aller là-haut. Vous ne pourriez pas faire une exception et nous laisser passer ?

L'agente secoue la tête, vous pouvez y aller toute seule si vous le voulez, mais je ne peux pas autoriser cet homme à vous suivre s'il n'a pas les documents exigés.

Je scrute les alentours, désespérée, il n'y a là que deux voitures de police et une moto, le barrage est constitué de quelques cônes de signalisation orange. On peut passer sans problème, dis-je tout bas à l'oreille de Tómas, il faut essayer.

Et aller là-haut poursuivis par des véhicules de police toutes sirènes hurlantes ? N'y pense même pas. Ils finiront par nous rattraper, et il y a sans doute d'autres barrages sur le trajet, nous n'allons pas pouvoir tous les forcer.

J'insiste : Nous devons essayer, mais il se contente de secouer la tête, il me prend les bras et me regarde dans les yeux.

Mon amour, dit-il, faisons demi-tour. C'est la seule solution. Retournons à Skógarhlíð et allons parler à Milan, arrangeons-nous pour qu'il envoie une brigade chercher ta fille.

Non !

Anna, nous avons essayé. Nous avons fait tout ce que nous pouvions.

Je suis folle de rage, une angoisse brûlante et noire m'étreint la poitrine, mais je refuse d'abandonner. Je retourne à la moto pour fouiller toutes les sacoches et compartiments, mes dents grincent de désespoir, Tómas m'empoigne les mains et essaie de m'arrêter : Anna, calme-toi ! J'ouvre le petit compartiment sous le guidon et comme par hasard, j'y trouve sa carte de la protection civile.

Je la lui tends dans un hurlement triomphal, quel soulagement, l'affaire est réglée !

Il baisse les yeux.

Anna, je ne vais pas là-bas. Je ne peux pas.

Comment ça ? Tu ne peux pas ?

Je le regarde, désarçonnée, abasourdie. Nous sommes ici, nous avons ta moto, on nous autorise à franchir le barrage, où est le problème ?

Anna, c'est de la pure folie. Tout est en train de brûler là-haut, tu ne vois donc pas l'éruption ? Nous allons vers une mort certaine.

Tómas, nous devons essayer. Elle est à la maison, je dois la sauver, Salka est ma fille.

Ce n'est pas la mienne.

Campé devant moi, il m'apparaît brusquement tel qu'il est. Ce n'est pas un méchant ni un salopard, mais simplement un trouillard, un homme faible qui n'aime rien ni personne au monde plus que lui-même. Qui s'aime plus qu'il ne m'aime moi. Je ne saurais le blâmer, il a beau être voûté et ployer sous la mauvaise conscience, il est sûr de l'impardonnable décision qu'il a prise. Je ne saurais le haïr parce qu'il refuse de m'accompagner vers une mort certaine, de descendre avec moi jusqu'aux enfers. Après tous ses beaux discours, ses promesses éternelles et ses aveux amoureux, en fin de compte, ses sentiments ne sont pas si profonds. Et il n'y peut rien.

Je baisse les yeux, il me tend la main, le regard implorant, allons, Anna, viens, nous devons rebrousser chemin.

Non, je continue, dis-je en m'installant sur sa moto.

Puis je démarre.

Je n'ai jamais conduit de moto, mais j'ai vu Tómas le faire. L'engin démarre en trombe, si vif que l'espace d'un terrible instant, je crains qu'il ne se cabre et me jette à terre, mais je parviens à le maîtriser et je fonce, franchissant le barrage et les amas de cendres.

Tómas, mon si bel amour beau parleur aux yeux verts et rieurs, me crie quelque chose avant de se perdre dans la poussière, il ne m'inspire plus que déception, il ne m'inspire plus que ces maudites larmes qui mouillent mes lunettes de protection et mon masque, comme si cela changeait quelque chose que j'aie le cœur brisé. L'amour qui s'est emparé de ma vie, m'a transformée en ouvrant en moi tous ces espaces, se révèle en fin de compte n'être que poudre aux yeux, il vient de s'évaporer dans les nuées à la première épreuve. J'ai d'autres chats à fouetter que d'y réfléchir.

Je roule pleins gaz, je pousse le moteur et je pleure, j'emprunte ce trajet familier parcouru cent mille fois, je longe des rues tranquilles : immeubles, magasins, églises, écoles et parkings, tout cela n'est plus qu'une coquille vide, un décor de théâtre désormais inutile, la vie a déserté ce monde. Plus rien n'existe en dehors des emportements de la terre et de ma délirante incursion dans l'œil du cyclone, vers les lueurs pâles et terrifiantes de l'éruption qui fait rage à l'est.

Plus je monte vers les hauteurs, plus il est difficile d'avancer, les tas de cendres gagnent en épaisseur, les scories et éjectas volcaniques en grosseur, ils collent aux pneus et s'accumulent sous le garde-boue de la moto, le moteur peine de plus en plus. Je le supplie, les dents serrées, allez, allez, on continue, s'il te plaît, encore quelques mètres, jusqu'au prochain carrefour, mais c'est inutile. Ses toussotements me rappellent les suffocations de Salka lorsqu'elle fait une crise d'asthme. Le moteur finit par rendre l'âme, ses vrombissements se taisent d'un coup.

Bon sang ! J'abandonne l'engin et je remonte péniblement la rue, bravant le déluge de scories. Un accès de désespoir me serre le cœur, il va me falloir tellement longtemps pour parcourir cette distance et traverser tous ces monceaux de cendres noires, comment vais-je pouvoir arriver à la maison avant qu'il ne soit trop tard ? La combinaison ignifuge d'Örn entrave ma progression, je titube comme un manchot empereur perdu dans une tempête déchaînée sur l'Antarctique, j'essaie de me concentrer, de penser simplement à mettre un pied devant l'autre tout en continuant à braver cette pluie de cendre, de pierre ponce et de lapilli de plus en plus gros. Ils martèlent mon casque en un bruit toujours plus sonore qui m'assomme et me prive de mon énergie.

Être percuté par un fragment de cinq centimètres de pierre ponce n'est pas mortel, récite une voix dans ma tête, mais se retrouver sous une pluie permanente de ce type d'éjectas peut l'être. Et recevoir un fragment de cinq centimètres de basalte lancé à cent kilomètres à l'heure l'est indubitablement. Une personne est morte comme ça pendant l'éruption du Hekla en 1510…

Cette conférence monotone se poursuit dans ma tête, la pluie de cendres est toujours plus noire, les grondements de l'éruption toujours plus forts. Engourdie, hébétée, je dois me concentrer pour conserver mon sens de l'orientation, les grondements semblent provenir de toutes les directions, des hauteurs, des versants, je les entends même derrière moi. Ils ressemblent au bruit d'un moteur.

Anna !

Je me retourne, lentement, aussi lentement qu'une fleur se tourne vers la lumière, et je n'en crois pas mes yeux. C'est

Tómas, l'espace d'un instant je suis persuadée d'être victime d'une hallucination, convaincue que j'ai perdu la raison, mais c'est lui, c'est vraiment lui, juché sur une énorme moto de police. Il enlève son casque et affiche un sourire gamin, tellement satisfait de la surprise qu'il me fait.

Je voudrais courir vers lui et le serrer dans mes bras, l'embrasser un millier de fois et le remercier, lui dire que le monde peut bien s'écrouler s'il est à mes côtés et s'il m'accompagne au moment du cataclysme, que je pourrais entreprendre n'importe quoi lorsqu'il est près de moi. Mais je ne dis pas un mot, je reste simplement clouée sur place à le regarder.

Il pose pied à terre, met sa main en visière pour protéger ses yeux de la pluie de cendres, essaie de distinguer mon visage derrière le rabat de mon casque, subitement nerveux.

Pardon, dit-il. Pardonne-moi de ce moment de découragement. Je t'ai déçue. J'avais l'impression qu'il n'y avait plus aucun espoir. Puis je t'ai regardée partir et j'ai compris que je ne pouvais pas te laisser aller seule là-haut, que je devais t'aider, que je ne pourrais plus me regarder en face si je te savais ici entièrement seule. Je crois que la policière a compris ce que je ressentais. Elle a fini par me prêter sa moto en disant qu'elle enfreignait toutes les règles, mais que ce n'était pas raisonnable de te laisser seule ici. Et… alors me voilà. Je viens avec toi.

Il sourit, il sauve la face, mais il a peur, il est terrifié. Les cendres tombent sur ses beaux cheveux bruns, la lueur de l'éruption éclaire le ciel à l'est, elle se reflète dans ses yeux. Quant à moi, je prends une subite résolution. Je m'avance vers lui en cinq pas énergiques et je le pousse, il tombe de tout son long sur un tas de cendre.

Anna, j'ai commis une affreuse erreur, regrette-t-il, assis par terre. Tu veux bien me pardonner ?

Va-t'en ! Pars ! Je ne veux pas te voir ici !

Mais je viens de te demander pardon, plaide-t-il. Mon amour, je suis tellement navré d'avoir dit ça à propos de Salka, d'avoir dit qu'elle n'est pas ma fille. C'était aussi méchant que stupide, c'était impardonnable, j'en suis conscient. Mais nom de Dieu, je reviens pour te prêter main-forte ! Je t'aime !

Va-t'en ! Je ne veux pas te voir ici. Je vais me débrouiller toute seule. Je ne t'aime pas.

Il sursaute comme si je venais de lui donner un coup de pied.

Quoi ? Tu ne m'aimes pas ? Tu as perdu la tête ? Dans ce cas, enlève au moins ton casque pour me le dire en face !

Mais je n'obéis pas, j'empoigne le guidon de la moto de police, je lève péniblement mon pied et ma cheville foulée, puis je m'installe sur la selle. Il se relève et m'attrape le bras : Anna, je t'en supplie, ne me laisse pas ici. Qu'est-ce que je vais faire ?

Va-t'en, dis-je. Retourne là-bas. Je ne veux pas t'avoir ici.

Le ton de ma voix est ferme, il ne distingue pas mon visage caché sous la visière de mon casque. Je démarre le moteur et je pars vers les hauteurs, vers la nuit. Je le vois qui court derrière moi dans le rétroviseur, puis il s'arrête et me regarde disparaître. Mon amant, mon magnifique amour s'évanouit dans cette pluie de cendres, je sanglote et je tremble, les larmes m'inondent les joues, mais c'est comme ça.

Il est robuste, il réussira à redescendre.

Il survivra. Lui, Örn et Kristinn survivront, je me console à cette idée.

La moto patine en enjambant l'arête de la colline, j'observe cet endroit qui était mon quartier, tout n'est que désolation. Le lac est sur le point de disparaître, les bords noirs et rougeoyants d'un cratère commencent à se former autour de la fissure. Le magma jaillit à cent mètres dans les airs, ses langues jaunes et acérées dégagent d'épais nuages de gaz. La fissure s'étend à travers la forêt en flammes et atteint le fond du lac mort en longeant la zone habitée. Les maisons les plus proches du lac sont en passe de disparaître sous les cendres, un grand nombre d'entre elles sont déjà la proie des flammes, aspergées par la pluie incandescente qu'éjecte la gueule rougeoyante du volcan.

Le capteur de gaz que j'ai sur la poitrine pousse un cri interminable, comme le plongeon huard qui nichait autrefois sur les rives du lac. Je l'éteins, je sors la couverture ignifuge et je m'enveloppe la tête pour protéger le casque, je mets les gaz et je descends vers le lac, vers la silhouette sombre de ma maison. Puis tout n'est plus que ténèbres, flammes et terreur, mais je n'abandonne pas, je continue à avancer, cernée par cette noirceur, vers le cœur de feu qui bat, le cœur de feu qui se consume, semant dévastation et désolation.

Il n'y a plus ici que ma fille et moi, me dis-je.

J'arrive.

Elle s'est réfugiée tout au fond de mon placard à vêtements, recroquevillée parmi mes anciennes chaussures chics, la tête posée sur un vieux pull-over. Je me souviens qu'il était doux, peut-être y a-t-elle senti les vestiges de mon odeur. Peut-être a-t-elle eu l'impression que j'étais à ses côtés, peut-être qu'elle ne s'est pas sentie seule et abandonnée.

Elle tient dans ses mains ses petits rongeurs, ses dégus, et elle les serre contre sa poitrine. Ils ont le corps raide, mais celui de Salka est encore souple et léger. Sa tête retombe lorsque je la soulève, on dirait qu'elle dort. Je la pose par terre, j'enlève mon masque et j'essaie de la ramener à la vie, je lui incline la tête, je lui ouvre la bouche et je souffle, une fois, deux, trois, quatre, mais ma respiration devient gémissement, son corps est froid, tellement froid, la cendre tombe sur ses yeux ouverts, elle a les pupilles fixes et dilatées. Le dioxyde de carbone est un assassin sournois, il rampe en silence, il envahit les cuvettes et les creux du paysage, privant d'oxygène ses victimes qu'il endort en douceur.

Mes larmes mouillent les cheveux soyeux et bruns de ma fille, je la berce comme lorsqu'elle était petite, je pleure mon adorée, je pleure ma toute petite Salka. Mes sanglots se font berceuse, je chantonne tout près de sa tête, j'avais depuis longtemps oublié le texte, mais la mélodie l'apaisait, elle calmait ses crises d'asthme, elle consolait ses larmes.

Et bien que la vie ait quitté le petit corps que je serre contre ma poitrine, bien que j'aie le cœur brisé et que toute lumière ait déserté le monde, une étrange sérénité m'envahit. Je m'attarde sur les traits fins de son visage, j'embrasse son front plein de promesses, je pleure de douleur autant que de reconnaissance parce qu'il m'a été donné de l'aimer. De les aimer : elle et son frère, leur père et Tómas, mon père et ma pauvre mère affligée. J'ai aimé, on m'a aimée en retour, on m'a offert cette vie, je l'ai vécue, et c'est ainsi que cela s'achève.

Je la pose en douceur sur le lit, j'enlève mes chaussures, je les range soigneusement en mettant les lacets à l'intérieur, puis je m'allonge à côté de mon enfant et je remonte la couette sur nous deux. Je m'enroule autour d'elle comme une louve autour de son louveteau, je serre son petit corps contre le mien en chantonnant doucement à son oreille, les paroles de la berceuse me reviennent peu à peu puis vont se perdre dans les grondements de l'éruption.

Sommeille le pissenlit
dans le jardin joli
le mulot sous la mousse
la mouette sur les flots
la feuille sur le frêne
le soleil dans le ciel
le cerf sur la sente
et tous les poissons de l'océan.
Dors donc doucement
dors victorieusement.
Dors, mon petit amour.

La cendre qui entre par la fenêtre en miettes nous recouvre d'un voile noir et moelleux.

SKAÐI

64° 05' 08" N – 21° 45' 34" O

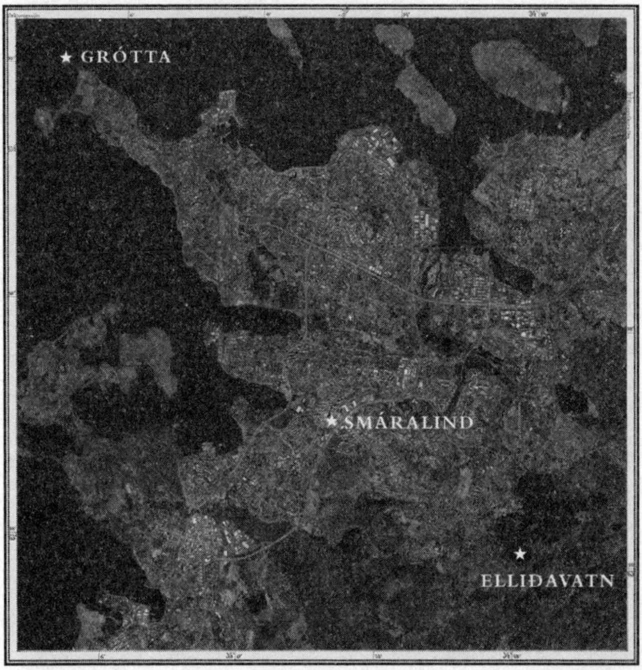

D'une altitude d'un peu plus de 260 mètres, situé à la limite entre les communes de Reykjavík et de Kópavogur, à l'endroit où se trouvait l'Elliðavatn, un lac peu profond à l'orée de la forêt de Heiðmörk (voir champ de lave de Skógarhraun), le volcan Skaði, dont le nom signifie Désastre, s'est formé pendant les premières années de l'éruption de Krýsuvík qui s'est propagée jusqu'aux quartiers bâtis sur les hauteurs de la capitale qu'elle a en grande partie détruits (voire aussi Borgarbruni, Champs de lave de la ville). 87 personnes ont péri et environ 300 ont été blessées lorsque la faille éruptive qui s'était ouverte à Krýsuvík s'est propagée au lac de Kleifarvatn puis à celui d'Elliðavatn. La plupart des décès ont été causés par des émanations de gaz toxiques.

PERSONNAGES

ANNA ARNARDÓTTIR – professeure de volcanologie, directrice de l'Institut des sciences de la Terre

KRISTINN FJALAR ÖRVARSSON – son mari, avocat fiscaliste

ÖRN ÖGMUNDUR KRISTINSSON (ÖDDI) – leur fils âgé de vingt-trois ans, employé dans une fonderie d'aluminium

SALKA SNÆFRÍÐUR KRISTINSDÓTTIR – leur fille de huit ans

TÓMAS ADLER – photographe

ÖRN ÖGMUNDSSON – père d'Anna, géologue, décédé

GUÐRÚN OLGA JAFETSDÓTTIR – mère d'Anna, traductrice et poétesse

ÁSTRÍÐUR LIND – architecte d'intérieur

ELÍSABET KAABER (EBBA) – géologue et présidente du conseil d'administration de l'Institut des sciences de la Terre

JÓHANNES RÚRIKSSON (JÓI) – volcanologue à l'Institut des sciences de la Terre

EIRÍKUR STEINARSSON – géologue à l'Institut des sciences de la Terre

Júlíus Óskarsson – directeur technique de la cellule de surveillance sismique à la Météo nationale

Halldóra Rögnvaldsdóttir – météorologue à la Météo nationale

Milan Petrovic – officier de police à la tête du Service de la protection civile et de l'organisation des secours

Ragnar Snæbjörnsson – chef de la Police nationale islandaise

Sigríður María Viðarsdóttir – directrice du Syndicat des professions du tourisme (SAF)

Stefán Rúnar Jóhannsson – chef de bureau au ministère de la Justice

Úlfar Ásbjarnarsson – ingénieur à l'Institut de prospection d'énergie (Ísor)

Ófeigur Kuld – chef des gardes-côtes

Ólöf Ingimarsdóttir – directrice de la Sécurité d'Isavia (opérateur des aéroports islandais)

EXTRAITS ET RÉFÉRENCES

p. 7, 90, 127, 166, 212 : extraits de "Innri gerð eldfjalla. Eldfjallavá" (Structure interne des volcans. Risques volcaniques) in *Náttúruvá á Íslandi* (Risques naturels en Islande), chap. "Eldgos og jarðskjálftar" (Éruptions et tremblements de terre) par Freysteinn Sigmundsson, Magnús Tumi Guðmundsson et Sigurður Steinþórsson, Viðlagatrygging Íslands/Háskólaútgáfan, 2013 (Fonds d'indemnisation pour les catastrophes naturelles / Presses de l'Université d'Islande, 2013).

p. 13 : extrait de "Eldstöðvar í sjó. Eldstöðvar Íslands" (Volcans sous-marins. Les volcans d'Islande) in *Náttúruvá á Íslandi* (Risques naturels en Islande) par Ármann Höskuldsson, Einar Kjartansson, Árni Þór Vésteinsson, Sigurður Steinþórsson et Oddur Sigurðsson, Viðlagatrygging Íslands/Háskólaútgáfan, 2013.

p. 14 : *Pavane pour une infante défunte* est une pièce pour piano de Maurice Ravel (1875-1937) composée en 1899 et dédiée à la princesse de Polignac.

p. 39 : extrait de "Eldgos. Eldfjallavá" (Éruption volcanique. Risques volcaniques) in *Náttúruvá á Íslandi* (Risques naturels en Islande), chap. "Eldgos og jarðskjálftar" (Éruptions et tremblements de terre), par Ármann Höskuldsson, Magnús Tumi Guðmundsson, Guðrún Larsen et Þorvaldur Þórðarson, Viðlagatrygging Íslands/Háskólaútgáfan, 2013 (Fonds d'indemnisation pour les catastrophes naturelles / Presses de l'Université d'Islande, 2013).

p. 59 : extrait du poème *Tu entendras le tonnerre* d'Anna Akhmatova, "Le trèfle de Moscou", dans *L'Hôte venu du futur*, poèmes, édition bilingue, éditions Interférences, 2020 (traduit du russe et présenté par Sophie Benech).

p. 65 et p. 76 : extraits du poème *Dymbilvaka* de Hannes Sigfússon (1922-1997).

p. 77, 142, 211 : extraits de "Reykjanesskagi. Eldstöðvar Íslands" (La Péninsule de Reykjanes. Volcans d'Islande) in *Náttúruvá á Íslandi* (Risques naturels en Islande), chap. "Eldgos og jarðskjálftar" (Éruptions et tremblements de terre), par Kristján Sæmundsson et Magnús Á. Sigurgeirsson, Viðlagatrygging Íslands/Háskólaútgáfan, 2013 (Fonds d'indemnisation pour les catastrophes naturelles / Presses de l'Université d'Islande, 2013).

p. 124 : extrait du poème *Glíma við fjallið (Combat contre la montagne)*, Matthías Johannessen (1930).

p. 126 : extrait de *Kristni Saga* (littéralement "Saga du christianisme") texte médiéval XXe – XXIe siècle.

p. 135 : extrait de "Hugleiðingar um eldfjallavá. Að búa við náttúruhamfarir" (Réflexion sur les risques volcaniques. Vivre avec les catastrophes) in *Náttúruvá á Íslandi* (Risques naturels en Islande), par Páll Imsland, Viðlagatrygging Íslands/Háskólaútgáfan, 2013 (Fonds d'indemnisation pour les catastrophes naturelles / Presses de l'Université d'Islande, 2013).

p. 149 : extrait du *Íslenska steinabókin* (Le Grand Livre des minéraux d'Islande), Kristján Sæmundsson et Einar Gunnlaugsson, 1999.

p. 160-161 : extrait de la chanson *Fjöllin hafa vakað* d'Egó, un groupe fondé en 1981 par Bubbi Morthens et son frère Bergþór

Morthens, Þorleifur Guðjónsson, Magnús Stefánsson et Tómas Magnús Tómasson.

p. 171 : extrait du poème *Cinerario* de Blanca Andreu, poétesse espagnole née en 1959.

p. 173 : extrait du poème *Eldgröf* (littéralement "Tombe de feu") d'Einar Benediktsson (1864-1940).

p. 178 : extrait du poème *Kvika* (littéralement "Magma"), d'Ingibjörg Haraldsdóttir (1942-2016).

p. 193 : extrait de *Tímarit um eldfjallafræði og jarðhitarannsóknir. 6/1979 : Skjálftavirkni tengd landsigi í megineldstöð Kröflu 1977* (Activité sismique liée aux soulèvements du sol aux abords du volcan central de Krafla), Bryndís Brandsdóttir et Páll Einarsson.

p. 239 : extrait de "Hætta af eldgosum. Eldfjallavá" (Risques liés aux éruptions. Réflexions sur les risques volcaniques) in *Náttúruvá á Íslandi* (Risques naturels en Islande), chap. "Eldgos og jarðskjálftar" (Éruptions et tremblements de terre), par Páll Imsland, Viðlagatrygging Íslands/Háskólaútgáfan, 2013 (Fonds d'indemnisation pour les catastrophes naturelles / Presses de l'Université d'Islande, 2013).

p. 245 : extrait de *Jarðskjálftavirkni á eystri brún Norður-Ameríkuflekans. Jarðfræði Norður-Ameríku* (Activité sismique à la lisière orientale de la plaque nord-américaine. Géologie de l'Amérique du Nord), Páll Einarsson, 1986.

p. 272, p. 277 et p. 319 : extraits du *Ljúflingsljóð* (littéralement "Requiem") de Jón Leifs (1899-1968).

p. 296 : extrait de *Rit um jarðelda á Íslandi* (Essai sur les éruptions volcaniques en Islande), Markús Loftsson, 1930.

OUVRAGE RÉALISÉ
PAR L'ATELIER GRAPHIQUE ACTES SUD
REPRODUIT ET ACHEVÉ D'IMPRIMER
EN NOVEMBRE 2023
PAR NORMANDIE ROTO IMPRESSION S.A.S.
À LONRAI
POUR LE COMPTE DES ÉDITIONS
ACTES SUD
LE MÉJAN
PLACE NINA-BERBEROVA
13200 ARLES

DÉPÔT LÉGAL
1re ÉDITION : JANVIER 2024

N° impr. : 2304566
(Imprimé en France)